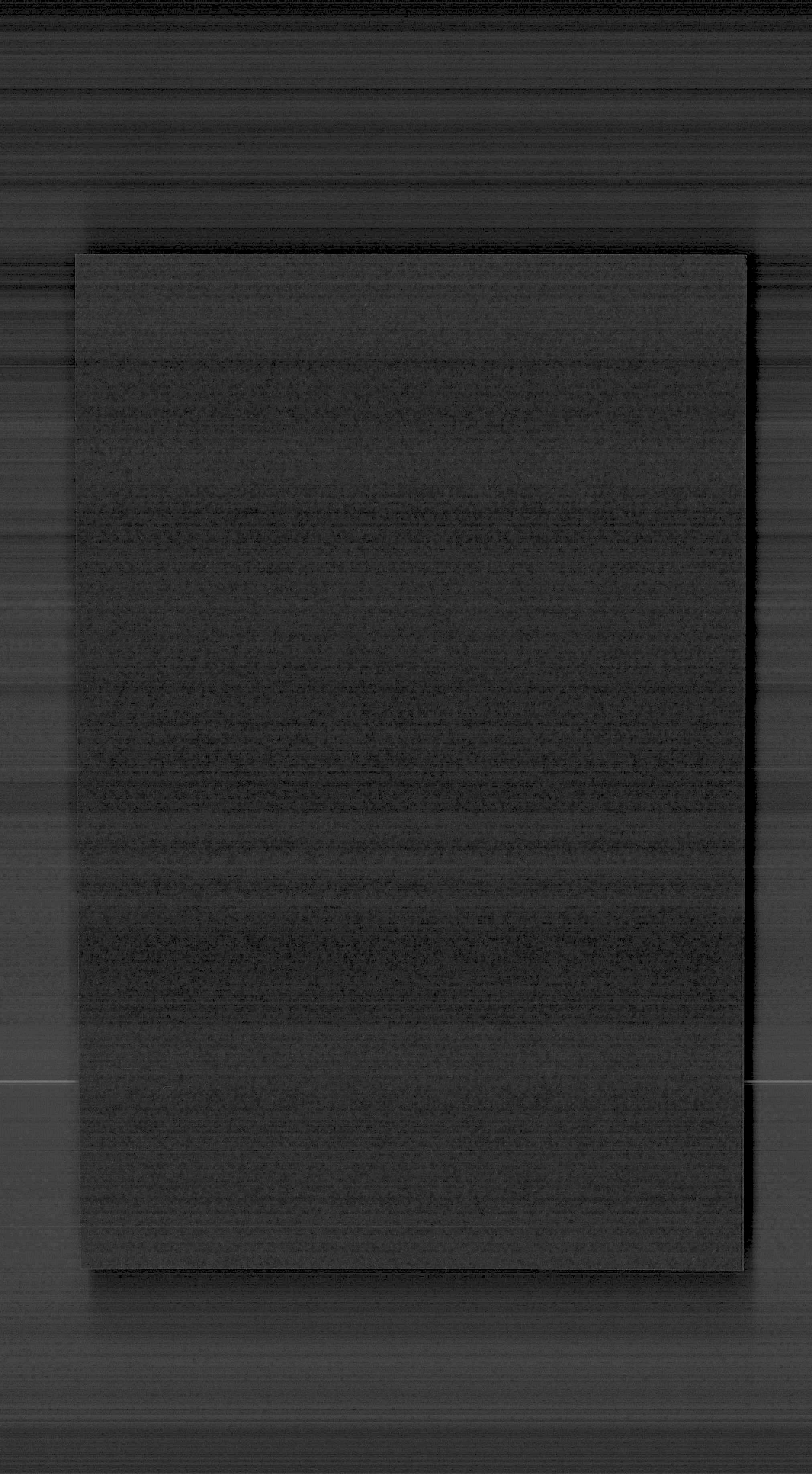

창조와 폐허를 가로지르다

근대의 구성과 해체

김행숙

1970년 서울에서 태어났다. 그렇지만 어린 시절의 기억은 부서지는 파도같이 부산에 있다. 초등학교 6학년 3월에 서울로 전학(그 시절, 서울에서 나는 언어의 섬이었다), 여중, 여고를 나왔으며(음악실과 양호실, 복도와 교실, 낙서와 시, 유리창과 운동장), 고려대 국어교육과를 졸업한 후,

동대학원 국문과에서 받은 박사논문 「1920년대 동인지 문학의 근대성 연구」(2002)를 옮겨 『문학이란 무엇이었는가』(2005)라는 제목의 책을 냈다. '20세기 초', 근대문학이 만들어지는 장면들이 이 책에 담겨 있다. '문학의 이동'이라는 관점에서 『문학의 새로운 이해』(2004)라는 책을 친구와 함께 썼다. '21세기 초', 움직이는 문학을 얘기하고 싶었다. '20세기 초'와 '21세기 초'는 그렇게 나의 화두가 되어주었다. 그 백 년을 가로질러 우리가 있는 여기를 이해하는 일이 미래의 백 년에 대한 상상력과 접속하기를……

1999년에 『현대문학』을 통해 시인이 되었다. 2003년에 시집 『사춘기』를 냈다.

창조와 폐허를 가로지르다

인쇄일 2005년 11월 20일
발행일 2005년 11월 30일

지은이 김행숙
펴낸이 박성모
펴낸곳 소명출판
등 록 제13-522호
주 소 서울특별시 서초구 서초동 1621-18 란빌딩 1층 (137-878)
    Tel. 02-585-7840 Fax. 02-585-7848
    E-mail:somyong@korea.com
    Home page:www.somyong.com

ⓒ 2005, 김행숙

값 15,000원

ISBN 89-5626-189-X 03810

창조와 폐허를 가로지르다

근대의 구성과해체

김행숙 지음

잡지 『청춘』에서 여러 차례 사용된 삽화다. 북극+곰. 그러니까, 북극곰[極熊]. 이 그림 속의 북극곰은 지리적인 확장을 놀랍게 경험한 세대의 의지와 비전을 극적으로 반영하고 있다. 북극은 세계지도의 완성과 통하는 곳, 달리 말해 지리적인 세계정복의 마지막 지점으로 생각되었다. 그리고 북극의 혹독한 추위는 이 세대의 영웅이 통과해할 시련, 말하자면 식민지 현실을 환기한다. 이 그림은 단군신화의 근대판 버전이라고도 할 만하다. 이 그림과 함께 떠올려 본 메리 셸리의 소설 『프랑켄슈타인』에서는 북극행 탐사선 선장 로버튼 월튼이 북극으로 가는 위대한 길 위에서 이렇게 첫 번째 편지를 띄운다. "……이 산들바람, 내가 가는 곳에서 불어오는 바람은 그곳의 혹독한 기후를 미리 맛보게 해주지. 이 약속의 바람에 내 꿈은 더욱 강렬하고 선명하게 타오른다. 북극은 얼음뿐인 황량한 땅이라고 스스로 냉징해지러 애써도 질 안 되는구나. 나에게 북극은 늘 아름다움과 기쁨의 땅이기에."

북극곰 이야기

「로빈손 무인절도 표류기(1)」, 『소년』 2년 2권, 24~25면. 『소년』 창간호를 여는 시는 최남선의 그 유명한 「해에게서 소년에게」. "텨……르썩, 텨……르썩, 턱, 쏴……아./때린다, 부순다, 무너뜨린다,/ 태산 같은 높은 뫼, 집채 같은 바윗돌이나,/요것이 무어냐, 요게 무어냐,/나의 큰 힘, 아느냐 모르느냐", 이 호통소리는 바다의 목소리이면서 20세기의 음울한 아침에 조선 소년이 획득해야할 목소리였다. 소년을 '바다의 아이'로 뜨겁게 부르는 바로 그 계몽의 목소리로 소개된 책이 다니엘 디포의 『로빈슨 크루소』였다. 『로빈슨 크루소』는 18세기 계몽주의 시대의 욕망과 비전이 투사된 소설이다. 로빈슨 크루소는 근대적인 의미에서 위대한 인간으로 신화화되었으며, 그의 나라 영국은 근대 문명국의 제유로 통했다. 로빈슨 크루소의 나르시시즘은 신화가 되었으나, 그 안에 간직되어 있는 공포와 불안감은 잘 읽혀지지 않았다.

로빈슨크루소의 바다와 국가

기 차 의 탄 생 과 진 화

1900년 어느 날부터 기차가 한강을 횡단하게 되었다. 그로부터 100년 후, 거대한 철교 밑에 저 작은 나룻배는 어디로 흘러가서 사라져버린 것인가, 라는 감상조까지도 옛말이 되어 버렸다. 1900년부터 오늘날까지 기차는 계속해서 진화해 왔다. 그리고 만약 듀나의 상상력을 따라간다면 열차는 태평양을 횡단하게 될지도 모른다. 이제 우리의 상상력은 현실의 기차를 추월한다. 은하계를 횡단하는 〈은하철도 999〉는 내가 어린 시절에 보았던 애니메이션이 아니었던가. 우리는 기차의 진화를 상상한다. 그렇지만, 그것은 기차가 아니다. 우주선이거나 타임머신이거나 …… 네트일 것이다. 기차는 다만 미래와 접속하는 과거의 이름일지도 모른다.

법
앞
에
서

1924년 11월 19일자 『조선일보』 1면 〈철필사진〉. 학교의 병영화를 풍자하고 있는 그림이다. 총칼을 메고 학교로. 두 개의 그림을 비교해보자. 총과 펜의 자리는 손바닥을 뒤집듯 뒤집힐 수 있는 것이었다. 어쨌든, 제국의 근대인들이 들이민 '법'은 신의 진리와 권위를 세속적으로 대리하는 것이었다. 이러한 '근대법'은 아프리카와 아시아의 야만인들에게는 부재하는 것. 그렇다면 계몽된 나라, 문명국은 이런 '근대법'으로 야만인들의 묻힌 재능을 계발하고 사악한 심성을 새로운 덕성으로 인도할 세계의 교사로 자처할 수 있게 된다.

서당의 아동들과 보통학교 아동들. 그리고 스노보딩적인 새로운 몸을 즐기는 아이들. 거의 100년쯤 전, 근대의 출발점으로 현재를 의미화할 수 있었던 획기적인 연대에 '어린이'가 발견되었다는 사실은, 오늘날 2000년대를 사는 아이들을 보면서 새삼 흥미롭게 되새겨진다. 오늘날의 아이들은 많은 어른들에게 마치 외계인 같은 존재들로 비쳐지고 있는 것 같다. N세대, 신인류 같은 표현이 붙여진 이 아이들에게 근대적인 어린이 표상은 도대체 들어맞질 않는다. 바로 그러한 아이들이야말로 우리가 또다시 획기적인 연대를 살고 있다는 걸 말해주는 결정적인 표지가 아닐까. 과거상과 미래상이 그 심층에서부터 단절적으로 그려지는 시대에, 아이들은 그 단절을 표상하면서 유난히 도드라지게 되는 존재인 듯싶다. 오늘날의 이 아이들은 100년 전의 선구적인 어른들을 사로잡았던 계몽주의(한편으로 낭만주의, 또 다른 지점에서 사회주의)적인 기획이 고스란히 투사될 수 있었던 '흰 종이'와 같은 아이들이 아니라(어떤 색감의 그림도 맘껏 그릴 수 있을 것 같은 하얀 종이!), 어른들을 어리둥절하게 하고 혼란스럽게 하는 존재들로서 그만큼 어리둥절하고 혼란스러운 변화의 시대를 자연스럽게 받아들이고 사는 존재들이다.

잡지 『청춘』 창간호(1914. 10)에 실린 「뻬스볼 설명」이란 글에 붙여진 삽화. 한 손에는 책! 한 손에는 야구 배트! 서양식 2층 건물들을 배경으로 걸어가는 저 청년은 1910년대가 내세운 건전한 모던 보이다. 학생복으로 그 신분을 분명히 보여주는 청년, 그가 한 손에 펼쳐 들고 있는 책이 정신의 계몽을 가리켰다면, 다른 한 손에 쥐었던 야구 배트는 신체의 계몽과 연결되어 있는 표상. 영화 〈YMCA 야구단〉은 모던한 육체와 민족주의의 만남을 보여준다. 박민규의 소설 『삼미 슈퍼스타즈의 마지막 팬클럽』에서는 이상한 야구를 만날 수 있다. "치기 힘든 공은 치지 않고 잡기 힘든 공은 잡지 않"겠다구? 몸에는 언어가 새겨져 있다. 언어를 바꾸는 일은 몸을 바꾸는 사건이다. 지금 몸이 불편하다면, 다른 몸과 접속하는 다른 언어를 발생시켜야 할 시점이라는 '말'일 것이다.

야구와 근대적인 인간

호수돈여자고등보통학교 제18회(1938) 졸업앨범 마지막 장에 붙여져 있는 그림이다. 그녀는 지구 위에 둥실 떠올랐는데, 어떤 음악을 연주할 것인가. 졸업앨범을 들고 교문을 나선 이들의 마음엔 저 그림 속의 어둠과 꿈이 새겨져 있었을까. 그러나 연애의 문법, 예술의 문법으로 호명되었던 그녀는 연주하는 존재가 아니라 연주되는 존재였다. 그녀와 무관하게, 그녀는 그에 의해 상상되고 호명되는 존재다. 그녀는 말이 없는 존재고, 그는 그녀에게 이름을 붙이는 자다. 내 곁에 있는 천사여! 내게서 떠나는 저 계집은 악마! 그의 사랑의 원근법에 의해 그녀의 존재 가치는 일방적으로 결정되었으나, 그에게 그녀는 끝내 '모르는 존재'였다.

전투적인 청소 시간. 이 사진을 『태서문예신보』 2호에서 '세계의 제일 큰 실업갸'이자 '기이한 기억력의 소유자'로 소개된 미국의 강철대왕 파렐씨의 인터뷰를 떠올리면서 보았다. 그가 세계에서 제일 큰 실업자가 될 수 있었던 건 특별한 기억력을 가지고 있었기 때문이라는데, 그는 이렇게 말하고 있는 것이다. 세계의 제일 큰 실업가가 되고 싶습니까? 기억력을 키우십시오. 어떻게? 쓸데없는 것들은 두뇌에서 깨끗이 청소하고 필요한 것만 두뇌에 모으십시오. "무엇이든지 당신에게 제일 요긴한 것만 모으십시오. (……) 인류의 뇌 속에는 태양 밑에 있는 것이면 무엇이든지 다 기억할 만큼, 즉 기억시킬 만큼 한 자리는 없습니다. 당신의 뇌를 불필요한, 구진한 어떤 것으로 막지 말고, 다만 신선한, 활발한 식물로만 먹여야 합니다. 당신의 활동하는 일에 대하야 곧 실용할, 긴절한 지식과 같은. (……) 민활한 기억력에는 청결한 뇌가 대단히 필요합니다. (……) 마음속으로부터 혹 같은 쓸데없는 것들을 내어 보내야 합니다."

참 이상하다는 생각이 든다.

『문학이란 무엇이었는가』라는 책을 쓸 때, 나는 획기적인 연대인 '20세기 초'에 문학이 '구성'되는 현장을 그로부터 아득히 떨어진 '21세기 초'의 자리에서 들여다보고 있었다. 바로 그 '21세기 초'라는 움직이는 현재에서 '이동'하고 있는 문학에 대해서 말하기 위해서는 또 다른 자리가 필요했다. 『문학의 새로운 이해』. 글쓰기가 글쓰기를 생산한다는 생각이 든다. 글쓰기는 문제를 해결하는 것이 아니라('끝'을 향해 나아가는 것이 아니라), 또 다른 문제를 발생시키는(새로운 '시작'을 준비하는) 것이었다.

나는 이 책에서 '20세기 초'와 '21세기 초'를 나란히, 혹은 뒤섞어서 배치하였다. 『소년』(1908.11~1911.1), 『청춘』(1914.10~1918.9), 『태서문예신보』(1918.9~1919.2), 『창조』(1919.2~1921.6), 『폐허』(1920.7~1921.10), 『백조』(1922.1~1923.6), 『장미촌』(1921.5), 『폐허이후』(1924.2) 등의 20세기 초의 잡지들과 더불어 『프랑켄슈타인』, 『로빈슨 크루소』, 『방드르디, 태평양의 끝』, 〈칠도원〉, 『태평양횡단특급』, 『오래된 정원』, 〈시카고〉, 〈야마카시〉, 『공포의 외인구단』, 『삼미슈퍼스타즈의 마지막 팬클럽』, 『동물원킨트』, 〈공각기동대〉 등등을 함께 읽고 보았다. 이렇게 이질적인 텍스트들을 가로지르면서 나는 '문학'이라는 진동하는 경계를 훌쩍 넘어서 '우리들'에 대해, 우리들의 역사와 마음과 몸에 대해 말하고 싶었다. 우리는 어디로 가고 있는 것일까? 나는 책을 쓰면서 지금 여기로부터 백 년쯤 후에 서 있는 한 인간을 상상해보곤 하였다. 이곳, 이 시간의 상대성에 대해 생각했다. 다시 새롭게 구성될 '우리들'은 어떤 표정을 짓고 있을까? 언제나 바뀌는 표정들. 그 얼굴들을 스쳐가는 '창조'와 '폐허'의 열정 그리고 고민!

이 책의 초고는 『현대시학』(2004. 9~2005. 6)에 연재된 것이다. 그리고 『문예중앙』(2005. 여름)에 쓴 글이 한 편 있다. 처음에 이 연재물을 구상했을 땐 이렇게 생각했다. 신문학 초창기의 잡지를 읽으면서 흥미롭게 봤지만 그냥 지나친 몇 장의 낡은 그림들에 주석을 달아보자. 그렇지만 그 의도는 지켜지지 않았다. 문제는 '20세기 초'의 렌즈로 '21세기 초'를 낯설게 들여다보는 것이 되었다. 뒤집어 말할 수도 있다. 두 개의 렌즈에 번갈아 눈을 갖다대면서 일으킨 착시현상이 분명히 이곳저곳에 끼여 있을 것이다. 나는 내가 사는 '21세기 초'에 주석을 달고 싶었지만, 하고 싶은 것과 할 수 있는 것 그리고 한 것이 행복하게 포개지지는 않았다. '덜' 쓴 것, '못' 쓴 것, '잘못' 쓴 것, '너무 많이' 쓴 것들이 발목을 잡는 것이 아니라, 또 다른 길이 되어주기를 바랄 뿐.

참 이상하다는 생각이 든다.

선뜻 책을 내주기로 한 박성모 사장은 또한 바스라질 듯한 누런 책들과 오래된 졸업앨범, 신문, 지도, 전단지, 사진, 엽서, 수첩들로 가득한 방을 빌려주었다. 여름 방학에 나는 나그네 서생이 된 기분으로 이 방에 몇 시간씩 머무르며 뭔가를 끄적거리곤 하였다. 이 방에서 나는 '백 년 동안의 고독'에 대해 생각했다. 그리고 티백 커피와 녹차 그리고 캐모마일.

그 어느 날에는, 휘문고등보통학교의 1933년 3월 졸업앨범 첫 장에서 사라진 대한제국의 황제 고종의 용안을 만나기도 했다. 중동고등보통학교 12회(1935) 졸업앨범의 마지막 장을 넘길 때에는 "一九三五년 첫봄 三 사엿샛날 이 한 권을 손에 들고 최후最後의 교문을 나섬"이라고 만년필로 써 놓은 아득한 필체가 나타나기도 했다. '최후의 교문'이라는 표현에 묻어 있는 어떤 비장함과 소회는 누구의 것이었을까. 그 주인을 알 수 없는 앨범들을 넘기면서 나는 하루를 보내기도 했다. 누구의 손을 거치고 거쳐 이 앨범들은 내 앞에 있게 된 것일까. 호수돈여자고등보통학교(18회, 1938), 경성제일공립고등보통학교(33회, 1937), 경성제이공립고등보통학교(13회,

1938), 대구사범학교(8회, 1941)……. '황국 신민의 서사'로 첫 페이지가 시작되는 앨범들을 넘기면서 나는 '즈믄의 어린이'들이 사진기 앞에서 지었던 단순한 표정들과 포즈를 내 몸 어딘가에 기억하고 있다는 느낌이 들었다. 나는 2005년 여름을 이상한 기억력과 가난한 상상력 사이에서 부유하며 보냈다. 그렇게 계절이 흐르고,

또 한 권의 책을 설레고 두려운 마음으로 세상에 내놓으면서,
참 고맙다는 생각이 든다.
많은 이들의 글과 책이 이 책에 도움을 주었다. 각주를 빼고 최소한의 참고문헌으로 대신했지만, 이 책은 그 흔적들이 있어서 씌어질 수 있었다. 게으른 탓에 아직도 머릿속을 굴러다니는 조각들이었을 것이 연재라는 약속이 있어서 글의 꼴을 갖게 되었고 책으로 묶이게 되었다. 『현대시학』의 정진규 선생님과 전창하 씨에게 고마운 마음을 전하고 싶다. 다달이 잡지사에 원고를 보낼 때마다 YC의 한결같은 도움을 받았다. 그리고 책이 나오기까지 박성모 사장님의 배려, 이홍주 실장님의 정성스러운 손길이 뒤따라주었다. 고맙습니다. 늘 따뜻하게 지켜보아주시는 오탁번 선생님, 김명인 선생님께, 공부를 가르쳐주신 모교의 김인환 선생님, 최동호 선생님, 이남호 선생님께, 그리고 배움의 기쁨을 알려주신 모든 선생님들께 이 책이 작은 선물이 될 수 있었으면 좋겠다. 부모님께서는 또 무조건 기뻐해주실 것 같다. 가장 먼저 원고를 읽어주고 조언을 아끼지 않은 친구 진이에게, 언제나 마음의 위로가 되는 친구 효영이에게,…… 그리고 내 마음을 환하게 해주는 딸 찬경이에게.

차례

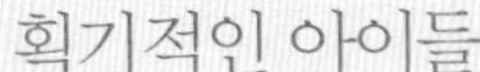

획기적인 아이들

야구와 근대적인 인간

그녀를 부르는 법

기억의 능력과 망각의 능력

북극곰 이야기

1 봉길이의 지리 공부

「봉길이지리공부 鳳吉伊地理工夫」(『소년』 창간호, 1908.11.1, 66~67면)

최남선이 1908년 소년들에게 제안한 봉길이 식의 재미있는 지리 공부법이란 이를테면, 세계 여러 나라들의 영토의 생김새를 짐승, 벌레, 물고기, 초목, 꽃, 과일, 물품, 사람 禽獸蟲魚草木花果器物人形 따위의 형상에 빗대면서 기억하는 것이다. 근대는 갑작스럽게 외부로부터 주어졌기에 근대를 따라가기 위해서는 많은 학습량이 강요되었고 빠른 학습 속도가 요구되었다. 이 지점에서 기억의 기술은 매우 중요하게 여겨졌다. 최남선은 봉길이라는 이름을 빌려 기억의 기술 한 가지를 가르쳐주고 있는 것이다. 정말로 이 땅의 많은 봉길이들은 세계지도를 펴놓고서, 프랑스는 찻주전자 같고 일본해는 토끼 같구나, 하며 손뼉을 치고 있었을지도 모를 일이다.

그렇다면 대한반도는 한 일본지리학자^{小藤博士}가 그린 토끼 모양으로 기억해 둘 것인가, 아니면 18세의 어린 선생 최남선이 떠올린 맹호의 상으로 기억할 것인가. "진취적 팽창적 소년 한반도"의 소년으로 호명된 봉길이라면 물론 맹호의 모습을 가슴에 새기면서, 식민지로 전락할 위기에 처한 대한제국의 역사적 비운을 헤쳐나갈 의지와 용기를 불태워야 마땅했다. 철창 속에서 포효하는, 울부짖는 호랑이를 어루만져 줄 늠름한 청년으로 성장해야할 소년 봉길이!

교과목으로서의 '지리'

a 『청춘』 창간호 표지(1914.9.28)
그러나 식민지 상황에서 이 표지 그림을 계속해서 사용할 수는 없었을 터, 4호부터 표지 그림은 바뀐다.
b 『청춘』 4호
c 『청춘』 4호. 책을 쫓아 뛰어다니는 토끼.

근대의 지리학은 항해술이나 탐험가 등과 연결되어 흥미진진하게 움직이는 학문이었다. 그것은 근대의 열정과 비전을 표상할 수 있는 학문이었다고 할 수 있다. 그것은 세계의 닫힌 문들을 여는 지식이었으며, '아는 것이 힘이다'라는 계몽적인 믿음을 더욱 강화시켜주었다. 그리고 그 힘은 제국주의적 야심

1871년 조선 해안에 출몰한 미국의 콜로라도 호.

과 폭력에까지 이어져 있었다. 한편으로 아는 것은 병이기도 했던 것이다.

19세기 말, 닫힌 문이었던 조선은 폭력적으로 세계지도 위에 호출당했다. 봉길이가 책상 위에 펼쳐놓은 세계지도는 실상 그렇게 재미있는 게 못됐다. "사슴을 따라 사슴을 만나면 사슴과 놀고, 칡범을 따라 칡범을 따라 칡범을 만나면 칡범과 놀"(박두진, 「해」) 수 있는 세계, 사슴과 칡범이 친구가 될 수 있는 세계가 아니었던 것이다. 그 세계의 질서는 약육강식의 진화론적인 합리화와 강하게 결합해 있었다.

19세기 후반 서구에서 사회진화론은 진화론적 발전과 자연도태라는 생물학에서 유추된 개념을 적용해 각종 사회적 불평등과 인종적 불평등을 합리화하고 제국주의의 팽창노선을 뒷받침하는 정책적 이데올로기였다. 약자의 패배를 자연의 법칙으로 설명하는 사회진화론의 논리에 따르면, 군국주의적 침략과 제국주의적 확장은 힘있는 민족국가의 당연한 권리이며 수순이 된다. 한편, 폭력적으로 세계사에 편입된 조선의 경우, 사회진화론은 일차적으로 국제사회의 냉혹한 정치현실을 설명해주는 이론이었다. 나아가, 이러한 현실에서 도태되지 않고 독립을 유지하기 위해서는 근대화가 절박하다는 판단에 이론적인 바탕이 되어 주었다. 1890년대 말 이후로는 '생존경쟁', '우승열패' 같은 어휘가 계몽적인 논설에서만이 아니라 교과서나 창가 등의 노래에서도 빈번하게 사용될 정도로 대중적인 논리가 되었다.

서구에서 그리고 제국주의 대열에 빠르게 진입한 일본에서 사회진화론이 강자의 권리를 정당화하는 이데올로기로 기능했다면, 국가 상실의 위기에 처한 조선에서 진화론적인 수사학과 논리는 제국주의 세력에 대항할 수 있는 실력을 갖추자는 '자강운동'에 사생死生의 비장함과 절박감을 부여했다. 한말의 '자강운동'은 1910년대 이후 '실력양성운동론'으로 이어진다. 어쨌든, 서구에서도 조선에서도 그 어디에서도 진화론의 상상력은 의심되지 않았다. 우리는 토끼가 아니라 호랑이가 되기 위해 주어진 근대화의 길, 진보의 길로 의심 없이 달려가야 했던 것이다. 근대의 폭력과 상처를 안은 채.

『반도시론』 창간호(1908)
지구 위의 대한반도

a 이 지도에 대한 설명을 담고 있는 글 「세계적 지식」의 첫 문장은 "뿌리탠(영국) 국기 아래는 해가 아니진다"는 것이다. 검은 색으로 칠해진 부분이 당시 영국 세력권 안에 있었던 지역이라고 한다. 지도 위에 새겨져 있는 제국주의!(『소년』 2년 6권. 54면)
b 이 그림에서 검은 색으로 칠해진 부분은 독일 세력권에 속하는 지역이다(「독일국—독일은 엇더한 나라인가」, 『청춘』 2호, 5면).

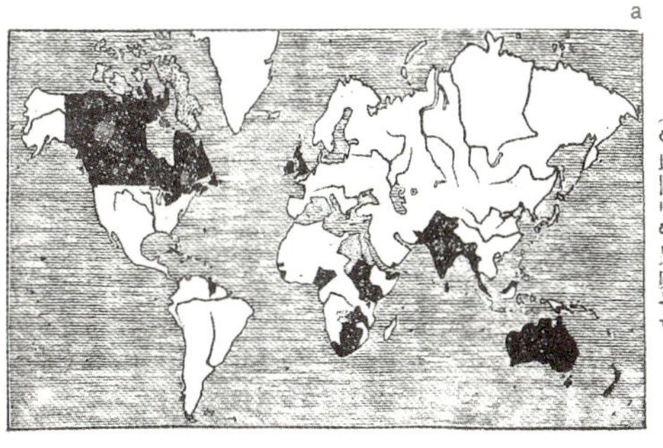

2 북극+곰

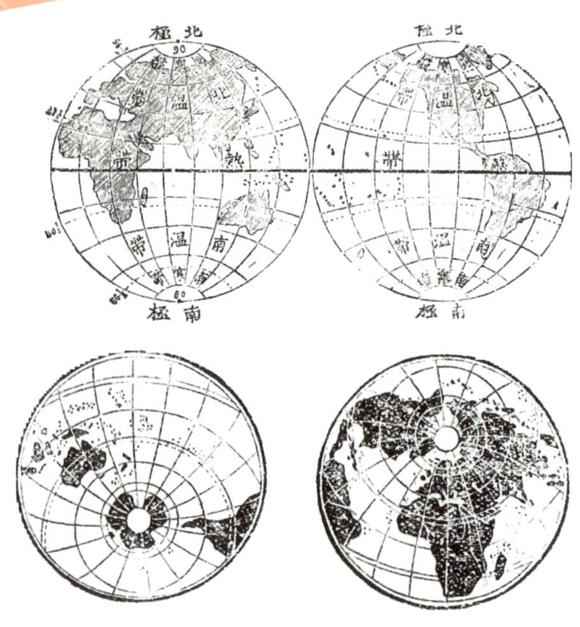

「봉길이 지리공부 ─ 북극·남극이란 웃더한 곳인가(上)」(『소년』 2년 3권, 39~40면)

잡지 『소년』의 7차에 걸친 연재물 「봉길이 지리공부」에서 연속 3회 게재된 학습 대상은 북극과 남극이다. 또한 이 잡지에는 「북극탐색사적北極探索事跡」이란 이야기도 연재되었고, 최초의 남극탐험가와 북극탐험가를 다룬 글들도 실렸다. 이 탐험가들은 모두 '쾌남아快男兒'로 호명되고 있다. 그런데 왜 갑자기 남극이나 북극에 주목하게 되었을까.

극지極地는 지구가 생긴 뒤 이때까지 밀폐密閉하고 견쇄堅鎖한 별계別界대로 있은 곳이라. 하느님이 다른 곳은 다 사람에게 허락하여 살림살이를 위하여 쓰게 하시되 아직까지 극지 일원極地一圈은 내어주지 아니하셨으며, 사람이 다른 곳은 다 탐사하고 치리治理하여 살림살이를 위해 썼으나 아직까지 극지 일원은 자기 손 밑에 집어넣지 못하였으니 이는 욕심 많은 우리—알기 좋아하는 우리—거만한 우리가 장 만족하지 못하여 하는 바라. 그러므로 인류의 가운데서 제일 용감하고 제일 호쾌豪快하다 하는 자가 수백 년을 두고 이 모양 저 모양 이 방법 저 방법으로 나야말로 그 비고秘庫를 깨뜨리고 은사隱事를 헤치리라 하여 목숨을 내여 짊어지고 그리로 향한 자가 그 수 또한 적지 아니하나 상당한 노역을 시키시지 아니하면 상당한 보수를 주지 아니함은 하느님의 법이요, 강렬한 욕망을 성취하려면 강렬한 노력을 앞세워야 함은 인사人事의 떳떳이라.

—「북극 도달의 양대 쾌남아」(『소년』 3년 6권, 63~64면)

"욕심 많은 우리, 알기 좋아하는 우리, 거만한 우리" 근대인은 지구를 모두 손에 넣어야 했다. 아직도 신이 허락하지 않은 땅, 사람의 살림살이를 위해 쓰일 수 없는 땅이 남아 있다는 건 위대한 인간에겐 부끄러운 일이었다. '욕심'이니 '거만'이니 '팽창'이니 하는 어휘들이 오히려 떳떳하게 나열될 수 있었다. 신이 내어주지 않은 북극을 탐험하겠다고 도전하는 인간은 근대의 영웅이었다. 지리적인 확장의 욕망은 앎의 욕망이었으며 동시에 힘에 대한 강렬한 욕망이었다. 그 욕망의 성취는 목숨을 담보로 하는 것이기에 더욱 고귀해 보이기도 했을 것이다. 북극의 추위는 인간의 능력을 시험하는 것이었고, 영웅은 그 시험을 통과한 자였던 것이다.

이렇게 북극이 부상하면서 이광수가 비극적인 영웅의 알레고리로 등장시켰던 동물들 중에서 곰은 북극과 결부되어(북극+곰) 더욱 선명한 인상을 남기게 되었다. 이광수가 사용한 동물 알레고리에는 이런 것들이 있다. 이광수는 식민지 상황을 떠올리게 하는 철창에 갇힌 산중 호걸 부엉이를 영웅의 비극적인 처지로 내세우기도 했고(「옥중호걸」, 『대한흥학보』 9호, 1910.1), 자아의 권위와 자유를 압박하는 바위와 목숨을 걸고 싸움을 펼치는 곰을 보여주기도 했다(결국에는 계란으로 바위치기의 결말로 끝날 싸움이었다. 「곰」, 『소년』 3년 6권, 1910.6). 이광수는 이렇게 외친다. "끊어라, 네 이빨로, 너를 얽맨 쇠사슬을! 네 이빨이, 닳아져서, 가루가, 되도록! 깨뜨려라, 발톱으로, 너를 가둔, 굳은 옥을! 네 발톱이, 닳아져서, 가루가, 되도록! 네 이빨과, 네 발톱이 닳아져서, 없어지고, 네 용기와, 너의 힘이 쇠하여서, 없어지면, 네 심장에, 있는 피를, 뿌리고 죽어라!"(「옥중호걸」) 혹은, "목숨을 내어 부치고 싸움이라, 힘이 있는 때까지 기력이 있는 때까지 목숨이 있는 때까지. 그러나 그는 성공을 기함이 아니요, 다만 자아의 권력을 최고점에까지 신장함이라. 다시 말하노라. 그는 결코 성공을 기함이 아니요, 다만 자아의 권력을 최고점에까지 신장함이라."(「곰」)

곰이 북극을 배경으로 등장하면, 북극곰. 극웅極熊. 다음과 같은 그림으로 나타난다.

『청춘』에 여러 차례 사용된 삽화. 「신식 숫자 기억법」(1호), 「핍박」(8호), 「경성소감京城小感」(11호), 「동冬과 오인吾人」(13호), 「K兄에게」(15호) 등. 여기서 「동冬과 오인吾人」(한글로 풀면, '겨울'과 '나')이라는 글의 마지막 단락을 발췌해보면, "금일今日 내가 말하고자 하는 바는, 다만 남인南人의 문약文弱을 변變하여 북인北人의 무강武强을 배우라 함이로다. 다시 공언公言을 하면 남인은 이상가理想家가 많고, 북인은 실제가實際家가 많으니, 금일 시대는 실제가의 시대라. 남南으로 북北을 배우라 하고 하夏보다 동冬을 사랑하라 함이 어찌 다만 나의 '패라독쓰'라 하리오. 나는 다시 근일近日 나의 생활상태로써 증명하리라. 나는 요새 밤마다 전장에 나간 군대처럼 의복을 꼭꼭 입고 침상에 눕고, 아침에 일어나면 실내에서는 '아이쓰크림'을 한 주발씩을 만들고 세수는 통상 냉수를 쓰는데 손은 오리발같이 되고 피부는 상어몸같이 억세진다. 잠은 보통 4,5시간에서는 더 자지 못한다. 하나 정신은 도리어 긴장하여지고 신체는 매우 활발하여간다. 아, 이것이 특히 북방北方의 은혜恩惠가 아닌가, 동冬의 덕德이 아닌가. 나는 비로소 북인의 장처長處가 이 동冬에 있음을 깨달았노라. 나의 사랑하는 청년들이여! 동冬과 오인吾人의 관계가 얼마나 심절深切한가를 배우라. 아, 분투하라, 단련하라, 엄동嚴冬! 엄동! 엄동!"

이 그림 속의 북극곰은 지리적인 확장을 놀랍게 경험한 세대의 의지와 비전을 극적으로 반영하고 있다. 그리고 북극의 혹독한 추위는 이 세대의 영웅이 통과해야할 시련, 식민지 현실을 환기한다. 한편, 겨울을 사랑하라고 역설하는 논자도 발견할 수 있다. 이 그림을 삽화로 사용하고 있는 「동冬과 오인五人」(『청춘』 13호)이란 글에서 논자는 고대의 문명은 온·열대 지역의 산물이었지만, 교목喬木과 대인大人에게 온실溫室이 부적합한 것과 같이 인류의 문명은 점점 북방으로 이동해왔다고 주장한다. 그는 추위를 경험하지 못하는 남인南人의 기질을 문약文弱에 연결시키고 추위를 이겨낸 북인北人의 기질을 무강武強과 관련시키면서, 청년들에게 북인을 배우고 엄동嚴冬을 사랑하라고 부르짖는다. 그러고 보면, 이 그림은 단군신화의 근대판 버전이라고도 할 만하다. 이광수는 최승만에게 '극웅極雄'이란 호를 지어 주기도 했다. 아래에 인용한 시는 이광수의 「극웅행極熊行」 이란 시다.

우리 사는 곳에서
北편으로 北편으로 한정 없이 가다가
큰 산맥을 지나서
큰 벌판을 지나서
삼월이라 삼짇날 봄 가지고 날아오는
제비보다 더 가서, 훨씬훨씬 더 가서
아내 함께 친구 함께 공중 높이 뜨고 떠
여름 가는 끝까지 가보고야 만다는
기러기떼보다도 훨씬훨씬 더 가서
얼음 세계 만나니 북극이란 세계라.

나무는 말없고 풀 한 포기 있으랴.

갈수록 얼 뿐이요 녹을 줄을 몰라서

얼고 얼고 또 얼어서

몇 천척千尺 몇 만척萬尺 딴딴하게 얼었다.

이 세상에 주인으로 내 몸이 태어나니

북극에 산다하여 극웅極熊이라 일컷더라.

우리 사는 곳에서 북극까지, 혹은 북극에서 우리 사는 곳까지, 그 사이를 조망하고자 했을 때, 이광수는 "올림푸 봉우리, 터그리, 유프라테, 애급, 나일강, 대大로마, 터벨강, 아프령嶺, 세느강, 라인강, 다뉴브, 도바해, 헴쓰강, 대서양, 럭키산, 태평양, 금강산, 압록강, 양자강……" 등등의 지명을 줄줄이 나열하면서 자신의 문화적이고 지리적인 지식을 한껏 드러낼 수 있었다. 북극은 세계 지도의 완성과 통하는 곳, 달리 말해 지리적인 세계 정복의 마지막 지점으로 생각됐기 때문일 것이다.

우리나라 최초의 신문인 『한성순보』 창간호(1883)에 실린 지구 전도.

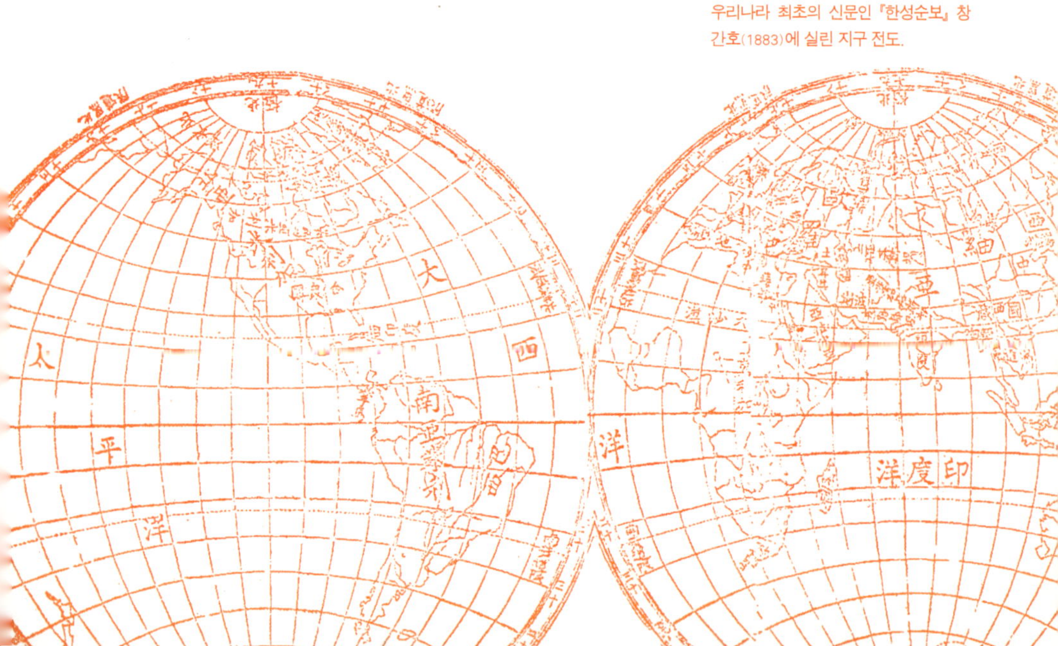

그런데, "적도赤道의 더운 김"도 "난류의 따뜻한 물"도 미치지 않는 찬 세계, 얼음세계, 그 북극에서 극웅(북극곰)은 홀로 뜨거운 생명이다. 북극과 곰(나)은 차가움과 뜨거움, 얼음과 불의 극명한 대조를 이룬다. 이를테면, "찬 세계에 생명 홀로 더워서 …… 누가 불을 때어서, 어느 때에 때어서, 무엇을 때어서, 어디서, 무엇에, 이 피를 끓이는고." 북극은 생명의 뜨거움과 강인함을, 청년의 식지 않는 피와 열정을 부각시킬 수 있는 가혹한 배경이었다고 할 수 있다. 북극은 근대적인 주체를 도드라지게 하는 풍경이었다. 그 주체는 한쪽에선 오만하게 세계정복의 깃발을 흔들고 있었고, 또 다른 한쪽에선 그 깃발 아래 엎드려 근대를 악몽으로 겪으면서도 무한히 동경하고 열심히 배워야 했다. 근대의 두 얼굴. 어쨌든 우리의 근대는 정말이지 추웠다.

전영택의 소설 「운명」(『창조』 3호, 1919.12)에선 주인공 동준이라는 청년이 이런 편지를 띄우는 장면이 있다. "나는 명일明日노 즉시 돌아가서 여전히 춘원 군의 소위 곰이 되겠나이다. 부지런히 내가 하던 사무事務를 보겠나이다." 이 발언은 출옥 후 알게 된 애인의 배신에도 절망하지 않고 자신의 삶에 충실하겠다는 의지를 표명한 것이다. 그에게 춘원 이광수의 곰은 건실하고 사명감 있는 청년의 표상이다. 바위와 성공 가능성이 거의 없는 싸움을 벌이는 곰이나 얼음 세계에서 홀로 뜨거운 가슴을 지닌 곰처럼, 내가 부지린히 계속해야 할 사무란 어떤 것일까. 식민지 조선에서 그 사무는 또 다시 감옥행으로 이어질 것일지도 모른다. 혹은, 후일을 기약하면서 우선은 부지런히 근대를 배우는 일에 매진하겠다는 것이었을런지. 말하자면, 실력양성론(선실력양성 후독립론). 실력양성론의 구상은 일본에 대한 직접적인 저항보다는 실력양성을 통한 경쟁의 방법이 더욱 현실적인 방안이라는 생각에서 나온 것이지만, 식민지체제 속에서 실력을 키운다는 게 생각만큼 더 현실적인 것이었다고 하기는 어려울 것이다. 그러나 어쨌거나.

 근대의 프로메테우스들,
탐험가 월튼과 과학자 프랑켄슈타인

기쁜 소식을 전하마. 너는 이번 일을 무척 불길하다고 했지만, 사업은 아무
런 사고도 없이 시작되었다. …… 이런 기분 알겠니? 이 산들바람, 내가 가
는 곳에서 불어오는 바람은 그곳의 혹독한 기후를 미리 맛보게 해주지. 이
약속의 바람에 내 꿈은 더욱 강렬하고 선명하게 타오른다. 북극은 얼음뿐인
황량한 땅이라고 스스로 냉정해지려 애써도 잘 안 되는구나. 나에게 북극은
늘 아름다움과 기쁨의 땅이기에.

이것은 북극행 탐사선 선장 로버튼 월튼이 북극으로 가는 도정에서 그의
누이에게 보낸 첫 번째 편지의 서두다. 월튼은 〈근대의 프로메테우스〉
라는 부제가 달린 메리 셸리의 소설 『프랑켄슈타인』(1818)에서 과학자 프랑켄
슈타인과 괴물 프랑켄슈타인의 이야기를 전해주는 화자의 역할을 맡고 있는
인물이다.

그는 "아무도 가본 적 없는 세상의 한 부분을 보면서 목마른 호기심을 실컷

충족시키고, 지금껏 사람의 발길이 닿지 않은 땅에 자신의 발자국을 남기리라"는 야심과 "북극 근처의 항로를 발견하여 수개월씩 걸리는 대륙간 여정을 단축하거나 자력의 비밀을 밝혀냄으로써—물론 가능하다면 광산 같은 것을 개발해야 효과를 보겠지만—전 인류에게, 아득한 후손에게까지 이루 헤아릴 수 없는 혜택을 주게 되리라"는 공명심에 고양되어 북극해 탐험에 나선 쾌남아다. 북극행 초반은 순조로워서, "아직 길들려지지 않았으되 순종적인 저 땅을 계속 나아가지 못할 이유는 없지 않은가? 사나이의 굳센 가슴과 단호한 의지를 그 무엇이 막을 수 있단 말인가?"라고 그 감흥을 토로하는 그에게 북극의 혹독한 기후를 미리 맛보게 해주는 바람은 달콤한 약속의 바람으로 느껴진다. 그렇지만 그의 배는 북극 근해에서 얼음장에 갇혀 더 이상 나아갈 수 없게 된다. 저 땅이 그렇게 계속 순종적이진 않았던 것이다. 바로 거기서 월튼은 괴물 프랑켄슈타인과 과학자 프랑켄슈타인을 만나게 된다. 이 소설에서 북극은 굳센 탐험가와 미친 과학자와 굶주린 괴물이 조우하는 장소로 설정돼 있다.

1935년에 개봉된 영화 〈프랑켄슈타인〉의 포스터. 프랑켄슈타인의 이야기를 들려주기 전에, 이 영화는 상상을 넘어서는 무시무시한 이야기인 고로 심장이 약한 분이나 임산부는 관람을 피하라는 언지를 준다. 그러나 우리는 이미 극장에 들어와 앉았으니……

선장 월튼은 괴물 프랑켄슈타인을 쫓아 북극 근처까지 오게 된 과학자 프랑켄 슈타인을 죽음의 위험에서 구조한다. 그리고 과학자 프랑켄슈타인의 이야기를 듣게 된다. 빅터 프랑켄슈타인은 과학적 호기심과 열정으로 생명의 창조라는 신(자연)의 영역에 도전하여 괴물로 불리게 되는 2미터 50센티미터의 인간을 탄생시킨 인물이다. 그는 자신이 만든 피조물의 형상이 너무나 끔찍하여 자립 능력이 없는 어린아이와 같은 괴물을 죽게 방치한 채 아버지로서의 책임을 팽개치고 도망쳐 버린다. 인간 창조주는 도망쳤고, 그 피조물은 버림받았다. 괴물은 고상한 영혼에 대한 갈망을 가졌으나, 단지 몰골이 흉측하다는 이유로 인간들로부터 혐오와 공포의 대상이 되고 무조건적인 공격을 받게 된다. 버림받은 괴물은 부르짖는다. "인간들은 모두 나에게 죄를 저지르는데 왜 나만 죄인 취급을 받아야 하오?" 아무도 사랑해주지 않는 기형아, 그 피조물의 복수는 빅터 프랑켄슈타인의 어린 동생과 절친한 친구와 사랑스러운 아내의 죽음으로 돌아온다. 마침내 프랑켄슈타인은 자신의 과학적 결실을 스스로 파괴하기로 결심하고 괴물을 쫓아 북극에까지 오게 되었던 것이다.

근대의 프로메테우스 과학자 프랑켄슈타인은 또 한 명의 근대의 프로메테 우스 탐험가 월튼에게 자신의 비극을 거울로 삼으라고 말한다. "불행한 사람! 자네도 나 같은 광기를 지녔나? 자네 역시 그 도취의 한 모금에 취한 건가? 내 말을 들어보게, 내 이야기를 해줄 테니. 그럼 자네는 입술에 댄 그 잔을 내던지 게 될 거네! …… 월튼! 평온함 속에서 행복을 찾고 야망은 피하도록 하게. 야 망이 아무리 순수하고, 과학과 발견의 세계에서 자네를 빛내줄 것으로 보인다 고 해도 피해야 하네. 그런데 내가 왜 이런 소리를 하지? 나는 그런 야망 때문 에 파멸을 자초했지만 다른 사람은 성공할지도 모르는 일인데."

탐험가 월튼은 성공할지도 모를 북극행을 포기한다. 그가 자신을 열정에 휩싸이게 했던 원대한 계획을 접기로 결심한 날, 누이에게 보낸 편지를 읽어보 자. 위험한 야망을 피하기 위해 우리에게 진정 필요한 철학은 무엇일까? 이미 인간의 힘은 훨씬 더 강해진 만큼 무서워졌다.

죽음이 드리워 있다. 나는 우리 배가 무사히 풀려난다면 돌아가기로 합의했다. 그런 소심함과 우유부단함 때문에 내 희망이 깨어지고 마는구나. 나는 아무 것도 밝혀내지 못한 채 실망만 하고 돌아간다. 이 억울한 마음을 참고 견디기 위해서는 지금보다 더 많은 철학이 필요하다.

로빈슨 크루소의
바다와 국가

1 소년의 필독서, 『로빈슨 크루소』

여기에 그려진 학생복을 입은 세 소년은 「바다 위의 용소년勇少年」(『소년』 2년 10권, 28~31면)으로 소개되었다. 4·4·5의 음수율과 음보율로 예찬한 「바다 위의 용소년」의 한 부분은 이렇게 위 그림과 겹쳐진다.

네 보아라 그들이 탄 좁고 적은 배
외상앗대 겨우 달린 〈뽀오트〉어늘

활기에 찬 그의 얼굴 조금 겁 없이

쇠뭉치의 팔을 뽐내 금강력金剛力으로
이놈 이리 접어 뉘고 저놈 저리해
물결치는 세찬 용기 놀라웁도다

"여기 있는 세 소년은 바다 아해니", 이들은 겁이 없다. 작은 보트와 거센 풍랑의 대비는 이들의 용기를 더 도드라지게 해주며, 이들에게 닥친 고난을 더욱 극적으로 보여준다. 세찬 파도는 세찬 용기를 증명한다. 그래서 "물결치는 세찬 용기"였던 것. 『소년』 창간호를 여는 시는 최남선의 그 유명한 「해에게서 소년에게」였다. "텨……ㄹ썩, 텨……ㄹ썩, 턱, 쏴……아. / 때린다, 부순다, 무너뜨린다, / 태산 같은 높은 뫼, 집채 같은 바윗돌이나, / 요것이 무어냐, 요게 무어냐, / 나의 큰 힘, 아느냐 모르느냐", 이 호통소리는 바다의 목소리이면서 20세기의 음울한 아침에 조선 소년이 획득해야할 목소리였다.

그렇지만 만약 위 그림 그대로 실행하려고 한 소년이 있었다면, 그 소년에게 돌아온 건 훗날에 슈퍼맨의 멋진 모습을 스스로에게 투영하면서 옥상에서 휠럭 몸을 날리는 순진한 아이의 결말과 뭐가 달랐겠는가. 그림을 다시 보면, 당연하게도 세찬 파도는 세 소년을 압도하고 있다.

어쨌든, 소년을 '바다의 아이'로 뜨겁게 부르는 바로 그 계몽의 목소리로 소개된 책이 다니엘 디포의 『로빈슨 크루소』였다. 로빈슨 크루소는 1900년대 소년들의 슈퍼맨이었다. 슈퍼맨이 판타지와 SF의 상상력으로 불러온 오늘날 문화산업 시대의 영웅들 중 하나라면(슈퍼맨은 크립톤 행성에서 지구로 보내진 외계인이었다), 로빈슨 크루소는 그 존재의 현실성과 가능성이 매우 강조된 영웅이었다. 그러니, 소년이여, 그대를 로빈슨 크루소의 이름으로 부르노라.

디포가 쓴 『로빈슨 크루소』(1719)의 상상력은 남태평양의 한 무인도에서 4

년 4개월을 혼자 생활했다는 스코틀랜드의 선원 알렉산더 더 셀커크라는 실존 인물의 이야기에 바탕을 두고 있다고 한다. 『로빈슨 크루소』는 논픽션의 기원을 과시하는 픽션이었다. 4년 4개월을 무인도에서 외로운 군주로 군림할 수 있었다면, 28년도 가능하지 않을까. 그래서 로빈슨 크루소는 28년을 무인도에서 영국의 문명인으로 살게 되었으며, 더욱 파란만장한 모험을 펼치게 되었다. 『로빈슨 크루소』는 소년들의 필독서로 인정되어 잡지 『소년』에 6회에 걸쳐 「로빈손 무인절도無人絶島 표류기」라는 제명으로 연재되었으며, 실존 인물 셀커크의 이야기는 『청춘』 9호의 「근세 로빈손 기담奇談」에서 읽을 수 있다.

디포가 『로빈슨 크루소』를 착상하게 된 계기로 알려진 기담의 주인공 알렉산더 더 셀커크는 무인도에서의 삶을 자발적으로 선택하여 4년 4개월을 보낸 인물이다. 그는 이 기간 동안 무인도의 자연을 독점적으로 개발하여 경제적인 이익을 얻으려고 하였다. 특이한 동식물 채집을 위해 그가 사는 무인절도를 우연히 찾게 된 한 사람에게 셀커크는 그가 이 섬에 남을 것을 고집하는 이유를 오래 전부터 갖고 싶었던 배 한 척을 살 돈을 모으기 위해서라고 해명한다. 그의 말을 좀 들어볼까. "내가 무슨 돈이 있습니까. 아무리 하여도 무슨 특별한 짓을 하여 돈을 모으지 못하면 될 수 없는 것인 고로, 이 섬에서 돈벌이를 이렇게 하고 있습니다. 이런 쓸쓸한 아무 것도 없는 곳에서 무슨 돈이 되어지냐고 하시기도 쉽지요만은 이 안에 있는 펭귄, 아시가, 해견海犬, 해상海象들이 다 돈 만들 거리올시다." 이렇게 말할 때, 셀커크는 로빈슨 크루소의 영웅적인 면모 뒤에 깔려있는 자본주의적인 논리와 세속성을 노골적으로 드러낸다. 자연은 그에게 곧바로 돈으로 환산된다. 그는 몇 번이나 자신이 매우 바쁜 생활을 하고 있다는 점을 강조한다.

어쨌든지 간에, 『소년』에서 『로빈슨 크루소』에 특별히 주목한 이유는 무엇보다도 우선 로빈슨 크루소가 대영 제국의 저력을 내장한 인물형으로 받아들여졌기 때문이다. 그 논리는 매우 단순하고 비약적으로 보이지만, 그것이 바로 로빈슨 크루소의 모험이 근대의 신화로 탄생할 수 있었던 배후였다. 즉, "『로빈슨 크루소』는 해사海事에 관한 한 소전기小傳奇라. 그러나 세계의 해왕海王이라는 영국의 해군은 차此로 인하야 성취하였다하나니, 오인吾人은 차此에 관감觀感하여 흥기興起치 아니치 못하리로다."(「바다란 것은 이러한 것이오」, 『소년』 창간호, 37면)

『로빈슨 크루소』는 18세기 계몽주의 시대의 욕망과 비전이 투사된 소설이다. 로빈슨 크루소는 애덤 스미스로부터 칼 맑스를 거쳐 이후의 많은 경제학자들에게 부르주아적인 합리성과 생산성의 모델 역할을 했다. 그는 진취적인 개척 정신과 불굴의 의지력, 미지의 자연에 대한 문명의 승리, 부르주아 계급의 경제관을 한 몸에 구현하고 있는 인물로 표상되었다. 그는 근대적인 의미에서 위대한 인간으로 신화화되었으며, 그의 나라 영국은 근대 문명국의 제유로 통했다. 18세기에 창조된 로빈슨 크루소의 이름과 목소리를 빌려 20세기 초 식민지 조선의 소년들에게 당부하는 말은 이랬다.

내(로빈슨 크루소)가 그동안 지낸 일은 이뿐 아니나 너무 장황하면 도리어 염증이 생기실 듯하여 대강대강 따서 여쭘이니 자세하게 알려하시면 내외 국문자國文字 간間에 내 사적事蹟이 기록되지 아니한 데가 없으니 그것을 보시오. 그러나 한 가지 원하는 것은 가장 광명光明스럽고 영예 있을 신대한新大韓 소년 여러분은 **여러분의 나라 형편이 삼면三面으로 자미滋味의 주머니요, 보배의 고庫ㅅ집인 바다에 둘린 것을 심상한 일로 알지 말아** 항상 그를 벗하고 그를 스승하고 또 거기를 놀이터로 알고 거기를 일터로 알아 그를 부리고 그의 비위脾胃를 맞추기에 마음을 두시기를 바라옵나니 엇접지 아니한 말씀이나 깊이 들어주시오. 그런데 한 마디 붙여 말할 것은 우리 모양으로 사리私利와 장난으로 바다를 쓰실 생각말고 좀 크게 높게 인문ㅅ文을 위하여 국익國益을 위하여 진실한 마음과 정성스러운 뜻으로 학리연구學理研究 · 부원개발富源開發 등 좋은 소유消遣를 잡으시기를 바랍니다.

여러분은 응당 이 늙은 사람보다 더욱 자미滋味 있는 해상경력海上經歷이 있을 터이라 좀 들려주시구려.

『소년』에선 이 같은 당부의 말로 「로빈슨 무인절도 표류기」의 연재를 끝낸다. 삼면이 바다로 된 반도국이라는 점은 『소년』에서 누차 강조한 조선의 지리적인 특장이었다. 일례로, 연재물 「해상대한사海上大韓史」는 "삼면 환해環海한 우리 대한의 세계적 지위"라는 부제를 세 번씩이나 달았다. 대한의 소년들은 바다를 놀이터인 동시에 일터로 삼고 바다를 부리는 동시에 바다의 비위를 맞추라고, 늙은 로빈슨 크루소의 목소리를 빌린 『소년』 편집인은 권고한다. 그리고 슬쩍 로빈슨 크루소의 진지한 모험담 속에 사욕과 장난이 끼워져 있었음을 들추면서 로빈슨 크루소를 넘어서 한결 더 고상한 목표를 품으라고 말한다. 소년은 사리보다 국익을 앞세우는 공적인 인간으로, 장난을 모르는 진지한 인간으로 만들어져야 했다. 소년들은 교환 가치를 쫓는 상인(경제적인 인간)의 가치관이 아니라 그 무엇보다 우선해서 민족주의적인 가치관으로 무장해야 했던 것이다.

소년들이 쌓아야 할 해상경력을 상상하는 자리에 저 앞에서 본 그림이 놓인다. 로빈슨 크루소가 소년들에게 건네는 충언과 더불어, 그 그림은 「로빈손 무인절도 표류기(1)」에 그려진 한 삽화와 연락된다.

「로빈손 무인절도 표류기(1)」, 『소년』 2년 2권, 24~25면

이 두 그림을 보고 있노라니, 떠오르는 시 한편이 있다. 종로 YMCA에서 개최된 우리나라 최초의 시낭독회에서 여류시인 박인덕이 낭송하여 청중의 박수갈채를 받았다는 번역시 「콜넘버스」. 기실 청중이 보낸 박수갈채는 콜럼버스에게 향해있는 것이 아니라 당시로선 희귀한 존재였던 여자 시인에게 쏟아진 것이었다. 이 일화를 전해주는 박종화는 "역시 여류의 힘이 그때나 이때나 대단한 것을 느끼게 된다"고 덧붙이고 있다. 뭐, 그야 어쨌든 이 시는 최초의 시전문지 『장미촌』(1921.5)에 실려 있다. 이 시에서 반복되는 콜럼버스의 "항해하자! 하자!"하는 표어에는 로빈스 크루소의 신화가 새겨져 있었을 터. 그리고 이 표어는 누구보다도 '바다 위의 용소년'이 가슴에 새겨야 하는 것이었을 터.

뒤에는 아솔스 도^島와 지부럴타 / 해협만 묘연^{渺然}히 보이고. / 앞에는 걸림 없는 / 망망한 대양^{大洋}뿐.
수종^{隨從}이 낙심하는 모양으로 / 하는 말이 〈기도합시다 / 아! 성진^{星辰}까지 없어졌소 / 이제는 지진두^{地盡頭}가 되었소 / 갈 곳이 어딘가요? / 용감한 장군이여 / 저 ― 선인^{船人}에게 무엇이라고 말하릿가?〉
웨! 이렇게 말하여라 / 〈항해하자! 하자! 하자!〉

선인들은 날로 피곤하여 / 인심^{人心}이 요란하다. / 풍전^{風前}에 노도^{怒濤}는 / 사람의 뺨을 부딪친다.
수종이 절망이 되어 / 하는 말이 〈용감한 장군이여, 내일 효두^{曉頭}에도 / 무안^{無岸}한 대양^{大洋}만 보이면 / 무엇이라고 말하릿가?〉
웨! 이 같이 말하여라 / 〈항해하자! 항해하자! / 항해하자! 하자!〉

항해한다, 항해한다. / 파도는 태산같이 일어난다.
낙담한 수종의 말이 〈아! 하나님께서 우리의 / 죽게 된 것을 모르시나! / 하나님

까지 이 위험한 / 대양에서 떠나셨구나! / 용감한 장군이여 / 지금 말씀하시오〉
그의 대답은 〈항해하자! / 항해하자! 하자!〉

항해한다, 항해한다.
수심이 만면한 / 수종의 말이 〈험악한 / 해구海口는 금야今夜에 / 우리를 삼키려는 듯
하구나! / 용감한 장군이여 / 이렇듯 절망이 된 때 / 무엇이라고 말하릿가?〉
날카로운 검같이 격렬히 / 말하기를 〈항해하자! / 항해하자! 항해하자! 하자!〉

콜럼버스는 갑판 상에서 / 피곤한 눈으로 / 암흑한 세계를 살핀다.
심심칠야沈沈漆夜에 별안간 / 적은 불빛이 반짝반짝한다.
빛! 빛! 빛! 빛! / 이 빛은 펄펄 날리는 / 미국 기호旗號의 기반이다. / 이 빛은 신세
계의 시작이다.
그는 〈항해하자! 하자!〉는 / 굉장한 표어를 가지고 / 신세계를 발견하였다.

도대체 '항해하자'란 외침 외에 콜럼버스는 다른 어떤 말도 할 줄 모르는 사람
같다. 이 같은 집중력(야망, 집념, 의지)에 대해 메리 셸리의 『프랑켄슈타인』에
선, 영혼이 지성의 눈을 고정시키는 지점인 확고한 목표가 마음을 편안하게 해
주는 상태로 말하기도 했고, 한 가지 목표만 남기고 모든 이성과 감각을 상실
한 최면 상태로 표현하기도 했다. 어쨌든, 콜럼버스의 빛나는 광기는 신세계를
발견하였다. 이제, 로빈슨 크루소의 섬으로 가보자.

2 로빈슨 크루소의 섬

『소년』의 「로빈손 무인절도 표류기」 연재는 요약된 형태로 그다지 잘 알려지지 않은 속편의 내용까지 담고 있다.『로빈슨 크루소』속편은 28년 간의 무인도 생활을 끝내고 영국으로 돌아온 로빈슨 크루소가 또다시 상업적인 비전을 품고 고향을 떠나 모험을 펼치고 귀향하는 얘긴데, 그 동선은 중국과 러시아에까지 미친다. 28년 간 무인절도를 관리하고 통치했던 자신감으로 크루소는 전세계를 무대로 나아갔던 것이다.

로빈슨 크루소의 무인도 생활에는 서구 제국주의자들의 나르시시즘과 불안이 투사되어 있다. 크루소의 섬 생활기에서 인상적인 몇몇 국면을 살펴보기로 하자.『소년』지에 게재된 축약본 「로빈손 무인절도 표류기」 3~5회를 중심으로 할 것이며(인용문은 별색 글씨로 표기), 완역본『로빈슨 크루소』(김병익 옮김, 문학세계사, 1993)를 같이 읽고 그 삽화를 감상하였다.

① "…… 그리하는 중에 발끝에 스치는 것이 있는 듯한 고로 발을 쓰윽 폈더니 땅에 가 닿는지라. 이에 금시^{今時}에 생기가 나서 바위를 엉기여 올라가 비틀비틀하면서 물이 닿지 않는 곳까지 이르렀소이다. 인하여 해변으로 이리저리 손을 두르고 다니면서 〈하나님께옵서 어찌하여 나를 육지를 밟게 하셨노〉 하여 저절로 감사하였소이다. 차시^{此時} 해안에는 모자며 양화^{洋靴}가 두서넛 떠있더이

다.” 로빈슨 크루소 일행을 태운 배가 카리브 해에서 폭풍을 만났는데, 크루소가 유일한 생존자로 무인절도에 표착漂着하는 장면.

　로빈슨 크루소는 이제부터 신이 그를 택하여 육지에 살아남게 하신 이유를 찾아야 한다. 살아남은 자의 슬픔보다는 희망으로 그는 자신을 단련시키고 조절해나간다. 그는 우선 해안 가까이 암초에 걸려 있는 난파선으로부터 식량과 연장과 탄약과 무기(엽총 두 자루와 권총 두 자루)를 날라 온다. 그는 섬의 지형을 조사하기 위해 높은 봉우리에 올랐다가 총으로 큰 새 한 마리를 쏘는데, 그 총소리가 이 섬에서 천지개벽 이래 처음으로 울린 총성이라는 점을 되뇌면서 크루소는 홀로 고취된다. 그러나 그 새는 그가 본 적이 없는 미지의 새였으므로 먹을 수 없는 것, 다시 말해 이용할 수 없는 것이었다. 그에게 그 새는 ‘썩은 고기’와 같았다. 로빈슨 크루소의 불안은 나르시시즘 속에서도 계속해서 따라다닌다.

② 불안을 잠재우기 위해선, 먼저 공간과 시간을 그의 방식으로 장악해야 했다. 그래서 “최초에 표착하던 해변에 나무 한 주를 깎아 세우고 그 면에 찬 칼로 〈나는 기원 1659년 9월 30일 이 해안에 표착하였노라. 로빈손 크루소.〉라고 새기고 또 그 밑에 칼로 날마다 한 마디씩 에여 역서曆書 대신으로 썼소이다.” 그리고 관측 계산해 본 결과 이곳은 북위 9도 2분 지점.

　이 장면에서 그에게 특별한 가치로 다가오는 것은 그 동안 여러 차례 왕복하면서 배에서 날라온 물건들 중, 펜과 잉크, 나침반, 제도 기구, 해시계, 망원경, 항해 서적 같은 것들이다. 시간과 공간이 숫자로 표시되고, 펜과 잉크로 현재를 기록함으로써(일기) 그는 안정감을 얻는다. 그는 또한 영국에서 사용하던 물품들을 손수 제작하여 마련함으로써 그에게 친근한 환경을 조성해나간다. 일테면, 집, 책상과 의자, 식탁과 그릇 따위. 그리고 튼튼한 담. 그는 한편으론 늘 미지의 누군가, 혹은 무엇인가로부터 받게 될지도 모를 침입을 두려워하고 있었다. 기술인 로빈슨 크루소가 원한 것은 집이면서 요새였던 것. 로빈슨 크루소는 말한다. "이성이란 수학의 본질이요 근원이기 때문에, 모든 것을 이성으로 처리하고 사물을 가장 합리적으로 판단한다면 누구나 저절로 모든 기술을 습득할 수 있다."(김병익 옮김, 『로빈슨 크루소』, 문학세계사, 1993, 81면) 이 무인절도에서 스스로 정한 시간표에 의해 움직이는 그는 쉴 틈이 없이 바빠졌다. 할 일이 없는 시간이란 그를 불안한 상상으로 이끄는 적이었다. 그는 놀 줄 모르며 놀 수 없다. 농사를 지었으며, 짐승을 길들였다. 그는 홀로 문명사를 실행하고 있었다.

③ 그러니, 몸살이 날 만도 하지 않았겠는가. 가엾은 로빈슨 크루소, 그는 보름 가까이 심한 오한과 발열에 시달리게 된다. 그 누구의 치료도 간호도 받을 수 없는 상황에서 그는 신의 음성을 듣는다. 그는 고백한다. 저는 죄인이로소이다. 주여, 저를 이끄소서. 이렇게 엎드린 그에게 성경 말씀, "환난 날에 나를 부르라. 내가 너를 건지리니, 네가 나를 영화롭게 하리라"(「시편」 50장 15절)는 깊은 감명을 주었고 뜨거운 위로가 되었다. "이후로는 매일 성경을 읽으며 또 하나님께 기도를 드리고 지내더니 이리하는 중에 내 생각에 하나님의 지인지자

하옵심이 나 같은 큰 죄인도 용서하옵심을 깊이깊이 깨달았소이다." 이제 그
의 시간표에는 기도하는 시간과 성경 읽는 시간이 추가되었다.

114면

가라타니 고진의 통찰을 빌리면, 신 앞에서 저는 죄인이로소이다, 고백하는 근
대인의 내면에서는 '주인'임을 포기함으로써 '주인(주체)'으로 남아 있게 하는
정신적 역전이 이루어진다. 다시 말해, 주인임을 포기하고 유일신에게 완전히
복종함으로써 '주체subject'를 획득하게 된다. 신의 영광을 드러내는 특별한 주
체로 거듭나게 되는 것이다. 고백의 행위는 나약해 보이는 몸짓 속에서 '주체'
로서 존재할 것, 달리 말해 권력의지 혹은 지배의 명분과 연결된다. 기독교는
신의 자리를 이성으로 대신하려 했던 근대인과 이렇게 만나게 되었다. 매일같
이 성경을 꾸준히 읽고 하나님께 기도를 올리는 경건한 로빈슨 크루소가 펼치
는 활약(?)은 신이 그를 택해 이 섬에 살아남게 하신 이유와 견고하게 결합하
면서 더 높이 칭송할 만한 것이 될 수 있는 것이다.

④ "앵무^{鸚鵡}를 잡아다가 말을 가르쳐"는 장면. 여기서 로빈슨 크루소의 언어는

44

교사의 언어이자, 제왕의 언어다. 앵무새는 로빈슨 크루소가 가장 총애하는 신하다.

그는 자신이 이 섬 전체의 왕이자 주인임을 확인시켜 주는 그의 풍성한 식탁을 우리에게 구경시켜 주고 싶어한다. 그의 쓸쓸한 자랑을 들어보자. "나는 이 섬 전체의 왕이자 주인이요, 내 모든 종속물의 생명은 내 절대적인 명령에 달려 있었다. 교수형에 처할 수도, 오장육부를 도려낼 수도 있고, 자유를 줄 수도 있고, 추방도 할 수 있다. 백성들의 반역이란 있을 수 없었다. 그러면 시종을 배석시키고 혼자서 어떻게 제왕처럼 식사를 하는가 구경해 보시라. 앵무새 폴이 총애하는 신하다. 그는 내게 말을 붙일 수 있는 유일한 존재다. 이제는 무척 늙고 병약하여 씨를 남겨 자식을 번식시키지 못할 개도 언제나 내 오른편에 앉아 있다. 두 마리의 고양이는 식탁 양쪽에 마주보고 앉아서 때때로 특별한 총애의 표시로 주는 음식을 기다렸다."(174면) 그리고 이러한 묘사와 연결되는 그림.

175면

그의 유아론적인 욕망은 섬 전체가 애완동물처럼 그의 지배하에 기꺼이 놓여 종종 말썽도 피우겠지만 그를 위해 기쁨과 보람을 주게 되길 원한다. 그는 섬을 샅샅이 조사하고 다닌다.

⑤ 그러던 어느 날 발견하게 된, 누구의 것인지 알 수 없는 발자국 하나가 그의 나르시시즘과 평화를 완전히 깨뜨리게 된다. "흡사한 사람의 발자국이 모래 위에 박혀 있는 고로 매우 마음에 놀라서 마치 벼락맞은 것처럼 서서 어디 숨어 있지나 아니한가 하여 귀를 기울이고 사면을 엿보고 있어도 아무 것도 들리지도 않고 보이지도 아니하는 고로 먼 데까지 살펴볼 양으로 높다란 언덕 위에 올라서 사방을 둘러보아도 또한 아무것도 보이지 아니하옵디다."

183면

그 발자국은 크루소가 혼자서도 잘 살아갈 수 있다는 강한 자신감을 획득하게 되면서 깜박 잊고 있었던 모든 '타자the Other'들을 의미하는 것이었다. 발자국을 보고 경악한 바로 그 순간부터 로빈슨 크루소는 거의 2년을 공포에 사로잡혀 전전긍긍하며 살게 된다. 그가 발자국으로부터 떠올리는 이미지는 악마와 야만인이다. 이 장면에 대하여 미셸 드 세르토Michel de Certeau는 이렇게 지적하였

46

다. "이 부르주아 정복자 로빈슨 크루소는 이성을 잃은 한 인간, 아무것도 밝혀주지 못하는 단서(사람의 것으로 추정되는 발자국)로 인해 자제력을 상실한 인간으로 바뀐다. 그는 거의 돌아 버린다. 그는 몽상을 하고 악몽을 꾼다. 그는 위대한 시간의 창조주가 지배하는 세계에 대한 신뢰를 상실한다. 그의 논법들은 그 자신을 자포자기에 빠뜨린다. 그에게 의미있게 자리잡았던 생산적인 금욕주의에서 벗어나자, 그는 미지의 침입자를 잡아먹고 싶은 식인적 욕구나 자신이 잡아먹힐지도 모른다는 두려움에 사로잡혀 매일매일 악마 같은 삶을 헤쳐나간다." 이 장면을 특별히 주목해서 보는 자에게 로빈슨 크루소는 부르주아의 합리성과 생산성의 모델이 아니라 비합리성과 억압의 모델이 된다.

이 악몽의 2년 간 크루소가 하는 일이라고는 식량을 충분히 저장하고 담을 더 높이고 더 두껍게 해두고서 보초를 서는 일이다. 그는 두려움에 떨며 홀로 전쟁에 대비하고 있었던 것이다.

⑥ "뒷동산에 올라가 두 바위틈에 몸을 숨기고 망원경을 들어 연기 올라오는 곳을 바라본 즉 야만 아홉 놈이 불을 에워싸고 있으니 이 더운 때에 몸을 녹이느라고 그리할 리는 없고 필연 가지고 온 사람의 고기를 구워먹는 것이라. 눈도 깜박거리지 않고 본 즉 얼마 있다가 물이 밀려들어오매 언덕에 매여 있던 외나무 배를 집어타고 어디론지 가더이다. 말끔 간 뒤에 가만히 동산에서 내려와 불 피던 곳에 가본 즉 여기저기 사람의 고기와 뼈가 헤여져 있는데, 이것을 본 즉 소름이 쪽쪽 끼치며 또 생각하여본 즉 어느 날 어느 시에 나도 이렇게 될지 모를지라. 그날부터 날마다 망원경을 들고 야만인들이 오고 아니 오는 것을 살펴보았소이다." 드디어 공포의 발자국에 어울리는 식인종 발견. 크루소의 불안을 자극하는 미지는 모호한 야만으로 연결되었다가 마침내 분명한 식인종의 실체로 나타나게 되는 것.

〈정물연구〉, Henry Savage Landor, 1891. 서양인 화가의 눈에 의해 포착된 19세기 말 조선의 처형 풍경이 왜 하필 크루소가 식인 잔치가 끝난 해변에서 인육과 뼈가 흩어져 있는 모습을 보고 전율하는 장면을 읽으면서 씁쓸하게 떠오르는 것일까. 새베지 랜더는 3개월 가량 조선에 체류하면서 낯선 조선의 풍물을 그림으로 그렸으며, 이후 책으로 펴낸 그의 기행문에 이 그림들을 수록했다고 한다. 서구에 의해 상상되고 발견되고 규정되었던 '야만'은 서구문명의 야만을 은폐하고 합리화는 데 기여했을 것이다.

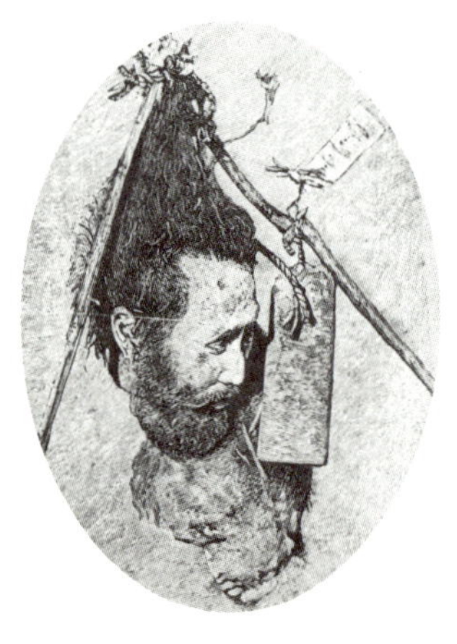

군문효수軍門梟首. 조선시대 행해진 몸에 가하는 형벌의 예를 들면, 태형, 치도곤, 압슬, 주루, 탈구형, 학춤형 등. 군문효수는 삼일동안 오가는 사람들이 볼 수 있도록 매달아두어 사람들의 경각심을 일으키게 했다

이제 타자의 정체를 규정할 수 있게 되었으니, 로빈슨 크루소는 용기와 지혜를 내어 타자를 무찔러야 한다. 로빈슨 크루소의 화약과 총은 야만인들의 잔인한 식인 풍습을 심판하는 도구가 되어 줄 것이다. 어느 날, 그날도 크루소는 몸을 숨기고 망원경으로 야만인들의 식인 잔치를 관찰하고 있었는데, 그들의 제물로 끌려온 불쌍한 야만인 하나가 크루소가 있는 쪽으로 도망치는 사건이 발생한다. 크루소는 순전히 하나님의 섭리에 따라 그 불쌍한 인생을 구원해야 한다는 사명감으로 총을 사용한다. 그러니까, 그는 신의 이름으로 야만을 향해 총을 겨누는 것이다.

⑦ 로빈슨 크루소는 이제 '사람'을 하인이자 조수로 거느릴 수 있게 되었다. 크루소를 생명의 은인으로 여긴 야만인 청년이 보여준 첫 행동은, 로빈슨 앞에 무릎을 꿇고 땅에 입을 맞춘 다음 머리를 땅에 조아리고 로빈슨의 발을 들어 자신의 머리 위에 얹은 것. 크루소는 청년의 행동을 영원히 그의 노예가 되겠다는 맹세의 표시로 받아들인다. 이 에피소드에선 제국주의의 판타지가 완벽하게 구현되고 있다. 너그러운 주인과 충직한 노예 사이에 변증법적인 투쟁과 혁명은 없다. 그들은 마치 행복한 한 쌍의 커플처럼 보인다.

"그 사람을 데려다가 집에다 두고 본 즉 성미도 온량溫良하고 신체도 강건한고로 영구히 함께 있기로 하고 살려내던 날이 금요일이기로 이름을 금요일Friday이라 하였는데, 어찌하였던지 25년 만에 사람의 소리란 것을 듣고 보니 마음에 이상스럽기 짝이 없어 차차 우리말을 가르쳐 대강 통정通情하게 된 후에는 매일 이 궐자厥者로부터 이야기하는 것이 큰 낙이었소이다. 그 뒤에는 금요일이

노예의 이름은 프라이데이, 프라이데이는 주인과 노예의 관계가 성립된 날이다. 그 날은 일종의 기념일이다. 프라이데이는 로빈슨 크루소의 언어와 종교를 매우 잘 습득해나간다. 즉, 프라이데이는 야만에서 문명으로, 악마로부터 하나님에게로, 어둠에서 빛으로 인도되는 것이다. 프라이데이는 순종적인 노예이자 학생이고, 로빈슨 크루소는 훌륭한 주인이자 선교사이며 교사이다. 이들 사이에는 이질적인 문화와 언어가 부딪치고 찢기고 섞이면서 빚어내는 어떤 소음과 갈등도, 혁명과 분열과 생산의 에너지도 없다.

⑧ 프라이데이는 로빈슨 크루소의 용감한 병사가 된다. 이제 이들은 함께 식인종을 향해 진군한다. 죽으라면 죽겠다고 대답하는 프라이데이는 자신이 속했던 야만 사회를 향해 총을 쏘아야 하는 이 전투에 대해 어떤 회의도 보이지 않는다. 오히려 생각이 많은 쪽은 로빈슨 크루소다. 성찰과 자의식은 전적으로 로빈슨 크루소의 몫이다. 그의 신중한 생각 하나, "그들은 내게 아무런 죄도 짓지 않았고, 사람을 먹는 야만적인 습성은 다른 미개지의 야만인들처럼 하나님이 그들을 몽매하고 비인도적인 길로 내팽개쳤다는 증거로서, 바로 그들 자신의 재앙인 것이다. 그런데, 내가 그들의 행위를 심판하다니. 더 나아가 내가 하나님의 심판을 집행해야 할 사명은 없지 않은가? 하나님은 마땅하다고 생각될 때 스스로의 손으로 처리할 것이다. 따라서 그것은 전혀 내가 관여할 문제는 아니었다."(270면) 크루소는 이 전쟁의 윤리적이고 신학적인 명분은 자신에게 있지만, 실리적인 이득은 프라이데이에게 있다고 오도하기도 한다. 이 전쟁을

통해 프라이데이는 말하자면 외부의 강력한 세력인 크루소의 힘을 빌려 야만 사회 내부에서 자신의 부족과 적대적인 관계에 놓인(그래서 잡아먹힐 뻔하기도 했던) 부족을 해치우고, 나아가 그 자신의 부족은 문명의 세례를 받을 기회를 얻을 터이니. 그러나 원래 이 전쟁을 계획하게 된 건, 크루소를 마침내 그의 고향 영국으로 돌아갈 수 있게 해 줄 운명의 선박과 관련돼 있는 특별한 백인을 식인종의 손에서 구출하기 위해서였다. 크루소는 전쟁의 숭고한 명분만을 취하고, 전쟁의 참혹한 결과는 프라이데이에게 전가시키는 노회한 변명들은 이런저런 논리로 마련해놓고 있다. 어쨌든 이 전쟁에서 보여준 프라이데이의 활약은 눈부시다. 로빈슨 크루소는 명령하고, 프라이데이는 시키는 대로 충성스럽게 총을 쏜다. 크루소는 프라이데이 덕분에 자신의 하얀 손에 더러운 야만인들의 피를 훨씬 덜 묻힐 수 있었다.

그리고 승리한 장군답게 로빈슨 크루소는 적군에게 잡혀 있던 포로들을 풀어준다. "백인의 결박된 것을 끌러주고 포르투갈 말로 〈노형 두 분은 다 누구

세 프랑스인 순교자. 1839년 8월 14일, 세 외국 신부(앵베르Imbert 주교, 모방Maubant 신부, 샤스땅Chastan 신부)가 함께 서울에서 5킬로미터 떨어진 한강변 새남터에서 군문효수를 당하는 장면이다. 한 외국인 신부가 그렸다.

 식인종의 새끼줄에 묶여 있을 법하게, 그 두 명의 백인 포로는 세계의 어둠을 밝히기 위해 고난과 순교의 위험을 무릅쓰고 하나님의 은총을 전파하러 나선 고상한 사람들이다. 자, 이제 드디어 로빈슨 크루소는 28년 2개월 간의 외롭고 무섭고 황홀했던 무인도 생활에 종지부를 찍고 빛의 나라 영국으로 돌아갈 수 있게 되었다. 앵무새를 대신하는 가장 충성스러운 신하 프라이데이를 거느리고.

그 전에 잠깐, 배에 오르기 전에 보여주는 로빈슨 크루소의 섬에서의 마지막 표정도 매우 인상적이다. "이제 내 섬에는 사람들이 살게 되었고, 나는 신하가 많다는 생각이 들었다. 그래서 내가 자못 왕처럼 보일 것이라고 자주 생각하는 것이 즐거운 일이었다. 무엇보다 첫째로 이 섬의 모두는 나의 재산이며 따라서 나는 의심할 여지가 없는 지배권은 갖고 있다. 둘째로 식구들은 완전히 내게 예속해 있다. 나는 절대군주이자 입법자였다. 그들의 생명은 모두 내 것이며, 그럴 사정에 이르면 모두 나를 위해 목숨을 바칠 각오가 되어 있다."(280면)

3 프라이데이의 웃음과 침묵

해여, 나를 중력重力에서 벗어나게 해다오. 낭비와 부주의로부터 나를 보호해
주지만 내 젊음의 충동을 꺾고 삶의 기쁨을 꺼버리는 중력의 너무 빽빽한 기
운을 내 피 속에서 씻어내다오. …… 나에게 아이러니를 깨우쳐다오. 가벼
움을 가르쳐다오. 계산도, 감사도, 두려움도 없이 이 대낮의 직접적인 선물
을 웃으며 받을 줄 아는 방법을 내게 가르쳐다오. 해여, 나를 방드르디와 닮
게 해다오. 웃음으로 활짝 피고, 송두리째 웃음을 위하여 빚어진 방드르디의
얼굴을 나에게 다오. …… 아이러니 때문에 패여 있으며, 보이는 모든 것이
다 재미있어 뒤집혀질 듯한 저 눈을. 보다 더 잘 웃고, 세상의 모든 것을 우
스운 것으로 치부하기 위하여, 어리석음과 악의라는 두 가지 경련을 보다 잘
고발하고 파괴하기 위하여, 어깨 위에서 이리저리 흔들리는 머리통을.

이렇게 부르짖는 로빈슨 크루소를 우리는 1967년에 나온 미셸 투르니에
의 『방드르디, 태평양의 끝』에서 만날 수 있다. 이 소설은 1719년에 출
간된 이후 세계적인 베스트셀러로부터 고전에 이르는 지위를 누려온 디포의
『로빈슨 크루소』에서 두 가지 문제를 치명적인 것으로 제기하면서, 새로운 로
빈슨 크루소의 서사(동시에 새로운 프라이데이의 서사)를 만들어낸 작품이다.

투르니에가 지적하는 첫 번째 문제는, 방드르디(프라이데이의 불어)가 빈 그

릇과 같은 존재라는 점이다. 디포의 소설에서는 오직 로빈슨 크루소의 독백만이 울려퍼지고, 방드르디는 그 언어를 흉내내는 앵무새에 만족하면서 크루소의 곁에 날개를 접고 앉아 있었는데, 투르니에는 방드르디 본래의 목청을 열어주고 날개를 달아주고 싶었던 것이다. 그리하여 방드르디가 살아난다. 투르니에는 소설 제목에다 로빈슨 크루소를 지우고 방드르디를 올려놓았다. 투르니에가 본 두 번째 문제점은 크루소가 전혀 새로운 곳에서 조금도 새로운 삶으로 나아가지 못한다는 점이다. 디포의 크루소는 자신의 잃어버린 과거인 영국을 무인도에 재건하는 일에만 매달리는데, 투르니에는 이 작업의 부질없음과 터무니없음을 보여주고자 하였다. 그리고 다른 삶도 가능하다는 것, 더욱이 이곳이 영국이 아니라면 영국과 다른 삶일 수밖에 없다는 것을 보여준다. 투르니에가 우리에게 보여주고 싶었던 것을 그의 말로 요약하자면, "방드르디는 미래를 열고 기획하며 로빈슨으로 하여금 과거의 재구성에만 몰두하는 것이 아니라 무언가 새로운 일을 하도록 도와줍니다."

이 소설에서, 빛은 크루소의 계몽의 화법과 비전에서 나오는 것이 아니라, 방드르디의 활짝 피어나는 웃음과 생명력 자체에서 뿜어져 나온다. 그러므로 로빈슨 크루소는 영국으로 그를 데려다 줄 배, 화이트버드호에 오르지 않고 섬에 남기로 한다. 그는 다른 인생을 선택한다. 방드르디도 다른 인생을 선택한다. 방드르디는 생전 처음 본 범선에 매혹되어 그 매혹을 쫓아 범선에 오른다. 다만 방드르디와 영국이 다시 어떤 불꽃을 이루며 희비극을 연출하게 될지는 알 수 없다. 덧붙일 또 한 가지의 선택이 있다. 화이트버드호의 어린 수부가 크루소의 친절에 감동하여 섬에 남을 것을 선택한 것이다. 그 어린 수부에게 로빈슨 크루소가 선사한 이름은 죄디(목요일)다. "〈그건 하늘의 신인 주피터의 날이지. 그건 또 어린아이들의 일요일이기도 하지〉 하고 로빈슨이 그에게 말했다." 방드르디(금요일)가 가고 죄디(목요일)가 왔다. 금요일에서 목요일로 흐르는 시간. 시간은 모든 곳 모든 사람에게 동일한 방식으로 흘러가지 않는다.

1986년에 발표된 존 쿳시의 소설 『포』의 경우도 로빈슨 크루소의 신화를 해체하는 매우 인상적인 사례라 할 수 있다. 이 소설에서 『로빈슨 크루소』의 저자 다니엘 디'포'는 이야기를 듣는 자로 설정되어 있다. 그는 이야기의 주인이 아니다.

포 선생에게 이야기를 들여 주는 이는 로빈슨 크루소의 섬에 표류하여 일여 년을 크루소와 프라이데이와 더불어 보냈으며 크루소의 죽음을 지켜 보았던 한 여성이다. 그녀는 자신을 이야기의 아버지에, 포 선생님은 이야기를 낳는 그녀의 부인에 빗댄다. 그녀는 우리가 익히 아는 크루소에 대한 인상과는 사뭇 다르게 늙고 무기력하기 짝이 없는 크루소에 대해서 혐오와 연민을 교차시키면서 들여 주고, 또한 혀가 잘린(이 소설에서 이건 비유가 아니다) 프라이데이의 침묵 속에 가라앉아 있는 프라이데이의 이야기에 다가가려고 애쓴다.

포 선생은 그녀의 이야기가 그럴 듯한 '작품'이 되기 위해서 첨가되어야 할 드라마와 삭제되어야 할 것들을 고르고 배치할 수 있는 저자의 권력을 가지고 있는데, 결국에 포의 책이 씌어진다면(존 쿳시의 소설 『포』의 독자들은 이미 포의 『로빈슨 크루소』를 읽었다) 그녀의 이야기는 처음 – 중간 – 끝을 가진 아리스토텔레스 식 서사의 논리에 의하여 프라이데이의 혀처럼 잘리게 될 것이다. 그녀는 이러한 책의 권력에 굽히지 않고 이야기를 반복하고 번복한다. 이야기는 이렇게 반복되면서 균열과 차이를 드러내게 된다. 우리는 균열과 차이를 매끄럽게 이어가는 다니엘 디포의 책이 아니라 그녀의 혼란스러운 이야기를 통해 씌어지지 않은 것이 씌어진 것보다 먼저 있었으며, 혼돈이 코스모스보다 먼저 있었다는 것을 확인하게 된다. 이와 함께, 씌어진 것과 코스모스가 모종의 픽션이라는 점이 부각된다.

다니엘 디포의 『로빈슨 크루소』는 논픽션의 기원을 과시하는 픽션이었지만, 존 쿳시의 『포』라는 패러디 소설은 『로빈슨 크루소』라는 픽션에 대해 의심하고 회의하는 자의식을 과시함으로써 로빈슨 크루소 신화를 뒤흔든다. 그와 함께 흔들리는 포는 작품을 아직 쓰지 않은 것인가, 영영 쓸 수 없게 된 것인가. 프라이데이의 침묵처럼.

기차의 탄생과 진화

1 어느 철도원의 일생

나는 아사다 지로의 소설 「철도원」을 영화로 먼저 보았다. 그 영화에서 (그 뒤에 읽은 소설도 마찬가지였다) 기억에 남을 수밖에 없는 대사는 "나는 철도원이니까"라는 것이다. 세어보지는 물론 않았지만 느낌으론 100번도 넘게 들은 것 같은데, 정년을 3개월 앞둔 늙은 철도원의 인생을 따라다니면서 고비마다 그의 옷깃을 단정히 여미게 하고 허리를 꼿꼿이 세우게 하는 주술을 발휘했던 문장이었다. 쿤데라 식으로 말해서, 다이쇼 시대(1912~1926)에 지어진 호

58

로마이 역을 홀로 지키는 오토마츠 역장은 '나는 철도원이다'라는 문장으로부터 태어난 인물이다. 석탄가루로 인해 눈꺼풀부터 손금까지 새까매져서 평생 검은 손금을 지니고 살 것 같더니 어느새 석탄 가루를 뒤집어쓸 필요가 없는 디젤 기관차가 나오고, 1952년 산 디젤 기관차가 박물관에 가야 할 만큼 낡은 유물이 되어 버린 날까지, 그는 '나는 철도원이다'로 살았다. 그의 쓸쓸한 농담, "나도 박물관에 함께 전시해 달라고 할까?"를 듣고 어느 누구도 따라 웃기는 힘들다.

그렇다고 그의 인생에 모든 사람들이 감동하지는 않을 것이다. '철도원'의 표상에 오롯이 바쳐진 오토마츠의 삶은 일부의 사람들에겐, 특히 그의 삶에서 어떠한 향수도 발견할 수 없는 세대에겐 그저 답답하고 갑갑하게 느껴질 뿐이다. '나는 철도원이니까', 아내의 임종 소식을 듣고도 곧장 달려오지 못하고 호로마이 역의 등까지 다 끄고 마지막 상행선으로 병원을 찾을 수밖에 없었던 오토마츠. 그런 그를 흘겨보며 "어째서 당신은 울지도 않느냐"고 임종을 대신 지켰던 친구 부인이 물었을 때, 한 줄기 눈물 대신 외투자락을 쥐어뜯으면서 "나는 철도원인데, 사사로운 집안 일로 눈물을 보이겠습니까?"라고 중얼거리는 오토마츠. 그는 하나밖에 없는 딸의 임종에도 함께 하지 못했다. 호로마이 역의 등이 아직 꺼지지 않았으므로. 기차가 역사에 들어오는 시간에 깃발을 흔들고 있어야 하므로. 눈 내리는 아침 첫 기차로 아내에게 안겨 병원으로 간 갓난 딸이 싸늘한 시신이 되어 마지막 기차에 실려 돌아왔을 때에도 여느 때와 같이 그는 깃발을 흔들었다. 아니러니하게도 그는 그날의 여객일지에 '이상 없음'이라고 적는다. 철도원 오토마츠 씨 앞에서 오늘날 독자들의 정서적 반응은 감동, 연민, 짜증, 반발에 걸쳐져 있을 것이다.

기차는 눈물을 흘리지 않는다. '진짜 철도원'이라면 눈물을 흘려서는 안 된다. 철도원에겐 기차의 시간표가 있으며, 그 시간표에 맞춰 "눈물 대신 호루라기를 불고, 주먹 대신 깃발을 흔들고, 큰소리를 내지르는 대신 호령을 뽑지 않

으면 안 되었다. 철도원의 괴로움이라면 아마도 그런 것일 것이다." "세상이 어떻게 변하든 우리는 철도원이다. 칙칙폭폭 뿌우—미련한 쇳소리를 지르며 강철 팔뚝을 흔들며 꿋꿋이 달리는 철도원이다. 인간처럼 눈물 따위는 흘릴 수 없지, 암."

이쯤 되면, 진짜 철도원이 된다는 것은 기차가 된다는 것이다. '철도원 이야기'는 '기차 이야기'이기도 한 것이다. '철도원'의 신체에는 '기계' 이미지가 새겨져 있다. '철도원—기차'에게 시간표는 거의 종교에 가까운 것이다. 철도원 오토마츠 씨는 '기계시간의 통치'를 훌륭하게 내면화한 대표적인 인간이라고 하겠다.

철도와 우편은 규칙적이고 정확한 시간 엄수를 제도화했는데, 특히 철도는 시간표에 의한 정시운행이라는 개념을 통해 시간적인 규율을 일상화했다. 근대의 첨병 영국의 경우, 19세기 중반에 균일한 철도시간이 채택되었다. 이것은 그리니치 평균시^{Greenwich Mean Time}에 바탕을 둔 것이

철도 직원용 회중시계. 정확한 열차운행을 위해 기관사에게 시계는 필수적인 것이자 상징적인 것이었다. 각 소속에 비치된 표준시계의 시각에 이 회중시계의 바늘은 정확히 맞춰져 있어야 했다.

었는데, 한동안 GMT는 '철도시간Railway Time'으로 불려졌다고 한다. 그리고 1880년대 말 영국의 법적인 시간은 그리니치 평균시로 통일한다는 의회법이 통과되었다. 미국공사 알렌이 1905년 5월 25일 경부철도 개통식 축사에서 했다는 다음과 같은 발언은 철도와 시간의 관계를, 그리고 근대성과의 관련성을 매우 분명하게 드러낸다. "철도는 규율 바른 시간에 의하여 운행하는 것이므로 스스로 민중에게 시간을 엄수할 것을 가르치는 까닭에 이 점에 있어 철도는 한국사람에 대한 문명적 지도자라 하지 않을 수 없는 것입니다."

봄이 와서 철도원 생활을 그만 두게 되면(기계 시간의 왕국에서 퇴임하게 되면) 그땐 실컷 울어도 될까, 오토마츠 씨는 생각한다. 그러나 그는 맘껏 울 수 있는 시간을 영영 갖지 못했다. 봄이 오기 전에, 그는 45년을 근속한 호로마이 역장님답게 깃발을 꼭 쥐고 호루라기를 입에 문 채로 눈더미 위에 쓰러져서 첫차를 맞이하게 된다. 그는 '철도원'인 채로 죽었다. 그의 죽음에 앞서 죽은 딸이 사랑스러운 세 소녀의 모습으로 차례차례 그를 방문해 지난 17년 동안 성장해갔을 모습을 보여주는 아름다운 판타지는 이 소설(영화)에서 단연 돋보이는 부분이다. 죽은 딸까지 포함해서 그 주변의 선량한 사람들은 '철도원—기차'를 사랑해주었다. 그는 박물관으로 가는 일본의 마지막 기동차의 운명처럼 그를 기억하는 사람들에게 전설로서 남을 것이다.

시속 50Km 이상의 속도를 견디지 못하고 겁이 나서 에스컬레이터도 타지 못하는 인간은 정말이지 이제 전설 속의 인간이 아니겠는가. 우리는 최대 시속 330Km의 속도로 서울~부산을 2시간 40분만에 주파하는 KTXKorea Train Express의 시대를 살고 있으니 말이다. 게다가 사람들의 상상력은 「태평양횡단특급」(듀나)과 〈은하철도 999〉(마츠모토 레이지)의 승차권을 우리에게 쥐어주는데 말이다.

2 기차의 탄생과 기차가 지나간 자리

『포토 경기』, 경기일보사, 2004.3.

다알다시피, 이제 증기 기관차는 박물관에나 가야 볼 수 있는 것이다. 철도 박물관의 주소는 의왕시 월암동 371-1. 그곳에 가면 어린 시절의 추억을 되살려볼 수 있다(물론 모든 이에게 해당되는 말은 아니다. 철도원 오토마츠 씨에게 감동을 느끼지 못했던 분이라면 추억이 아니라 역사를 되돌아 볼 수 있겠다)고 한다. 만약 '기차로 떠나는 추억여행'에 설레는 분이라면 안도현 시인이 쓴 어른을 위한 동화 『증기 기관차 미카』를 가방 속에 넣고 가도 좋을 듯 싶다.

그러나 추억이 닿지 않는 아득한 시절로 더 거슬러
가서, 기차가 처음 조선에 등장했을 당시, 때는
1899년 9월 18일 오전 9시, 기차의 기적소리는 '우
뢰'에 빗대지고 기차의 시속 20~30Km의 속도는
경천동지할 만한 것으로 받아들여졌다. 조선 철도
는 식민지형 철도의 전형적인 사례라고 할 수 있는
데, 철도는 일본 제국이 식민지 지배 기반을 구축
하고 확대하기 위해 반드시 필요로 했던 것이다.
그리하여 종으로는 경부선과 경의선이, 횡으로는
경원선과 호남선, 함경선이 차례로 한반도에 검은
선분을 긋게 되었다.

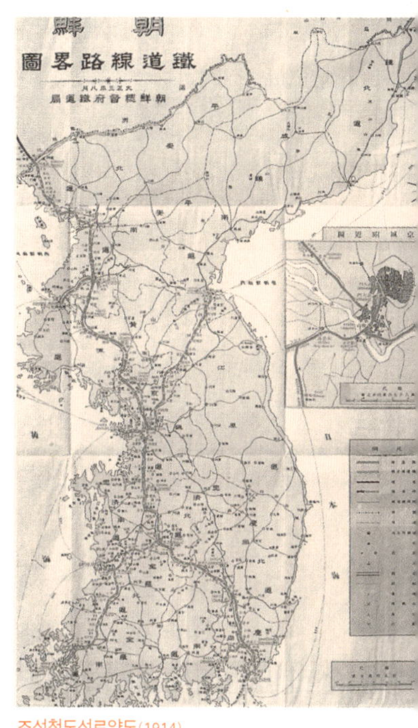
조선철도선로약도(1914).

a 조선에 첫 기적소리를 울리며 경인선
〔노량진~제물포〕을 달린 (미국 부룩스사
에서 만든) 모걸 형 탱크 기관차. 조선정
부로부터 처음으로 철도부설권을 얻어
낸 이는 미국인 모스였다.
b 1903년, 군대를 동원하여 경의선 철도
를 부설하는 현장. 조선철도는 일본 군대
의 이동을 돕고, 조선에서 수탈한 자원을
일본으로 실어날랐으며, 일본 국내의 실
업문제와 식량문제를 해소하는 데 결정
적인 역할을 담당했다.

처음에 기차는 우리에게 놀라운 괴물이었다. 식민지의 어둠을 예감하면서도 그 예감은 괄호 속에 은폐되고, 총 67절의 창가 「경부철도가」(1908)에서 한결같이 드러내는 것은 괴물과 함께 살 수 있게 되었다는 감격이다. "우렁차게 토하는 기적 소리에 / 남대문을 등지고 (경성역)떠나나가서 / 빨리 부는 바람의 형세 같으니 / 날개 가진 새라도 못 따르겠네 // 늙은이와 젊은이 섞여 앉았고 / 우리네와 외국인 같이 탔으나 / 내외친소 다같이 익히 지내니 / 조그마한 딴 세상 / 절로 이루었네". 그 괴물을 닮을 수만 있다면 우리도 문명의 대낮으로 나아갈 수 있을 것만 같았다. 기차에 대한 노래는 문명의 찬가와 갈등 없이 겹쳐지곤 하였다.

최남선, 「경부철도노래」 표지.

> 개화의 괭이 앞서 잡고서 행복의 길을 먼저 뚫으세
> 문명진보의 大궤도에서 기관차 소임 늘 내가 보세
> 밝은 우리 눈 다시 밝히세 천지의 신비 모조리 찾세
> 맑은 우리 속 더욱 맑히세 조화의 미묘 말끔 깨치세
> 쇠막대처럼 달군 팔로써 원만 진선미 이룩한 뒤에
> 꾀꼬리처럼 틔운 목으로 인류의 개가 부르게 하세
>
> —「하세 또 합세」 부분(『청춘』 12호, 1918, 2면)

이 시에서 철로는 진화론적인 시간을 표상하며, 문명개화는 행복의 길로 의심의 여지없이 받아들여진다. 이 철로 위를 달리는 기관차의 소리는 진보의 행진곡이다. 기차는 문명의 제유로서 작동했으며 기차의 속도는 진화론적으로 우

월한 것으로 여겨졌다. 기차의 '빠름'은 진화론적인 경쟁원리를 일깨웠다. 우리가 만약 기차처럼 빠르게 진화할 수만 있다면 저리 아득해 보이는 근대문명이라 해도 따라잡을 수 있을 것이라는 환상이 식민지형 철도가 지금 여기서 어떠한 일을 수행하고 있는가 하는 질문을 가리고 있었다. 식민지 체제 내에서 그런 진화를 이룩할 수 있다는 생각이 그리 현실적일 수 없었지만, 이 환상은 바로 '실력양성론'(계란으로 바위를 치는 투쟁이 아니라 일본과 경쟁할 수 있을 만큼 실력을 키워 후일을 기약하자는 선실력양성 후독립론)에 짙게 드리워져 있었다.

기차는 달린다 미친 사람같이

그 기관은 쿵쿵 앓는 소리를 내며

레일과 바퀴의 싸우는 소리 요란하게

한 시간 칠십 마일의 속력으로

역사의 페이지를 이리저리 깨면서 달아난다

기차는 지나간다 궁궐과 전각과 옛사람의 비석과 비문과 무덤을 지나서

호화로운 별장을 지나서

요란하고 숨막히는 도회를 지나서

기차는 달린다 달린다

도회의 뒷골목 불결과 비위생의 슬럼과 내스튼 공장과 페인트를 만드는 공장의

공기와 쓰레기통과 빈곤과 무지와 질병과 착취와 압박과 싸움과 사욕을 지나서

또는 굉장한 낮알 곡간과 노적가리와 죽 안 끓는 솥과 영양불량과 이삿짐과 보

따리의 행려병자와 순사와 주재소와 집달리와 대금업자와 사음과 지주와 재판
소와 저수지와 모든 나타와 숙명관과 자포자기와 술집과 계집과도 박장을 지나
서 태양을 바라보고 우리 탄 기차는 행진한다 새날의 먼 동이 저기 터 오르매
장쾌하게 기적을 울리면서 우리의 기차는 행진한다
초록색과 금빛의 세계는 우리를 영접한다
거기는 정열의 광채가 초록색으로 빛나고 거기는 기름진 땅이 금빛으로 빛나나니
건강과 쾌활과 도움과 사랑의 새 도형이 그려지는 곳!
태양의 나라!
땅은 춤춘다 산들은 기어간다
옛 세상이 다 되면 새 세상이 올 것이다
겨울 뒤에는 봄이 오는 것처럼

달린다
기차는 달린다
어둠을 뚫고 구름을 헤치고
비바람 미치어 뛰는 한밤중을
온 몸이 벌겋게 달아서
우리의 낯익은 친구
특급열차는 전진한다

—주요한, 「특급열차」 부분(『삼천리』, 1932)

기차는 이 시가 쓰여진 1932년쯤에는 이미 '낯익은 친구'가 되었지만, 여전히
우리를 미래의 새 세상으로 데려다 줄 미래형의 궤도 위를 달리고 있는 것으로
생각되었다. 기차는 역사의 페이지를 넘기면서, 과거(궁궐과 무덤)뿐 아니라 현
재(도회와 공장과 빈곤과 무지와 질병)까지 추월하며 달리는 것으로 표상되었다. 문

명의 이름으로 열망했던 도시와 공장이 빈곤과 비위생과 착취와 싸움과 사욕을 낳고 또 키우고 있었건만, 과거로부터 바로 그 현재로 달려 온 특급열차의 궤도를 타고 '금빛의 세계(건강과 쾌활과 도움과 사랑의 새 도형이 그려지는 곳! 태양의 나라!)'로 나아갈 수 있으리라 어떻게 그토록 확신에 차서 노래할 수 있었을까? 식민지형 철도는 '굉장한 낟알 곡간'과 '죽도 끓지 않는 솥'의 대비가 드러내는 계급적·민족적 모순의 현실과 깊숙이 연루되어 있었으며, 고향을 등지고 "간도와 요동벌로 주린 목숨 움켜쥐고"(이상화, 「가장 비통한 기욕新慾―간도 이민을 보고」, 『개벽』, 1925) 쫓겨가야 했던 조선농민들(그 초라한 이삿짐과 보따리)의 이민 행렬과 매일같이 접속하고 있었다. 그것은 그야말로 시인 오장환이 썼듯이 "슬픔으로 통하는 노선"(「The Last Train」)이었다.

그럼에도 불구하고 기차는 식민지의 어둠을 살았던 우리에게도 명백히 빛의 수사학으로 둘러싸인 문명의 통로였으며 교사였다. 기차의 두 얼굴은 그대로 근대의 두 얼굴이기도 하다.

K형! 나는 지금 문명의 특산물인 기차의 은택으로 경성을 떠난 지 불과 3·4 시간에 벌써 백여 리나 왔습니다. 진실로 고마운 일입니다. 그러나 만일 그 문명의 은택이 없었으면 나는 경성이라는 곳을 가지부터 아니 하겠습니다. 가만히 있고는 견디지 못하는 사람의 호기심으로 이러한 문명의 산물이 생겨난 까닭에 역시 가만히 있고는 견디지 못하는 나의 호기심으로 동분서주를 하고 있습니다.

―김찬영, 「K 형에게」(『폐허』 1호, 27면)

'문명의 특산물인 기차' 덕분에 사람들의 생활 반경은 획기적으로 확장되었으며 더불어 생활 패턴도 변화되었다. 글쓴이는 문명의 산물인 기차를 세상에 탄생시킨 인간의 욕망을 바로 이 문명의 산물 기차가 더욱 충동질하고 있다고 말한다. 기차는 자신의 아버지(인간)를 변화시키고 가르친다. 근대인의 생활은

a 여행! 수학여행!　b 『반도시론』(제2권 제6호, 1918). 두 개의 동그라미 속에 기차와 기선.

그리하여 '동분서주'라는 말로 요약할 수 있는 것이 되었다. 기차는 문명의 산물이면서 동시에 문명의 엔진이었다.

일본 유학의 경험을 가지고 있었던 당시 신지식인들과 문인들은 기차와 기선을 통해 조선과 일본을 왕래했다. 기차와 증기선은 대표적인 근대의 교통수단이다. 지리적인 이동에 있어서 그 경로는 철로와 뱃길에 확장되어 있었다. 우리 근대 소설사에서 기념비적인 의미를 갖는 「만세전」의 여로가 이 선분 위에서 펼쳐진다. 일본뿐 아니라 중국, 서구의 몇몇 나라들이 경험가능성을 가진 지리공간 속으로 편입될 수 있었던 것은 전적으로 기차와 기선이라는 근대적인 문물에 의해서였다. 더구나 횡으로 종으로 기차가 한반도를 횡단하게 되면서 국내 유학이나 국내 여행은 그다지 어렵지 않은 일이 되었다.

'낯익은 친구'로 불릴 수 있을 정도로 우리의 일상 속으로 파고들게 되면서, 기차는 마냥 신기하고 놀라운 문물이 아니게 되었다. 그러니까, 기차를 타고 가면서 "어서 가 보아야겠다. 기차는 왜 이리 느린고? 왜 비행기를 막 타고 다니게까지 문명이 발달되지 않았나"와 같이 중얼거리는 인물이 등장하게 되었던 것이다(전영택, 「K와 그 어머니의 죽음」). 다시 말해, "우리들의 기차는 느으릿 느으릿 유월소 걸어가듯 걸어 간 단 다"(정지용, 「슬픈 기차」), 혹은 "거북이여! 느릿느릿 추억을 싣고 가거라"(오장환, 「The Last Train」)와 같은 표현이 가능해지게 된 것이다. 기차의 위용과 속도에 감각적으로 압도당하지 않게 되면서, 기차의 탑승 경험은 그것에 강력하게 부착되어 있었던 신기하고 놀라운 문명의 이미지와 진화론의 표상과는 다른 차원에서 인식론적인 배치의 변화를 가져왔다.

기차가 지나쳐가게 되는 장소와 정거장은 불현듯 추억을 불러일으키기도 했다. 이럴 때, 추억은 인과적 계기가 아니라 기차의 경로를 따라 배치된다. 그리하여 우리는 1920년대 초기의 한 문학잡지인 『창조』를 읽다가 이런 구절을 만날 수 있다. "이런 생각 저런 추회追懷하는 가운데, 기차가 다시 정망역靜罔驛에 도착하였다. 흰 판에다 〈시즈오까〉라고 쓴 것을 보니까, 여기에도 연상의 기념비가 또 하나 섰다."(이일, 「흑연일총黑煙一叢」) '기차로 떠나는 추억 여행'의 테마가 싹트기 시작했던 것이다. 기차에 몸을 싣고 어딘가로 이동하고 있는 시간은 자신의 내면을 들여다보고 추억을 반추하는 사색의 시간이었다.

또한 그 시간은 자신과 어떠한 이해관계도 없는 타인을 사심없이 관찰할 수 있는 시간이기도 했으며, 창 밖으로는 풍경이 '활동사진'처럼 펼쳐졌다. 승객들은 창틀에 기대어 빠르게 돌아가는 활동사진을 감상할 수 있었다. 그렇다면 잠시 정차해 있는 기차에서 보는 풍경은 창틀을 액자 삼은 한 폭의 그림으로 보였을 터. 이때, 열차의 차창 밖으로 우연히 화재 장면을 목격하게 되었던 모던한 청년 화가 김환은 "서양의 어떤 유화를 보는 듯한 한량없는 장관의 미美"를 느낀다. 불이 난 "그 집 주인은 가슴을 치며 눈물을 흘리겠지만" 말이다(김환, 「고향의 길」, 『창조』 2호). 주체와 풍경의 이 거리는 근대예술의 심미적인 거리인가. 주체와 풍경(객체)의 이 분명한 분할선!

한편으로, 기차는 일등실 이등실 삼등실과 같이 차등화된 공간으로 분할되어 있어서 사회의 축도로서 생각되기도 했다. 더구나 지리적인 이동은 검문이나 검역과 같은 사회적 검열장치를 통과하는 일을 동반하였는데, 이 경험은 식민지인의 부자유를 날카롭게 느끼게 하는 계기로 작용하기도 했다. 기차는 인생과 사회의 여러 국면과 결부되어 새로운 표상적 의미를 획득하였으며, 여러 가지 은유의 역할을 했다.

> 들리는 것은 무거운 짐을 실은 소가 헐떡이듯, 신음하는 철마(기차)의 닫는 음향뿐이었다. 우루루우루루. 나는 팔을 베고 누웠다. 끝 모를 명상의 바다에 자자지고 있었다. (……) 〈기차는 인생의 상징이다〉라고 그때 나는 절절히 느끼었다. 낮이면 낮, 밤이면 밤으로, 목적지에 다다르지 않으면 멈추지 않는 이 끊임없는 진행이야말로, 생의 길을 걸어가는 인생의 꼴이 아니고 무엇이랴.
>
> —현진건, 「몽롱한 기억」(『백조』 2호)

현진건은 달리는 기차가 내는 음향에서 인생의 힘겨운 신음소리를 듣는다. 여기서 기차의 진행은 우리네가 고단하게 살아가는 모습과 그대로 겹쳐진다. 이 기차에는 탄성을 지를 만한 어떠한 이상적이고 모범적인 속성도 부여되어 있지 않다. 기차는 '인생의 꼴'을 상징할 뿐. 달리는 기차는 이런 저런 풍경을 펼쳐 놓지만, 그 풍경들이 하나의 의미로 집약되거나 인과론적인 계기로 연결되는 것은 아니다. 달리는 기차에서 현진건이 느끼는 것은 인생의 허무라고 할 수 있다. 그러므로 그의 수사적 맥락에서 기차의 '목적지'는 어떤 인간도 피할 수 없는 죽음이라는 사건이다. 현진건이 기차의 진행에서 표상한 시간은 진화론적인 시간이 아니라 인생론적인 시간이었다.

그렇다면 이런 시는 어떤가. 이 답답하고도 허무한 인생의 궤도로부터 기차가 탈주한다.

기차는 닫는다, 전속력을 다하여

차중의 모든 사람들은

차가 정궤正軌로 가기만, 안전하기만

마음을 다하여 바라는 듯 하다

〈안전제일〉을 위하여 사는 사람들아

〈탈선〉― 그대들에게 가장 위험한 사변이

그대들의 목전에 일어난다 하면

아, 그대들은 어찌 하려는가

놀랄 것은 조금도 업다

기차도 일종의 활물活物이라 하면

위대한 생명력의 폭발을

누가 감히 막으려느냐

―김석송, 「탈선」(『폐허이후』)

이 시에서 기차의 정상적인 궤도正軌는 '안전제일을 위하여 사는 사람들'의 지루한 일상을 의미한다. 그 궤도는 미래의 유토피아로 이어져 있는 진화론적인 길이 아니라 무미건조한 나날을 뜻할 뿐이다. 이 시에서 '탈선'을 '위대한 생명력의 폭발'로서 긍정하게 되는 것은 일상의 무의미성에 대한 부정적인 인식에서 비롯한다. 여기서 가치 지향적인 선분은 '정궤'가 아니라 '탈선'이다. 그렇지만 현실적으로 기차의 탈선은 '가장 위험한 사변', 파국으로 이어져 있는 것이다. 이 시인은 탈선을 예찬함으로써, 같은 잡지에 함께 발표한 「개성의 미소」, 「나는 어디로」 같은 시가 또한 그러하듯이, 미적 개성의 발휘를 적극적으로 옹호하고 주장한다.

동일성의 제국을 위협하는, 그러므로 억압되고 추방되어야 마땅한 탈선(아 웃사이더)의 욕망을 제도적으로 승인한 이상한 나라가 예술이었다. '미적 근대 성'은 정신병원과는 다른 방식으로 타자성을 관리해왔다. 미적 근대성은 反근 대적인 위험한 에너지를 미적으로 순화하거나 과시하면서 관리해온 反근대적 근대성이었다.

〈운전자들에 대한 경고〉,
리처드 오냥고, 1992.

기차에 인생의 표상이 부여된 데에는 그 내부 공간을 사회의 축도로 인식하게 된 점이 깊이 관련돼 있다. 이 점에 있어서는 증기선 내부의 경우도 함께 살필 수 있겠다.

① 내가 탄 이등차실은 그다지 좁지도 않고 또는 삼등실과 같이 부세설浮世說로 떠 드는 소리도 없고 썩 조용하였다. 나는 비로소 일·이등실을 타는 사람은 그만한 인격이 있음을 깨닫게 되고 나도 할 수만 있으면 언제든지 이등실을 타야 되겠다 고 잠깐 생각하였으나, 현재 내 신분과 경우를 돌아보니 삼등실도 오히려 과하거 든 하물며 이등실은 내게 천부당만부당함을 새삼스럽게 깨달았다. 나는 다시 삼 등실로 가고 싶기도 하였으나 피로한 내 사지는 뇌의 지배를 받을 수 없다고 항

거함으로 그냥 이등실에 있을 수밖에 없었다. 〈내가 이 다음 우리 사회에 나가서 활동을 하게 되면 모든 계급을 타파하는 동시에 우선 기차, 기선의 등급을 먼저 폐지하여야 되겠다〉는 생각이 우연히 생겼다. 모두 평등한 사람으로서 돈 좀 더 낸다고 1·2등, 돈 적게 낸다고 3등을 태운다. 다만 금전만 표준하고 사람이란 본위를 잊어버린 현사회제도에 대하여서 불평불만을 품지 않을 수 없었다.

―김환, 「동도東渡의 길」(『창조』 3호)

② 동경서 하관까지 올 동안은 일부러 일본사람 행세를 하려는 것은 아니라도 또 애를 써서 조선사람 행세를 할 필요도 없는 고로, 그럭저럭 마음을 놓고 지낼 수가 있지만, 연락선에 들어오기만 하면 웬 세음인지 공기가 험악하여지는 것 같고 어떠한 기분이 덜미를 잡는 것 같은 것이 보통이다. 그러나 이번처럼 휴대품까지 수색을 당하고 나니 불쾌한 기분이 한층 더하지 않을 수 없었다. (……) 나를 한 손 접고 내려다보는 나보다 훨씬 나은 양반들이 타신 배이기 때문이다. (……) 하층사회의 아귀당餓鬼黨들이 채를 잡았고, 간혹 하급관리 부스러지가 끼어있을 따름이다. 나는 그들을 볼 제 누구에든지 극단으로 경원주의敬遠主義를 표하고 접근을 아니 하려고 하지만 그것은 나보다도 몇 층 우월하다는 일본사람이라는 의식으로만이 아니다. 단순한 노동자라거나 무산자라고만 생각할 때에도 어울리기가 싫다. 도의적 이론으로나 서적으로는 소위 무산계급이라는 것처럼, 우리 친구가 되고 우리 편이 될 사람은 없다고 생각하면서도, 실제에 그들과 딱 대하면 어쩐지 얼굴을 찌푸리지 않을 수 없었다.

―염상섭, 「만세전」(『염상섭 전집』 1권, 47~48면)

①은 기차 이등실의 광경을 보여주고, ②는 연락선 삼등실의 광경을 보여주고 있다. 이등실은 그다지 좁지도 않고 시끄럽지도 않다. 이등실 승객들은 상당히 점잖다. 이 점잖은 태도에서 동시대 한 문인은 "나는 이등 손님이다"고 하는

74

허세를 읽으면서 아니꼽게 보기도 했다. 이렇게 말이다. 현진건이 기차 이등실에서 본 어떤 일본 신사는 "〈나는 이등손님이었다〉하는 태도로 점잔을 길길이 빼고 있다. 그는 제 지위를 자랑하고 재산을 자랑하는 것처럼 때때로 금시계를 내었다 넣었다 하고 있을 뿐이다."(「몽롱한 기억」, 『백조』 2호) 이등실 승객들의 인격은 이등실이라는 공간이 만들어내는 것이기도 하였던 것이다.

반면에 '아귀당'으로 불려지고 있는 삼등실 승객들은 매우 시끄럽고 매사에 경쟁하듯 부산스럽다. 삼등실은 무산계급의 공간이다. 염상섭은 사회학 서적을 통해 노동자를 생각했을 때(그때는 우리의 친구다)와 실제 노동자를 대면했을 때(그때는 얼굴을 찌푸리게 된다)의 감정적인 편차를 이인화라는 중산층 유학생을 통해 드러내고 있다. 기차와 연락선의 공간적 분할은 ①에서 명료하게 말했듯이 '현사회제도'를 표상한다. 돈을 기준으로 등급화된 이 공간은 휴머니즘의 논리와 괴리되는 자본주의 사회의 현실원리를 대변하는 것이라고 할 수 있다. 그러므로 ①에서 사회계급의 타파와 기차·기선의 등급의 폐지는 같은 층위에서 제안된다. 이러한 자각이 이등실에 탑승한 한 지식인의 마음을 불편하게 하고 있다. 그러나 피로에 지친 육체는 이등실의 쾌적함을 거부하지 못하게 한다. 어떤 한 소설에선 일등실에 탑승한 두 청년이 이런 대화를 나눈다. K왈, "C, 자네는 일등실만 타고 다니나? 인도^{人道}에 위반되지 않나?" C의 대꾸, "히하하하 어느 틈에 그리 인도주의자가 되었나? 하하 바보 같은 소리야. 자기의 능력으로 할 수 있는 데까지 자기의 몸을 평안히 할 것이라네!"(김동인, 「마음이 여튼 者여」, 『창조』 5호)

②에서는 기차나 기선의 승객들을 가르는 또 다른 기준이 강력하게 작동하고 있다. 그것은 '민족'이라는 신분이다. 1920년대 현실 속에서 일본인은 '나보다 훨씬 나은 양반'으로 군림했다. 일본인이라면 하층계급의 아귀당이든 하급 관리 부스러기든 상관없이 식민모국의 적자라는 그의 신분이 식민지의 한 지식청년을 한 손 접고 내려다 볼 수 있게 한다. 기차나 기선의 밀폐된 공간 내에

일본인과 조선인은 섞여 있게 되지만, 이 공간이야말로 섞일 수 없는 서로의 타자성을 날카롭게 느끼게 만든다. 물질적인 경계 표지가 없어도, 이 공간에서는 "우리 조선인이 있는 편은 지나인뿐이요, 그 반대편은 일본인뿐"(김엽, 「강호에서 동정호까지」, 『창조』 3호) 하는 식으로 갈라져 자리가 정해진다.

특히 현해탄을 가로지르는 연락선은 정치적으로 이질적인 두 영역을 잇고 있는 교통 수단이기 때문에 식민지인이라는 민족적인 신원이 문제시될 소지가 더욱 커진다. 이인화는 지금 연락선으로 일본과 조선의 경계를 통과하는 중이다. 그가 연락선에 들어오기만 하면 느끼게 되는 험악한 공기나 덜미를 잡히는 것 같은 기분은 이 때문이다. 이 경계를 통과하기 위해서 그는 일본인과 다르게 모욕적인 방식으로 검문을 받아야 한다. 그는 휴대품 수색까지 당해야 했던 것이다.

식민지인(특히 글께나 읽은 듯한 청년)이라면 여행 도중, "귀하는 어떤 ○○사건에 혐의를 받고 있으니 …… 이번 동경행의 목적을 분명히 고하라"(이일, 「흑연일총」)와 같은 종류의 위협적인 질문과 맞닥뜨린들 그리 이상한 일이 아니었다. 검문뿐만 아니라 역전이나 부두에서 거쳐야 하는 검역 절차 또한 생활세계 곳곳에 스며있는 근대권력을 실감나게 하는 일이었다. 검역증명서를 보이거나 혹은 이를 소지하지 않았을 경우에는 출장주사실에서 주사를 맞아야만 탑승 자격이 주어졌다. 그랬으므로 우리는 염상섭의 「표본실의 청개구리」를 읽으면서, 기차에 오르기 전에 출장주사실에서 마지못해 주사를 맞는 '나'라는 인물을 만나게 된다. 이때의 '나'는 '우리'다. 지리적인 이동은 정치적인 불온함이 없고 신체적인 청결함이 확인된 자에게만 용인되는 것이었다고 할 수 있다.

3 기차는 진화한다?

한강철교, 1900년 7월 5일에 준공되었다.

1900년 어느 날부터 기차가 한강을 횡단하게 되었다. 그로부터 100년 후, 거대한 철교 밑에 저 작은 나룻배는 어디로 흘러가서 사라져버린 것인가, 라는 감상조까지도 옛말이 되어 버렸다. 오늘날 한강을 가로지르는 다리는 20개가 훌쩍 넘고, 우리는 단 몇 십초만에 이 다리를 통과할 수 있다. 1900년부터 오늘날까지 기차는 계속해서 진화해 왔다. 그리고 만약 듀나의 상상력을 따라간다면 열차는 태평양을 횡단하게 될지도 모른다. 이제 우리의 상상력은 현

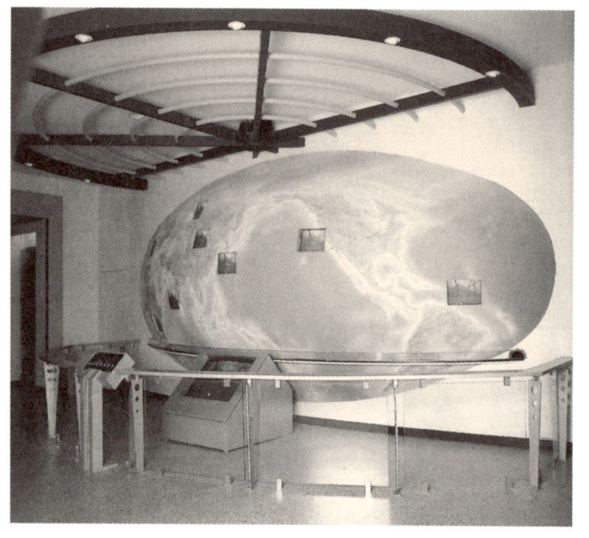

철도박물관의 '미래' 철도실. 여기서는 고속철도시대를 맞이하여 세계각국의 고속철도와 한국의 고속철도 모형을 전시하고 있다. 또한 환경친화적 교통수단인 자기부상열차, 무인열차, 경전철, 모노레일 등의 미래형 열차에 대한 자료도 관람할 수 있다. 이 사진은 대륙횡단철도망(시베리아 횡단철도, 만주 횡단철도, 몽골 횡단철도, 중국횡단철도, 아시아 횡단철도 등)을 한 눈에 살필 수 있도록 한 기복지도를 찍은 것이다.

실의 기차를 추월한다. 은하계를 횡단하는 〈은하철도 999〉는 내가 어린 시절에 보았던 애니메이션이 아니었던가. 나는 '증기기관차 미카'가 아니라 '은하철도 999'에 향수를 느끼는 세대인 듯 싶다. 그런데 생각해보니, 〈은하철도 999〉는 석탄을 태울 듯 증기기관차의 모습에 가까웠다. 이 애니메이션에는 "미래와 과거의 혼합으로 빚어지는 우리의 동경"(이진경)이 숨어있는지도 모르겠다.

이미 우리는 북극해를 통과하는 수십 개의 철도와 인도네시아와 오스트레일리아, 리버풀과 뉴암스테르담을 잇는 대양 횡단 철도를 보유하고 있었다. 더 이상의 거대 공사는 필요 없었을지도 모른다. 그러나 태평양 횡단 철도 공사에는 세계 일주 철도 완성으로 우리의 능력을 과시하는 것 이상의 목표가 있었다. 우리는 오스트레일리아와 남아메리카를 연결함으로써 지금까지 가장 미약했던 남아메리카에 대한 우리의 영향력을 강화시킬 수 있었다. 태평양 횡단 철도는, 회사 밖의 사람들이 세계 정복이라고 부르고 우리는 세계 평준화라고 부르는, 회사의 목표를 향한 일보 전진이었다.

─듀나, 「태평양횡단특급」(『태평양횡단특급』, 16면)

듀나의 소설에서, 철도의 수백 수천 개의 선분은 '세계 정복', 달리 말해지면 '세계의 평준화'를 이루어낸다. 듀나가 말했듯, 안전하고 지루하고 얌전하고 그래서 기만적인 이름의 국제철도회사는 국가 사이를 가로막고 있는 장벽을 가로지르면서 세계를 평준화하고 그럼으로써 독점적인 지위를 누린다. 이 철도의 상상력에 아찔해지면서 또 다른 한편으로 황홀해지면서 불현듯 나는 오

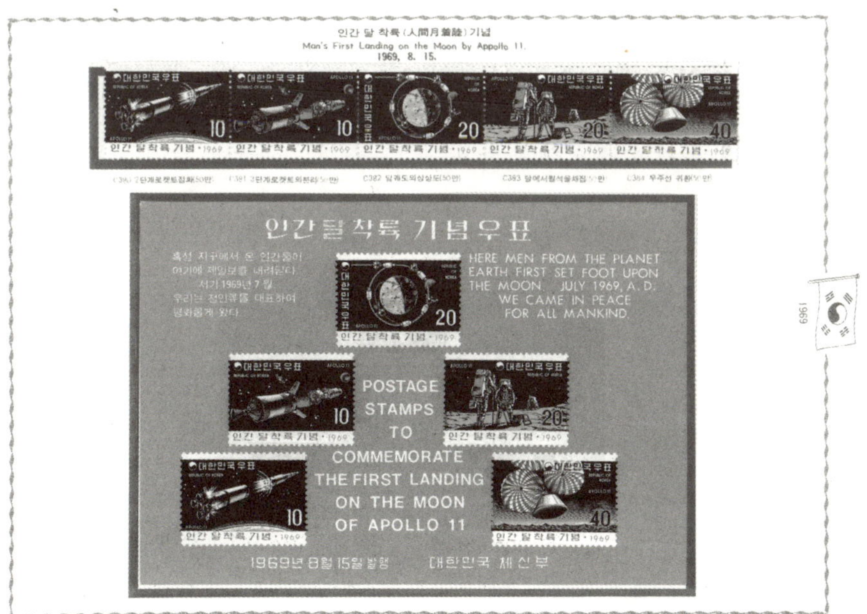

79

시이 마모루의 〈공각기동대〉에서 들었던 마지막 대사 "네트는 광대해"를 떠올렸다.

　이 소설이 SF적인 미래의 시공간을 바탕으로 하고 있다고 단정짓긴 어렵다. 태평양을 횡단하는 열차가 개통되고 전자뇌를 단 기계가 불쑥 튀어나오지만, '하늘을 나는 보다 효율적인 기계'인 비행기도 발명되지 않은 때이니 말이다. 이 소설은 일종의 가상역사라고 할 만하다. 하늘을 나는 보다 효율적인 기계, 비행기가 기차와 더불어 진화해 온 현실역사에서 태평양횡단열차는 멋지긴 하지만 그만큼 쓸모 있어 보이진 않는다. 더더구나 24년에 걸친 공사기간과 그 대형공사로 인해 죽은 1,232명을 떠올린다면. 기차는 여전히 그 표상작용을 통해 먼 미래에 닿을 수 있지만, 현실적으로 그것은 우리의 욕망이나 상상력에 비춰봤을 때 아득히 뒤처져 있다. 시속 330Km의 KTX보다도 한층 업그레이드된 기차가 얼마 지나지 않아 나타나겠지만, 제트기가 그 위를 휘익 지나갈 것이다.

　우리는 기차의 진화를 상상한다. 그렇지만, 그것은 기차가 아니다. 우주선이거나 타임머신이거나 …… 네트일 것이다. 기차는 다만 미래와 접속하는 과거의 이름일지도 모른다.

법 앞에서

법 앞에 한 문지기가 서 있다. 이 문지기에게 시골 사람이 와서 법으로 들어가게 해달라고 말한다. 그러나 문지기는 지금은 그에게 입장을 허락할 수 없노라고 말한다.

—프란츠 카프카, 「법 앞에서」 첫 부분

신채호가 상상한 지옥도를 보자. 그 겹겹지옥, 줄줄지옥, 강아지지옥 … 반신지옥은 민족의 죄인이 영영 풀려날 길 없이 갇히게 되는 감옥이었다. 신채호는 지옥의 풍경을 상상하면서 이렇게 언도하는 것이다. 로비와 아부가 통하지 않는 최종 심판이 죽음의 문턱에서 기다리고 있으니, 역사와 민족 앞에 한 점 부끄러움 없이 살라. 자, 다음은 신채호의 「꿈하늘」에 나오는 장면이다.

국적을 두는 지옥이 일곱이니, ①국민의 부탁을 맡아 임금이 되거나 대신이 되어 나라의 흥망을 어깨에 맨 사람으로 금전이나 사리사욕만 알다가, 적국에게 이용된 바가 되어 나라를 들어 남에게 내어 주어, 조상의 역사를 더럽히고 동포의 생명을 끊나니 ……대한 말의 민영휘, 이완용 같은 무리가 이것이다. 이 무리들은 살릴 수 없고 죽이기도 아까우므로 혀를 빼며 눈을 까고, 쇠비로 그 살을 썰어 뼈만 남거든 또 살리고 또 이렇게 죽이되, 하루 열두 번을 이대로 죽이고 열두 번을 이대로 살리어, 죽으면 살리고 살면 죽이나니, 이는 곧 매국 역적을 처치하는 **겹겹지옥**이니라. ②백성의 **피를 빨아** 제 몸과 처자를 살찌우던 놈이니, 이 놈들은 독 속에 넣고 빈대와 뱀 같은 벌레로 그 피를 빨게 하나니, 이는 **줄줄지옥**이니라. ③혓바닥이나 붓끝으로 적국의 정책을 노래하고, 어리석은 백성을 몰아 그물 속에 들도록 한 연설장이나 신문 기자들은 혀를 빼고 개의 혀를 주어 날마다 컹컹 짖게 하나니, 이는 **강아지지옥**이니라. ④ 목구멍이 포도청이라고 해먹을 것 없으니 정탐질이나 하리라 하여, 뜻 있는 사람을 잡아 적국에게 주는 놈은 돼지껍질을 씌워 꿀꿀 소리나 하게 하나니, 이는 **돼지지옥**이니라. ⑤ 겉으로 지사인 체하고 속으로 적 심부름하던 놈은 그 소위가 더욱 밉다. 이는 머리에 박쥐감투를 씌우고 똥집을 빼어 소리개를 주나니, 이는 **야릇지옥**이니라. ⑥ 딸각딸각 나막신을 끌고

홍천사 시왕도의 발설 지옥. 혀로 짓은 죄를 벌하는 곳. 이를테면, "어리석은 백성을 몰아 그물 속에 들도록 한 연설장이나 신문기자"와 같은 류의 죄인의 경우, 그 입에서 혀를 뽑아내서 그 위로 쟁기로 밭을 갈듯이 소를 지나가게 한다는 것.

걸음걸음 적국 놈의 본을 뜨며, 옷 입고 밥 먹는 것도 모두 닮으려 하며, 자식이 나거든 내 말을 버리고 적국 말을 가르치는 놈은 목을 잘라 불에 넣으며, 다리를 끊어 물에 던지고, 가운데 토막은 주물러 나나리를 만드나니, 이는 **나나리지옥**이니라. ⑦ 적국 놈에게 시집가는 년들이며, 적국의 년에게 장가가는 놈들을 불칼로 그 반신을 끊나니, 이는 **반신지옥**이니라.

신채호가 살았던 시절은 한반도의 통치권력과 입법권이 일본제국에게 있었으므로, 민족적인 죄를 심판할 수 있는 현실적인 법적 장치, 이를테면 '반민족 특위법' 같은 것을 발동할 수 있는 '국가'라는 기반 자체가 없었다. 더구나 법의 정당성 문제를 접어두고라도, 법을 통해 떠받쳐지고 행사되는 근대권력의 속성 자체가 낯선 것이기도 했다. 근대 이전에 권력은 신성한 피로 이어지는 절대군주의 자리로 상징되었으며, 일상적으로 보통 사람들에게 당위를 부여하고 구속력을 발휘한 것은 그 무엇보다도 관습과 종교였다. 법의 이름으로 권리를

주장하고 법에 의거하여 의무가 규정되는 시스템는 우리에게 합리적인 것이기에 앞서 낯설고 어색한 이국풍습으로 먼저 다가왔을 것이다. 게다가 제국주의 시대에 半식민지인들에게 '근대법'이란 '불평등조약'과 같은 것이었으니, 민족적인 분노를 표현하고 절망을 감당하기 위해선 법보다는 염라대왕을 부르는 편이 훨씬 낫지 않았겠는가. 1900년대 신문들을 보면, "염라국에 사신되어 통상조약 체결하고 여러 괴물 방매 후에 지부 형편 구경차로 황건역사 앞세우고 이리저리 왕래타가 풍도지옥 다다라서 이 문 저 문 열고 보니 만고죄인 다 모였다"(『대한매일신보』, 1908.12.20)와 유사한 장면으로 말문을 여는 사설들을 어렵지 않게 찾아볼 수 있다.

문학에 관심과 조예가 깊은 걸로 알려진 법학자 안경환은 『법과 문학 사이』란 책에서 한국근대문학사에서 이른바 '법률문학'으로 일컬어질 만한 작품으로서 탁월한 문학적 성취를 거둔 예를 찾을 수 없었노라고 말한다. 그가 꼽는 법률문학의 걸작들로는 이런 것들이 있다. 셰익스피어의 『베니스의 상인』, 빅토르 위고의 『레 미제라블』, 괴테의 『파우스트』, 톨스토이의 『부활』, 도스토예프스키의 『죄와 벌』·『카라마조프가의 형제들』, 카프카의 『소송』·『유형지에서』, 디킨즈의 『음산한 집』 등등등. 문학적 수준에 대한 판단은 제쳐두고라도, 한국근대소설의 기원에서 획기적인 의미를 갖는 이광수의 『무정』이 쓰여졌던 1917년까지도, 그 전후에도 법적 고민이나 갈등이 소설의 전면에 등장했던 경우를 적어도 내가 읽은 좁은 독서범위 안에선 발견할 수 없었는데(덧붙이자면, 몇몇 국문학 소설 전공자들에게 물어보기도 했으나 떠오르는 작품이 없다는 대답을 들었다), 그 이유를 안경환 교수는 법치주의의 기반이 취약하였던 데서 찾는다.

우리에게 '근대법'이 빛이기에 앞서 그늘이었고, 혁명이기에 앞서 굴욕을 의미하는 것이었다고 할지라도, 근대법 체계 속으로, 그 거대한 모순 속으로 우리는 어쩔 수 없이, 또 한편으론 자발적으로 편입되어 나갔다. 근대법은 백철의 표현을 빌리자면, 객관성 혹은 필연성 혹은 지상명령조로 우리를 공격해 왔다.

근세의 한국은 근대사조에 대하여 그것을 받아들일 아무 준비도 없었을 뿐 아니라, 하나의 반동적인 현실을 이루고 있었다. 그러나 근대사조는 이러한 한국적인 것보다도 훨씬 객관적인, 그리고 세계역사의 필연적인 세력으로 한국 근해를 공격해 온 것이다. 한국의 현실이 요구하건 말건 일방적으로 강요해온 지상명령적인 사실이었다.

인용한 백철의 『신문학사조사』(『조선신문학사조사』라는 이름으로 1947년에 상권, 1949년에 하권을 낸 것을 합권한 것)라는 책이 문학사인 만큼, 여기서 '근대사조'라 함은 좁혀 말한다면 낭만주의, 상징주의, 사실주의 등등의 문예사조를 일컫는 말이었겠지만, 이 말은 '근대법'으로 바뀐대도 상관없을 뿐 아니라 오히려 백철이 구사한 군사적인 수사학과 더 잘 어울릴 듯싶다. 근대법은 세계사적으로 확대되어야 마땅할 보편성으로 전도되어 제국주의자들의 군함과 총을 합리화시켰다. 서구적 의미의 근대가 세계사적 근대로, 서구 근대문학이 보편문학으로 전이되었던 데에는 이 같이 비합리적인 것의 전도된 합리성이 은폐되어 있다.

1909년 6월 24일자 『대한민보』 만평. 소위 '문명적 진군'은 총이 아니라 펜(붓)을 메고 나아가는 것?
1924년 11월 19일자 『조선일보』 1면 〈철필사진〉. 학교의 병영화를 풍자하고 있는 그림이다. 총칼을 메고 학교로. 이 그림을 『대한민보』 만평과 비교해보자. 총과 펜의 자리는 손바닥을 뒤집듯 뒤집힐 수 있는 것이었다.

a

b

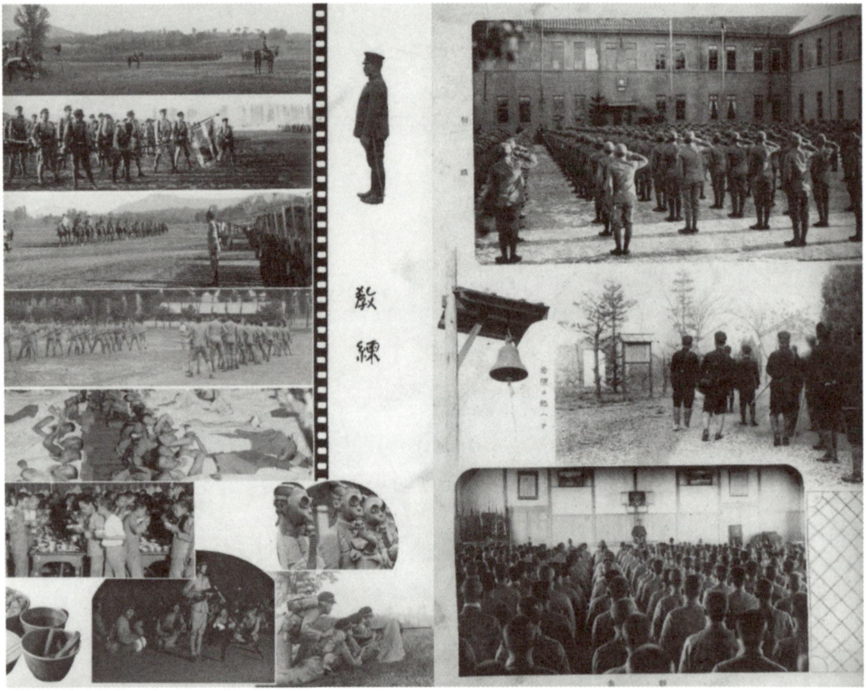

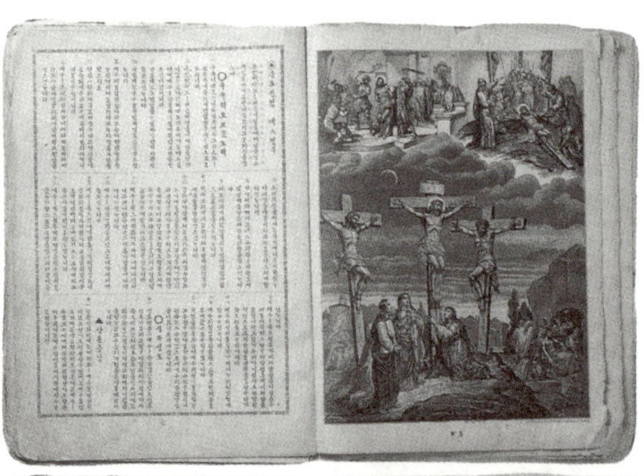

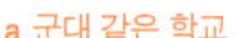

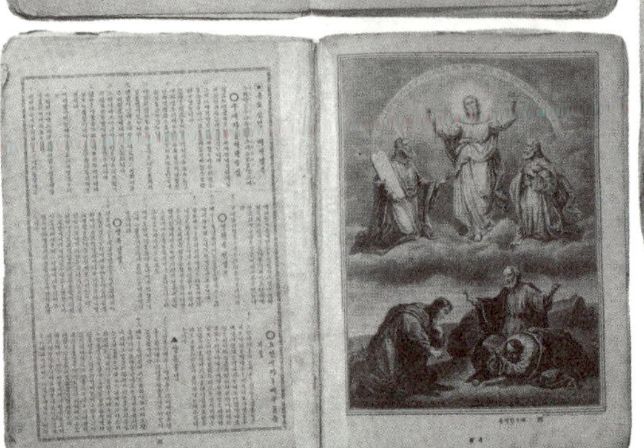

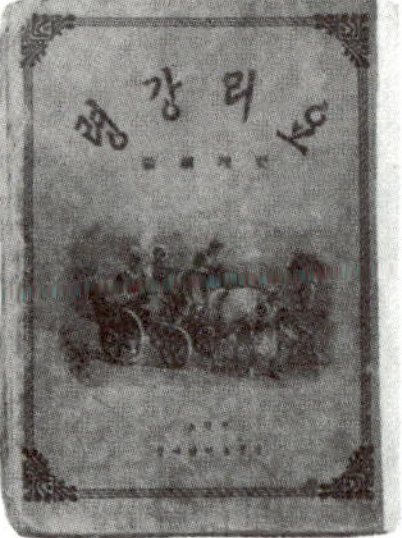

a 군대 같은 학교.
b 『요리강령』(1910). 예수께서 전교하실 시 이르신 성도의 도리를 그림과 함께 풀어 가르치는 책.

제국의 근대인들이 행사한 폭력은 계몽의 논리와 법률적인 언어로 떠받쳐진 것이었다. 프랑스 계몽주의 시대의 유명한 학자 콩디악(Etienne Bonnot de Condillac : 1715~1780)의 한 논문에는 제국주의와 계몽주의와 근대법과 기독교가 어떻게 결합했는지를 간명하고도 선명하게 보여주는 대목이 있다.

나의 하나님, 리쿠루쿠스나 솔론이 했던 것과 같은 나라를 만들게 해주소서. 그리고 이 논문을 다 읽으시기 전에 아프리카와 아시아의 야만인들에게 법을 내려주소서. (……) 자연이 그들에게 선사한 재능을 계발하게 해주소서. (……) 그들이 인간에게 주어진 의무를 다하라고 명을 내리소서. (……) 그들이 쾌락에 탐닉하지 못하도록 그들에게 벌을 내리소서. 그 같은 법을 통해서 이 야만인들의 사악함은 사라지고 새로운 덕성이 그들의 가슴속에 자리잡을 것입니다.

여기서, 신의 진리와 권위를 세속적으로 대리하는 '법'은 아프리카와 아시아의 야만인들에게는 부재하는 것이었다. 그렇다면 계몽된 나라, 문명국은 이런 '근대법'으로 야만인들의 묻힌 재능을 계발하고 사악한 심성을 새로운 덕성으로 인도할 세계의 교사로 자처할 수 있게 된다. 콩디악과 같은 시대를 살았던 레이날(Abbe Guillaume Raynal : 1713~1786)은 "식민지를 건설하려면 군주나 입법자들은 반드시 어린이를 교육시킬 현명한 교사도 같이 파견하지 않으면 안 된다"는 충고를 했다. 1920년 일본 식민지 조선에서 쓰여진 한 소설(이일, 「몽영夢影의 비애」, 『창조』 4호)에서는 프랑스 파리가 "세계의 고등학부"로 일컬어졌다. 조선의 학교는 초등학부, 일본의 학교는 중등학부쯤으로 여겨졌던 것이다. '조선—일본—파리'로 이어지는 학습공간에는 지리적인 서열이 새겨져 있었다. 그리고 그 한편에서 일본은 자신들의 식민지 지배정책을 가리켜 '문명의 덕화德化'를 베풀고 있는 것으로 선전하고 있었다.

a 프랑스 대혁명 직후, 마리 앙뜨와네뜨에 대한 정치재판.
b 〈법정과 변호사Bench and Bar〉, 레슬리 워드Leslie Ward, 1891. 영국법률가들의 모습을 풍자적으로 그린 캐리커처.

옥스포드 대사전을 보면, 근대 헌법의 형성기는 영국의 명예혁명(1689)에서 프랑스 대혁명(1789)까지의 100년간이다. 영국은 18세기에 세계 최초로 입헌군주제, 의회주권, 의원내각제 등의 기초를 다졌고, 개인의 자유와 권리를 보장하기 위한 절차를 정비했다. 권력분립을 내세운 미합중국 헌법과 프랑스의 인권선언도 대략 이 무렵에 이루어진 것들이다. 일본은 서구 제국주의 군함이 아시아 해안에 그 위용을 드러낸 19세기에 아시아 국가들 중 유일하게 근대적인 헌법전을 정립했던 주권국가였다고 할 수 있다. 일본은 근대국가를 성공적으로 급조하여 제국주의 대열에 빠르게 진입한 이례적인 아시아 국가였다. 미국의 페리 함대에 무릎을 꿇고 불평등 조약에 서명한 1853년 이후 일본은 1868년 메이지 유신을 거쳐 1889년에 메이지 헌법(대일본제국 헌법)을 반포한다. 메이지 유신 이래 일본이 모범으로 삼은 미국, 영국, 프랑스, 독일, 네덜란드 등의 문명제국은 근대적인 헌법을 가진 나라들이었다. 1882년에 이토 히로부미伊藤博文 일행은 유럽 여러 나라의 헌법을 조사하기 위해 유럽 각국을 시찰했는데, 메이지 헌법은 독일헌법의 일본식 변형이었다고 할 수 있다.

1726년 라이프찌히에서 발간된 플래밍Flemming의 책, 『완전한 독일군인Der vollkommene deutsche Soldat』에 실린 〈유스티치아상〉. 한 손에 저울, 한 손에 칼을 든 이 정의의 여신상 밑에는 '나는 누구도 용서하지 않는다Ich schone niemand'고 적혀 있다.

법제의 근대화는 자본주의 세계시장 체제 속에서 소통 가능한 언어의 형식을 획득하는 일과 긴밀하게 연관돼 있었다. 법제가 근대화되지 못한 나라는 나라로서 인정되지 않았다. 힘의 차이와 언어의 차이는 불평등 조약과 식민지 현실로 드러났다. 한국은 일본의 강압적인 후견으로 1894년 갑오개혁이 단행되고 법관양성소가 설치되어 근대법제와 법학을 일본을 통해 수용하게 되었으나, 이미 이때의 법제의 근대화란 '제국─식민지'를 잇는 동일화 전략과 연결되어 있는 것이었다. 어쨌든, "오늘의 태서 열국이 그 나라를 편안한 반석 위에 놓고 세계를 내려다보며 수완을 펴는 데" 있어서 그 반석이 된 것으로 무엇보다도 '법률'과 '경제'에 주목하게 되었으며(「법정학계 취지서」, 『법정학계』 창간호, 1907.5), 자강의 논리 속에서 근대적인 법제와 법률을 확립하고 내면화하려는 시도가 이어졌다. 한편, 식민지 현실에서 종주국 국민과 식민지 주민 사이의 불평등이 이중적인 법률체계에 의해 뒷받침되었다. 일본은 교육, 출판, 단체 활동, 범죄 판결, 회사소유권에 이르기까지 조선인을 대상으로 한 법과 조선 내에 거주하는 일본인을 대상으로 한 법을 따로 두어 차별적용했다. 법 앞에서 만인은 평등하지 않았다.

〈칼과 저울을 들고 있는 야누스처럼 2중의 얼굴을 한 유스티치아〉, 담아후더Jodocus Damhouder의 『시민법실무 *Praxis rerum Civilium*』(1596)에 실린 삽화, 식민지 조선에서 작동한 이중적인 법률체계를 두 얼굴을 가진 정의의 여신에 빗댈 수 있을 듯.

근대의 법적 제도와 그 언어는 근대적인 내면과 사고방식이 출현하는 데 깊숙이 관여했다. 이제, 근대의 작동 원리로 내세워지면서 동시에 식민지 통치에 기능적으로 활용되었던 법과 법적 수사학이 근대적인 사고와 내면에 그리고 근대문학의 기획에 작용한 몇 가지 방식을 살필 것이다. 근대문학 형성기에서 빼놓을 수 없는 작가들, 이광수·김동인·염상섭의 초기 텍스트들을 불러오게 될 텐데, 이 자리에서 이광수·김동인·염상섭이라는 고유명사가 중요한 것은 물론 아니라는 점을 표시해두고 얘기를 시작해야겠다.

구식 재판 풍경과 신식(경성지방법원의) 재판 풍경.

전래의 감옥 형태와 새로운 감옥 형태.

2 마음의 감옥, 파놉티콘

이광수의 초기 계몽 담론에서 '情[감정]'은 매우 중요한 자리를 차지한다. 그는 감정을 자아(개인) 해방의 에너지이자 통로로 보았다. 그가 보기에, 유교적인 전근대 사회는 '정'의 자연스러운 흐름을 억압하는 권위적이고 금욕적인 사회였다. 그렇지만 "정이 발發한 곳에는 권위가 무無하고, 의리가 무하고, 지식이 무하고, 도덕·건강·명예·수치·사생死生이 무하나니, 오호라 정의 위威요, 정의 력力이여. 인류의 최상 권력을 악握하였도다"고, 이광수는 '정'의 위력을 부르짖는다. 당시에 이광수는 '문단의 혁명아', '용감한 돈키호테'로 불리며 많은 젊은이들의 스타로 부상했는데, 그가 문제적으로 내놓은 '자녀중심론'이나 '자유연애론'은 부모의 명령이 절대권을 갖는 일방성이 아니라 개개인의 정의 요구에 기초하는 관계성을 강조하고 있는 것이었다. 그에게 '정'은 질풍노도와도 같은 해방의 에너지이면서, 한편으로 사람들 사이를 부드럽게 하는 윤활유 같은 것이었다. 그는 혁명과 스위트홈의 결합을 꿈꾸었다.

이광수의 계몽담론에서 '정'이 부리는 요술을 보고 있노라면, 근대기획의 모순성과 균열이 너무나도 분명하게 느껴진다. 외부의 권위로부터 해방된 날뛰는 개인들은 근대사회의 건전한 시민이 되어야 했다. 이광수가 생각한 '정'이 근대적인 법률이나 규율의 차원에서 작동하게 되면, '정' 자체의 요구가 아니라 법의 요구에 기꺼이 부응할 수 있도록 도와주는 윤활유 같은 역할을 떠맡게 된다. '정'을 인류의 최상위 권력으로 선포하였던, 위에서 본 「금일 아한청년과 정육^{今日 我韓靑年과 情育}」(1910)이란 논설에서, 그는 자아해방과 규율의 내면화라는 근대기획의 모순된 과제를 '정'을 매개로 한꺼번에 해결해보려고 했다. "오호라, 정의 위^威요, 정의 력^力이여"에 이어지는 또 다른 "오호라"로 시작하는 얘기를 들어보자.

> 오호라, 인류를 위하여 조직한 사회 국가가 도리어 사람에게 고통을 여^與하는 기계를 작^作하며, 사람을 위하여 성립한 법률·도덕이 도리어 사람을 오^誤하는 망^網: 그물과 정^{穽: 함정}을 작^作하였나니, 여사^{如斯}코 어찌 사회 국가가 안보함을 득^得하며 법률·도덕이 창연함을 기^期하리오. 유상^{猶尙} 사회 국가는 차^此를 찰^察지 못하고 다만 사람에게 의무의 염^念만 권주^{灌注}키를 시무^{是務}하며 법률·도덕에만 복종키를 시구^{是求}하니, 속담에 벽을 문이라고 개^開하려는 류^類며 복창배락^{腹瘡背樂}의 우^愚를 당함이로다.
>
> 정육^{情育}을 기면^{其勉}하라. 정육을 기면하라. 정^情은 제 의무의 원동력이 되며 각 활동의 근거지니라. 사람으로 하여금 자동적으로 효^孝하며, 제^悌하며, 충^忠하며, 신^信하며, 애^愛케 할지어다. 맹이성^{盲理性}의 통어지도^{統御指導} 없이는 군자^{君子} 되지 못한다 하니 그 혹연^{或然}할지니 진정하고 심각한 사업은 정^情에서 용^湧할 자^者일진저.

말하자면, 국가의 법률이나 도덕이 인간에게 고통을 주는 이유는 그것들이 악법이거나 악습이어서가 아니라 외부로부터 강압적으로 주어지는 것이기에 의무감만 불러일으키기 때문이라는 것이다. 여기서 요구되는 것은 법률이나 도덕의 개혁이 아니고, 법률이나 도덕을 내면화하여 자발적인 준수로 유도하는 기술이다. 이를 위해서는 '맹이성의 통어지도' 대신에 '정'을 육성해야 한다고 이광수는 주장한다. 그런데 이때 정의 힘으로 인도되는 자발성에는 판단력이나 비판력 같은 브레이크가 작동하지 않는다. 정을 동력으로 삼는 자발성은 복종의 '내면화' 혹은 '자동화'와 별반 다르지 않다. 이 내면화 혹은 자동화는 준법의식을 자유의 감각으로 전이시킨다.

이광수는 법률과 도덕의 범위 내에서 "자동자진^{自動自進}으로 자유자재^{自由自在}"로 활동할 수 있는 근대인을 키우기 위해선 교육자들이 '정'의 발육에 도움을 줄 수 있는 과목을 연구하고 제도화하는 데 앞장서야 할 것이라는 당부로 이 글을 맺고 있다. 이광수가 '정육'의 면에서 염두에 두었던 교과는 무엇보다도 문학이었다. 감정이 풍부해지고 심성이 부드러워지면, 법을 잘 지키게 된다? 이쯤 되면 문학의 효용성은 지배 이데올로기에 봉사한다. 여기서 잠깐, 되물어보자. 이광수에게서 '정'의 혁명성은 어디로 어떻게 스르르 사라져버렸는가.

이광수는 20년대 초에 '민족성 개조'를 주창하면서(「민족개조론」, 『개벽』, 1922. 5), "자기가 원하는 모든 덕목이 …… 습관을 이루어" 체화된 상태를 "칠십이종심소욕불유구^{七十而從心所欲不踰矩 : 마음이 하고자 하는 바대로 행해도 도에 어긋나지 않음}"의 경지에 빗대어 표현했다. 그는 또한 긍정적인 의미를 띄는 예의에 대해 "규율에 복종하여 질서를 지키는" 심성이라고 표현하기도 했다. 푸코에 따르면, 근대적인 권력

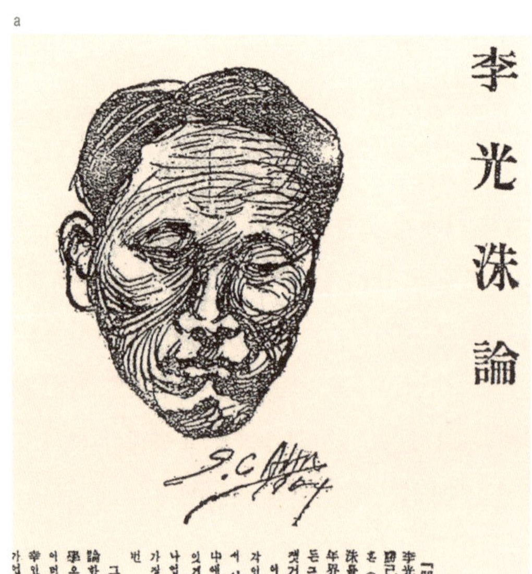

a 안석주가 『개벽』(1925.1.1)에 그린 이광수 캐리커처.
b 『별건곤』 1927년 1월호에 실린 명사들의 캐리커처와 인물평에서 춘원 이광수. 한 행인이 이광수를 보고 '저 사람 서양사람 같은데 조선 두루마기 입었네' 라고 쏘는 말이 인상적이다.

은 각각의 개인이 자발적으로 자신의 감독자가 되는 시스템―내면화된 감시 체계에 의해 최소의 비용으로 계속적으로 행사된다. 이광수의 '민족성 개조' 구상은 이러한 규율권력의 그물망에서 사실상 한발자국도 벗어나지 못한다. 그는 좋은 습관이 "정의적情意的 영역[성격]"에 뿌리내리게 될 때, 다시 말하면 자동화될 때, 개인은 의무의 고통에서 해방되고 국가는 안보를 유지할 수 있다고 말한다. 이렇게 되면, 봉건적 인습은 개선되어야 할 내면의 결함으로 전이되고, 식민지 체제의 모순이나 불합리는 묵과된다.

> 문화가 향상할수록, 생활의 내용이 복잡할수록, 단체생활의 필요와 종류가 느는 것이니, 이 단체생활을 잘하는 것이 생존의 적자인 자의 특징이외다. 그런데 단체생활에 충실하다 함은 무슨 뜻인가, 일언이폐지하면, 그 단체의 규약, 즉 법을 엄수함이요, 다시 상언하면 그 단체의 유지와 발전의 동력이 되는 금전상의 부담(즉 납세, 회비 등)에 충실할 것, 집회에 잘 출석할 것, 그 단체를 실제로 운용하는 지도자의 지도에 순종할 것, 그 단체를 내 것이라고 사랑하는 情을 가질 것 등이겠습니다. 지도자라 하면 국가면 원수, 회면 회장 같은 것이니, 지도자를 잘 택하는 것과, 택한 지도자에게 잘 순종하는 것은 진실로 단체생활에 극히 중요한 것이니, 지도자를 바로 택할 줄 모르는 민중도 단체생활에 성공할 자격이 없는 동시에 지도자의 지도에 순종할 줄 모르는 민중도 단체생활에 성공할 자격이 없는 것이외다. 데모크라시란 지도자 없는 생활이란 말이 아니라, 지도자를 민의民意로 택하는 생활이란 뜻이외다.

그의 「민족 개조론」에서 발췌한 이 부분에선, 단체의 규약인 법을 엄수하는 것이야말로 단체생활을 잘 영위하는 '생존의 적자'의 특성으로 간주된다. '생존의 적자'라는 표현은 그 당시 국제질서를 사회진화론적으로 파악했을 때 근대 문명국, 달리 말해 제국주의 열강을 가리키는 말이었다. '생존의 적자'로 우리 민족이 개조되기 위해서는 법을 엄수하고 지도자에게 순종해야 한다는 논리로 나아는 데 있어서, 입법권이 일본제국에게 있다는 것도 지도자를 조선 민중의 손으로 선택할 수 있는 권리가 없다는 것도 잊혀진다. 왜냐하면, 그는 다만 법체제 내에서, 통치권력이 허용하는 범위 내에서 자유를 구가할 수 있는 존재를 구상하고 있었기 때문이다. 이광수에게 "단체를 내 것으로 사랑하는 정"은 단체의 규약, 즉 법을 내면화하여 순종을 노예의 굴종이 아니라 주체의 자발성으로 전도시키는 기제였다. 이광수가 제시한 개인의 주체화 기획에서는 자아해방과 규율의 내면화라는 모순된 요구가 충돌과 갈등 없이 결합할 수 있었다.

대체로 이광수에게서 법은 도덕과 같은 평면에 나타난다. 그렇게 되면 법은 고상한 인간성의 구현으로 이해되며, 법에 대한 민족적인 저항감에 크게 부딪히지 않을 수 있다. 그리고 도덕과 같은 지평이라면 '정'이 샘솟을 만한 땅이 아니었을까. 이광수는 이 지점에서 유교와 손을 잡는다. 「금일 아한청년과 정육」에서 규율의 성공적인 내면화는 "자동적으로 효孝하며, 제悌하며, 충忠하며, 신信하며, 애愛케" 되는 경지로 말해지고, 「민족개조론」에서는 칠십이종심소욕불유구七十而從心所欲不踰矩의 인격적 수양의 단계로 말해진다. 선악의 장치는 준법정신을 마련하는 데 매우 효과적이었다고 할 수 있을 텐데, 그 효과는 물론 오늘날 우리에게도 유력하다. 청년 이광수가 살았던 시절의 한 논설에서 우리는, (농학, 상학, 의학, 천문학, 물리학, 화학 등과 더불어) 과학의 한 종류로서의 낯선 법률에 대해 비전문적인 일반인들은 법률을 도덕적 근저로부터 나온 것, 다시 말해 도덕을 보호하고 지도하기 위해 강구된 외적 제한과 교정 조치라고 이해하면 무방할 것이라는 설명을 들을 수도 있다(강전, 「도덕적 근저로부터 현顯하는 법률관」, 『청춘』 14호, 1918.7). 이광수는 이러한 외부의 명령법을 '정'을 매개로 하여 '자발성'으로 바꾸려고 했다고 하겠다.

이광수의 경우, 규율권력을 자동적으로 가동시키는 우리들 각자의 내적 장치에서 우리를 찌르는 '가시'를 보여주지 않았다. 권력을 감싸고 있는 어둠을 보려고 하지 않았기 때문이며, 그랬으므로 푸코라면 '감시'라고 말하는 그 자동장치의 동력을 그는 '정'이라고 생각할 수 있었기 때문이다. 푸코는 규율권력의 내면화에서 마음의 감옥, 마음속에 지어진 파놉티콘을 보았다. 파놉티콘 Panopticon은 원래 18세기 영국의 공리주의 철학자 벤담 Jeremy Bentham이 죄수들을 효율적으로 관리하고 교화할 수 있을 것으로 기대하고 제안하였던 감옥의 건축형태였다. 벤담의 파놉티콘(Pan + Opticon = 다 + 본다)은 말 그대로 일망 감시 시설인데, 황석영의 소설 『오래된 정원』에서 그 묘사를 빌려온다면,

이 시설물은 수인 각자가 보여지기만 할 뿐 남을 볼 수는 없게 되어 있다. 벤담의 감옥은 원래 베르싸유의 동물원 시설에서 착상을 얻었다고 하는데, 가장 바깥쪽에 원형의 높고 긴 담을 둘러치고 케이크나 피자를 자르듯이 부채꼴 모양으로 칸을 나누었다. 각 칸막이마다 문이 달려 있어서 수인을 안으로 밀어 넣고 문을 닫으면 그는 그냥 부채꼴의 시멘트 담 속에 혼자 갇힌다. 원형의 탑이 중앙에 있고 이것은 이층으로 되어 있다. 바깥 테두리보다 작은 원형 본체로 들어서면 각 칸막이로 들어가는 문이 마치 비행접시의 문처럼 둥그렇게 둘러싸고 있으며 문에는 번호가 붙어 있다. (……) 감시자는 계단을 통하여 위로 올라가 사방의 칸막이를 위에서 동시에 관찰할 수 있다. 그러나 나는 감시자가 우리를 칸막이에 넣어두고 정말로 충실히 수인을 관찰하기 위해서 탑의 가장자리를 빙글빙글 돌아다니거나 하는 꼴을 본 적이 없다. 그는 어딘가 보이지 않는 편안한 자리에 앉아 담배를 피우거나 동료와 잡담을 하고 있을 것이다. 하지만 위에서는 언제라도 마음만 먹으면 고개를 쭉 빼거나 돌려서 어느 칸에서 누가 무엇을 하는지 살필 수가 있다. 시설은 참으로 상징적이었다. 연구실의 쥐새끼들처럼 우리들의 맴도는 움직임은 적나라하다.

수인들은 어둠에 싸여있는 감시자를 볼 수 없지만(권력은 보이지 않는다.) 감시자

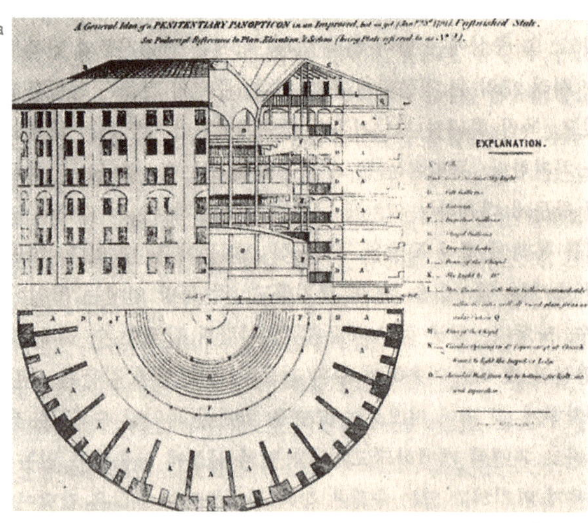

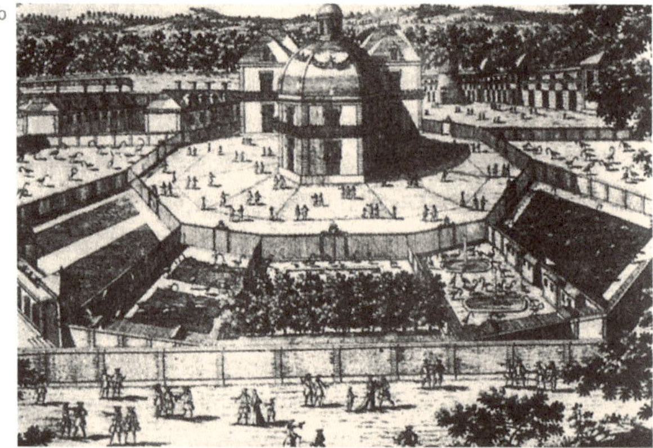

a 벤담의 파놉티콘 설계도.
b 루이 14세 시대의 베르사이유 동물원.
c 미국 스테이트빌 교도소.

는 밝은 빛이 비추는 수인들을 모두 볼 수 있다는 것, 이 시선의 비대칭성이 파놉티콘의 원리이며 푸코가 근대권력의 표상으로 파놉티콘을 발견하였던 이유다. 황석영은 정치범들에게 주어진 구치소 내의 운동공간(원형 마당)에서 파놉티콘이 적용된 예를 보았다. 벤담은 감옥만이 아니라 학교, 공장, 병원 같은 곳에도 파놉티콘의 원리를 응용한다면 상당한 효과를 거둘 수 있을 것이라고 주장했다고 한다. 나는 볼 수 없지만 나를 볼 수 있는 감시자의 시선 아래 언제나 놓여 있다고 생각하면, 이건 정말이지 악몽이다. 조지 오웰이 『1984년』에서 그린 것과 같은 악몽 속에서 우리는 규율을 내면화한다고 푸코는 말하는 것이다. 성공적으로 규율을 내면화시키면 사람들은 자동적으로 거의 자발적으로 법을 지키게 된다는 것인데, 이광수는 '정'이라는 개념으로 그 자발성을 옹호했다. 푸코를 따라 말하면, 파놉티콘이 상징하는 '감시의 원리'가 바로 영혼을 규율하는 기술이자, 점점 더 촘촘해지고 있는 보이지 않는 근대권력의 기술이다.

그러므로 어느 날 불쑥, 주민등록번호, 도청기, CCTV, 사이버스페이스에 찍혀 있는 전자지문, 유전자정보 따위가 그 어디선가 곤혹스러운 질문을 던지며 나를 방문할 수 있는 것이다. 감시의 원리에 포획되지 않는 존재란, 영화 〈매트릭스〉의 표현으로 한다면, 거대하고 복잡한 시스템 내의 작은 오류들이라 할 수 있다. 그렇지만 이 비유를 쓰는 건 정말이지 유쾌한 일이 아니다.

3 법정 드라마, 그 진실과 거짓

김 동인이 그의 첫 번째 소설 「약한 자의 슬픔」(『창조』 1·2호, 1919)과 두 번째 소설 「마음이 여튼 자여」(『창조』 3~6호, 1920)를 통해 문학사에 인상적으로 불러낸 인물은 머뭇거리고, 번복하고, 후회하는, 갈대같이 흔들리는 자들이었다. 약한 자 엘리자벳트나 마음이 여튼 자 K는 군계일학 같은 멋진 주인공들이 결코 아니었다. 그런데, 바로 이 점이 이들을 근대문학의 그럴듯한 인물형으로 만들었다고 할 수 있다. 동료 문인 전영택이 「마음이 여튼 자여」의 주인공 K를 두고 "조선 현대 청년의 전형적 성격" 운운하였던 배경에는 근대소설에 대한 자의식이 깔려 있었다. 전영택이 『창조』에 쓴 독후감에 따르면, K는 "낡은 도덕 낡은 정신은 터만 남고 그 위에 아무 새로운 것도 선 것이 없"는 시대를 대변하는 인물형이다. 엘리자벳트나 K는 선과 진리를 보장해주었던 절대적이고 초월적인 권위가 사라져버린 곳에서 매순간 스스로 선택하고 판단하고 행동해야 하는 근대의 아들딸들이기에 주저하고 번복하고 후회하게 되는 인물들이었다고 하겠다.

김동인의 이 두 소설의 주제는 스스로 선택하고 판단하고 행동하는 데 있어서 토대가 되어주고 화신을 생신하는 구체성, 김동인 식으로 말한다면 '강한 자아'에 대한 암중모색이라고 할 수 있다. 엘리자벳트나 K는 패배하는 인물이면서 이 패배로부터 비로소 시작하는 인물이다. 너 자신을 알라, 여기서부터

'강한 자아'로의 변신이 시작된다는 것을 웅변하면서 이 두 소설은 마침표를
찍는다.

　엘리자벳트의 패배가 결정적으로 언표되는 자리가 바로 법정이었다. 김동
인의 첫 소설 「약한 자의 슬픔」에서, 우리는 초창기 근대문학사를 뒤적여 찾기
가 그리 쉽지 않은 근대적인 재판 장면을 보게 된다. 그 법정이란 공간은 여주
인공의 이름 강^{孃}엘리자벳트(세례명일까?)가 그러하고, 그녀가 일으킨 소송에서
피고의 자리에 앉게 된 이가 남작(대일본제국이 하사한 칭호?)이라는 신분으로 호
명되는 것이 또한 그러하듯이, 어딘지 다소 생경하고 어색한 분위기를 풍긴다.

강엘리자벳트는 불끈 용기를 내어 조선의 선각자로 자임하는 남작을 상대로
"절조유린에 대한 배상 및 위자료로서 5천원, 서생아 승인, 신문上 사죄광고
게재"를 청구하는 소송을 경성지방법원에 제출하게 된다. 이 청구 내용은 법
률을 좀 안다는 사람이 엘리자벳트에게 "그리하여야 좋다"고 제시한 것이고,
오히려 당사자 엘리자벳트는 '서생아 승인'으로 족하다고 여기고 있는 수준이
다. 어쨌든, 이 소설에는 꽤 많은 법률적인 용어들이 포진해 있는데, 도덕적인
지평과는 그다지 상관이 없다고 할 수 있다.

소설의 전반부, 『창조』 1호에 실린 부분의 서사는 서울을 배경으로 펼쳐지고, 소설의 후반부에 해당하는 『창조』 2호 부분은 '서울'에서 '시골'로 내려오면서 시작한다. 서울을 떠나면서 엘리자벳트가 "저 같은 약한 물건은 촌이 좋아요. ……서울에서야……"라고 눈물을 흘리며 말한 데서 단적으로 드러나듯이, 김동인은 '약한 자'의 표상을 '시골'에, '강한 자'의 표상을 '서울'에 겹쳐놓고 있다. 바야흐로 서울에서 광채와 이빨을 드러내기 시작했던 근대성을 향유하고 실천할 수 있는 존재란 '강한 자'였던 것이다. 시골에 내려온 후에 엘리자벳트는 뒷산에 올라 이렇게 부르짖곤 한다. "아, 내 서울아, 내 사랑아."

장마비가 퍼붓는 검은 하늘 아래 시골로 향하는 인력거 안에서 엘리자벳트는 불현듯 '재판'을 생각해낸다. 그 순간부터 그녀의 머릿속은 소송을 할 것인가, 말 것인가의 문제를 놓고 엎치락뒤치락한다. 재판은 그녀와 남작의 관계를 세상의 시선 앞에 공개하는 것, 다시 말해 사적 비밀을 공공의 사건으로 만드는 일이다. 이 재판은 그녀를 스캔들의 주인공으로 만들 것이다. 그렇게 생각하면, 재판은 못할 짓이다. 그렇지만 그녀가 이미 남작으로 인해 모든 걸 잃어버렸으며, 그 무엇보다도 '내 사랑 서울'을 떠나야 했다는 걸 떠올린다면, 그녀가 법정에 서지 못할 이유는 대체 뭐란 말인가. 그녀는 더 잃을 것이 없다는 마음으로 재판에 대한 결심을 굳힌다. 그녀가 다시 서울을 찾게 되는 것은 재판을 하기 위해서였다.

서울이 강한 자들에게 어울리는 곳이듯이 재판소 또한 강한 자들에게 적합한 공간이었다. 그녀의 패소는 그녀를 보살펴주는 시골 5촌모에 의해 일찌감치 예감되었던 것이다. "재판은 못한다. 우리는 상것이고 저편은 양반이 아니냐?(시골 아주머니의 이 말을 달리 표현하면, 법 앞에서 인간은 평등하지 않단다)" 그렇지만 신학문을 공부한 엘리자벳트는 이렇게 빈빈한다. "새판에도 양반 상놈이 있나요?(법 앞에서라면 만인은 평등해요)" 아주머니는 다시 한번, "그래도 지금은 주먹천지란다"라고 말하며 그녀의 소송을 만류한다. 엘리자벳트는 아주머니

a 〈왕과 거지 위에 서 있는 정의의 여신상〉, 유스티누스 고버Justinus Gobber의 목판화, 1566년.
b 〈궁지에 빠진 정의〉. 균형을 잃은 저울을 내밀며 그녀는 어디로 고개를 돌리고 있는가. 앙상 레짐(구체제)에서의 법률가들의 부패상을 풍자한 그림.

의 무식을 비웃지만, 그러나 한편으로 어처구니없이 비극으로 휩쓸려 들어간 바로 그녀의 지난날들이 아주머니의 무식한 말을 뒷받침해주지 않는가.

그녀는 스스로를 시골에 어울리는 '약한 물건'이라고 자조적으로 규정한 바가 있다. 이 소설의 재판 장면은 먼저 '주먹'이란 표현이 함축하고 있는 돈과 권력의 힘이 법정에서 어떤 형태로 드러나는지 보여준다. 원고석에는 엘리자벳트 홀로 떨고 있고, 피고석에는 고개를 돌리고 있는 남작과 그 옆에 "자기 혼자만이 재판을 좌우할 능력이 있다하는 낯"으로 그의 변호사가 앉아 있다. 재판에 있어서 비전문인 엘리자벳트의 변론과 전문인 변호사의 변론은 상대가 될 수 없다. 변호사를 보자, 엘리자벳트는 재판이 시작되기도 전에 절망감을 느낀다. 더구나 그녀는 자신을 외면하고 있는 남작을 보면서 오히려 소송을 일으켜 그의 체면을 손상한 데 대해서 죄책감까지 느끼고 있으니, 재판의 결과는 벌써 정해져 있었다고 할 수 있을 것이다. 정의의 이름으로 그녀를 도와줄 헐리우드식 법정영화에서의 휴머니스트 변호사는 그녀 옆에 끝내 출연하지 않는다.

피해자의 입장으로 원고석에 앉아서조차 죄책감을 느끼는 것이야말로 김동인이 생각하는 '약한 자'다운 태도다. 그런 상태로 엘리자벳트는 더듬거리며 두서없는 변론을 마친 후, 자신의 순서를 "겨우 넘겼다"고 숨을 몰아쉴 따름이다. 반면에 변호사는 "웅장한 소리로, 만장을 누르는 소리로, 장내가 웅웅 울리는 소리로" 변론을 시작한다. 약한 자의 말과 강한 자의 말은 어조, 성량, 논리력 등에서 대조적으로 나타난다.

원고의 말은 모두 허황하다. 그 증거가 어디 있는가? 있으면 보고 싶다. 잉태하였다하나 거짓말인지도 모르거니와, 설혹 잉태하였다하여도 그것이 남작의 자식인 증거가 어디 있는가? 자기 자식이니까 떨어뜨리려고 병원에 데리고 갔다 원고는 말하지만, 주인이 자기 집 가정교사가 병원에 좀 데려다달랄 때 데려다줄 수가 없을까? 피고가 자기 일이 나타날까 싶어서 원고를 내쫓았다 원고는 말하지마는 다른 일로 내어보냈는지 어찌 아는가? 원고는 당시에 학교에도 안 가고 가정교사의 의무도 다하지 않고 게다가 탈까지 났으니, 누가 이런 식객을 가만두기를 좋아할까? 어떠튼 원고에게는 정신 이상이 있는 것은 잊어서는 안 된다.

법정에서의 진실이란 물증을 통해 증명되어야 하고 말을 통해 설득되어야 하는 것이다. 엘리자벳트의 두서없는 변론은 상대 변호사에 의해 허황한 말, 꾸며낸 말, 거짓말로 전도되어 버린다. 그녀의 말은 증거를 확보하지 못했으며 논리적인 결함을 드러내고 있었기 때문이다. 법정 전문가 변호사는 그녀를 '정신 이상'으로까지 몰고갈 수도 있었다. 그녀의 말은 지극한 논리성과 합리성의 세계인 법정에서 광인의 독백으로 처리되고 폐기될 수 있는 것이었다. 변호사의 말은 그녀에게 분명 부당한 것이었지만 그녀는 더 이상의 변론을 포기한다. 그런 그녀에게 내려진 판사의 판결은 당연하게도 "원고의 주장은 하나도 증거가 없다. 그런고로 원고의 청구는 기각한다"는 것이다.

그녀는 기절을 해버린다. 그녀는 그렇게 재판 결과에 대해서 판단을 정지해버린다. 매번 기절까지 하는 건 아니었지만, 그녀는 번민에 휩싸일 때나 혹은 선택의 기로에서 번번이 "정신이 아득해지는" 경험을 하곤 했다. 그녀는 그때마다 자신의 판단을 연기하거나 정지시킬 수 있었다.

김동인은 바로 그렇게 외부 상황에 의해 흔들리는 존재, 갈등을 스스로 해결하지 못하는 존재, 스스로 판단하고 결정을 내리지 못하는 존재를 '약한 자'로 명명했다. 이러한 '약한 자'는 법정에서 자신을 "굳세게 변론치 못하"는 자이기도 하다. '약한 자'는 그의 두 번째 소설에서는 제목 그대로 '마음이 여튼 자여'와 같이 호명되었다. 그리고 이제, 불행은 악당에게 돌아가는 것이 아니라 스스로 삶의 주체가 되지 못하는 '약한 자', '마음이 여튼 자'에게 돌아간다. 김동인에게 권선징악의 엔딩은 전근대적인 소설에서나 이루어지는 것이었다. 그가 설정한 '약한 자/강한 자'의 대립구도는 권선징악적인 엔딩으로 나아가는 전제가 아니라 근대적인 인물형에 대한 탐구의 서사를 만들어낸다.

엘리자벳트는 재판에서 패소한 이후, 그녀의 20년 인생을 '약한 자의 표본생활 20년'으로 요약한다. 그리고 전영택이 마음이 여튼 자, K에게서 '현대 청년의 전형'을 보았듯이, 엘리자벳트는 약한 자, 바로 그 자신에게서 '20세기 사람', '현대사람'의 슬픔을 보았다. 그녀는 또한, K가 그러했듯이, 스스로 "자기의 약한 것을 자각할 그 때"가 바로 강한 자아로 거듭나게 되는 기점이라는 것을 깨닫는다. 엘리자벳트는 자신의 경험을 바탕으로 '약한 자의 슬픔'에 대해 "논문 비슷하게 소설 비슷하게 하나" 쓰리라고 작정하면서 그녀의 깨달음을 논설조로 피력하는데, 이 부분에서 우리는 김동인의 웅변을 들을 수 있다. 근대적인 진리는 초월적이고 보편적으로 주어지는 것이 아니라, 마치 법정에서 논증과 설득을 통해 매번 증명하고 획득해내야 하는 상대적인 진실과 같은 것이다. 증명되고 설득되지 못한 약한 자의 진실은 기각된다. 슬퍼한들 누구도 동정하지 않는다. 왜냐면, 그것은 이미 진실로 인정되지 않는 것이기 때문이다. 김동인은 말한다. 약한 자여, 강한 자아를 확립하여 참 삶을 살아라. 김동인에게 강한 자아로 거듭난 근대인이야말로 자신의 진실을 굳세게 주장하고 획득할 수 있는 긍정적인 인간형이었다. 그에게 진실은 강한 자아로부터 주장될 수 있는 것이었다.

'강한 자아'는 그 자체로 윤리성까지 보장받는 것은 아니다. 강한 자아는 충분히 도덕적일 수도 있고, 비정할 수도, 악랄할 수도 있다. 하나의 장르가 된 법정 드라마Courtroom Film는 이 근대적인 자아를 휴머니티의 승리라는 빛으로 조명하거나 풍자의 계기로 불러들인다. 그 법정은(감동적인, 통쾌한, 비장한, 음험한, 비열한, ……) 인간적인 드라마가 펼쳐지는 장소이면서 나아가 '법이란 무엇인가'란 질문과 만나게 되는 장소다. 영화사가 기억하는 법정 영화들 중에서 그 일부를 꼽아보면, 〈녹 온 애니 도어Knock On Any Door〉(49년), 〈케인의 반란The Caine Muitny〉(54년), 〈12명의 성난 사람들Twelve Angry Men〉(57년), 〈뉘렘베르그 재판Judgment At Nuremberg〉(61년), 〈저스티스And Justice For All〉(79년), 〈의혹Suspect〉(87년), 〈피고인The Accused〉(88년), 〈어퓨 굿 맨 A Few Good Men〉(92년) 〈필라델피아Philadelphia〉(93년) 등등등. 그 딱딱하고 장황한 대사들(이성적인 언어들)의 엇갈림 속에서 진실은 은폐되고 미끄러지다가 극적으로 찬란하게 빛을 내거나 우울한 그림자를 드리운다.

그 법정영화의 계보가 어둑해지는 끝자락에서 나는 법정 드라마를 쇼의 형식으로 패러디한 영화 〈시카고Chicago〉(2002)를 보았다. 화려한 쇼의 형식으로 쇼의 리듬을 타고 영화 〈시카고〉는 재판이란 쇼일 뿐이라고 과격하고 통쾌하기까지한데, 그 한편으로 허탈해지는 발언을 던지고 있었다. 여기서, 유능한 변호사는 훌륭한 연출가다. 그리고 멋진 쇼를 위해선 물론 충분한 돈이 받쳐줘야 한다. 이성적인 언어와 인간에 대한 근대적인 믿음이 회의에 이르고 심각하게 흔들리는 자리에 이 영화는 놓여 있다고 할 수 있다. 오늘날로부터 까마득한 그리스 시대를 살았던 파에드로스가 정치 연설이나 법정 변론에서 그 주가가 높은 "웅변가가 되려는 사람은 실제로 올바르고 참된 것을 배울 필요가 없고, 다만 군중들에게 그렇게 보이도록 하는 방법만 배우면 된다"고 했던 시니컬한 충고의 말이 이 영화와 더불어 불쑥 떠오른다. 소크라테스는 법정의 변론에 부응하는 수사학을 두고 "무식한 사람의 눈에 실제로 알고 있는 것보다 더 많이 알고 있는 것처럼 보이도록 설득하는 방법"이라고 했다지.

영화 〈시카고〉의 한 장면.

법정의 수사학과 예술계

김 환의 「자연의 자각」(『현대』 창간호, 1920.1)을 평한 염상섭의 글(「백악씨의 '자연의 자각'을 보고서」, 『현대』 2호, 1920.3)에 대해 김동인이 작품비평을 넘어서서 작가의 인격을 비평하는 월권을 행사했다고 강력하게 반감을 드러내면서 시작된 김동인과 염상섭 사이에 오간 몇 차례의 논전을 두고 후대의 문학사가들은 최초의 본격적인 비평논쟁이라는 의미를 부여해왔다. 이 논쟁의 와중에서 염상섭은 비평가를 재판관에 비유했고, 이 비유에 불쾌감을 표시하면서 김동인은 비평가를 활동사진의 변사와 같은 존재라고 말했다. '재판관/활동사진변사'는 문학사에 뚜렷한 인상을 남긴 수사학이 되었다.

이 논쟁의 과정을 좀더 들여다보자. 『창조』 6호에 실린 「제월씨의 평자적 가치」라는 글에서 김동인은 염상섭의 평론은 작품에 대한 것이라기보다는 인신공격에 가깝다고 거칠게 몰아붙이면서 "비평가는 다만 작품비평에만 진실"해야 한다고 맵게 충고한다. 이에 대해 염상섭은 김동인의 글에서 그 논리적인 모순을 조목조목 짚어나가면서 그가 김환의 「자연의 자각」이라는 작품에 대해 '자아광고'라고 한 것은 사적인 감정이 있어서 비난한 것이 아니라, 김환이 그 작품을 쓴 동기가 "예술가로서의 양심에 비추어서" 불순했다는 것을 폭로한 합당한 비평적 판단이었다고 말한다. 염상섭은 "작품을 비평하려는 눈을 절대로 작가의 인격을 비평하려는 눈으로 삼지 말"아야 한다는 김동인의 주장에 대해, 이는 마치 "재판관더러 범인의 신분을 조사하지 말라는 것"과 같은 말이라고 일축하면서 "작가의 인격이 작물作物의 배후에 잠복"해 있다면 작가에 대한 다각도의 고찰(일테면, 집필하던 당시의 사정, 성격, 취미, 연령, 사상의 경향……)은 작품 비평에 있어서 필수적인 과정이라는 견해를 피력한다. 여기서 염상섭은 비평가를 '재판관'에 비유했는데, 그의 수사학은 김동인의 반발을 더욱 키웠다. 김동인은 이에 대응하여 비평가를 '활동사진의 변사'에 빗대면서, 비평가는 작가에 대해 아무런 권리도 없으며, 다만 작품에 대한 감상력이 부족한 민중(독자)의 이해를 돕는 해설가일 뿐이라고 못박았다.

염상섭이 비평가를 재판관에 빗댔을 때, 이 비유를 통해서 염상섭이 강조하려고 했던 것은 재판관이 어떤 사건에 대해 적절한 판단을 내리기 위해서는 사건을 둘러싼 주변의 정황을 주도면밀하게 살펴야 하듯이, 작품비평에 완벽을 기하기 위해서는 작품뿐만 아니라 작품을 쓴 작가의 사상이나 동기 등도 고찰 범위에 모두 포함해야 한다는 것이었다. 적어도 염상섭 쪽의 문맥에서는 재판관이라는 비유가 비평가의 절대적인 권위를 강조하려는 것이었다기보다는 비평작업에 있어서 성실하고 치밀해야 할 비평가의 태도를 부각시키려는 것이었다고 할 수도 있다. 그렇지만 그의 재판관이라는 비유는 비유의 고리를 따라 비평공간을 법정으로 작가나 작품을 피고의 자리로 옮겨 놓는다. 그리하여, 피고의 신분과 행적을 조사하고 형량을 언도하는 법정 재판관의 권력과 연결되는 수사학적 파장에서 해석될 경우, 비평의 권위는 월등히 높아지고 그 권력은 막강해진다. 염상섭의 수사학은, 작가로서의 자부심이 대단했던 김동인으로서는 참을 수 없게도, 작가를 지도하고 교정할 수 있는 특권적인 지위를 비평가에게 부여하고 있는 것으로 받아들여졌다. 이 논쟁의 발단에 놓여 있었던 '외재비평(염상섭) / 내재비평(김동인)'의 대립 구도는, 논쟁의 과정에서 '재판관 / 변사'의 수사학이 부각되면서 비평의 역할이 '작가 지도에 있느냐 / 독자 지도에 있느냐'의 문제로 전이되기도 했고, '주관적 비평 / 객관적 비평'의 대립으로 이해되기도 했다.

염상섭이 비평가를 '재판관'에 빗대면서 논쟁은 뜨거워지게 되었는데, 이 수사는 어쨌든 비평가의 판단 능력과 권위를 존중하는 것이었고 비평이라는 장르의 특이성과 자율성을 마련하는 데로 연결되는 것이었다고 할 수 있다. 비평은 문단의 형성과 문학의 제도화에 긴밀히 연루돼 있는 장르다. 문학사에선 잊혀졌지만, '재판관/변사' 논쟁에 불쑥 끼어든 김찬영(「작품에 대한 평자적 가치」, 『창조』 9호)이 비평가를 '브로커'에 빗댔던 일도 있었다. 이광수는 「문학이란 하오」(『매일신보』, 1916.11.10~11.23)에서 비평은 "근대에 신성新成"한 것, 즉 새롭게 부상한 장르로서 현대문학계의 절반의 자리를 차지한다고 썼다. 그가 떠올린 현대문학계란 창작과 비평의 행위로, 작가 집단과 비평가 집단으로 구성된 문단이었던 것이다.

염상섭은 또한, 아래에 인용한 대로, 법정 공간을 수사학적으로 빌려서 '예술왕국'에서 지켜져야 하는 룰이 있다는 점을 환기시키기도 했다. 1910년대 말에서 1920년대 초기의 청년작가들은 문학이라는 제도를 마련하고 문학의 자율적인 영역을 분할해내는 미적 근대성 기획에서 시대적인 전위의식을 느끼고 있었는데, 이때 염상섭이 사용한 법정의 수사학은 이 기획에 닿아 있었다고 하겠다.

육법전서도 없고 재판관도 없이 더구나 법관복도 입지 않고 앉아서 둔한 붓끝으로 제 마음대로 피고를 고발하고 기소하고 논죄하고 논고를 하고 구형을 하며 심하면 판결까지 독재하려는 것은 마치 흑인에 대한 백인종의 린치Lynch 같기도 하여서 불법행위라고 할지도 모른다.

그러나 또 한편으로 생각하면 내가 비록 사설 재판소를 설하고 가짜 검사노릇을 한다 해도 형법이 없는 것도 아니요 재판관이 없는 것도 아니다. 어떻게 생각하면 배석판사까지도 있다고 할 수 있다. 뮤즈Muse는 문예의 신이요 더구나 시의 여신이다. 그리고 그 주위에는 문예업으로 천직을 삼는 여러 선비가 제제히 늘어앉았다. 그러면 지금 어떠한 피고를 붙들어다놓고 예술왕국의 형법 제1조＝예술적 양심의 마비나 혹은 발광의 증상이 명확할 뿐 아니라 예술의 궁전의 존엄을 간범하는 자는 차[此]를 주[誅]함이라는 명문에 의하여 기소할 때에 뮤즈 신은 정당한 판결을 내릴 것이다.

—염상섭, 「필주筆誅」(『폐허이후』, 1924. 2)

예술의 왕국이니 궁전이니 하는 수사는 예술계라는 말처럼 예술을 영역화(영토화)시키는 말이다. 여기서, 예술 혹은 문학은 국가라는 수사를 이용하면서 더불어 법적 수사의 작용을 빌리는데, 이를 통해 예술과 문학의 제도적 자율성을 분명하게 드러내었던 것이다. 염상섭은 이 글에서 최고 재판관으로 뮤즈의 여신을 내세웠다. 김억도 「동인기」에서 염상섭과 동일한 수사학을 펼치면서 이렇게 말하고 있다. "물질을 훔친 자에게는 형법의 제재가 있음과 같이 시작[詩作]을 훔친 자에게는 뮤즈의 총아가 되기는커녕 뮤즈가 처벌로 조금 주었던 시혼[詩魂]까지도로 빼앗아간답니다."

최고 재판관 뮤즈, 이 같은 존재를 끌어들인 건 낭만주의적인 발상이라고 할 수 있을 텐데, 이 초월적 권위는 문학과 세상사의 사건을 위계적으로 구분하고 문학의 특

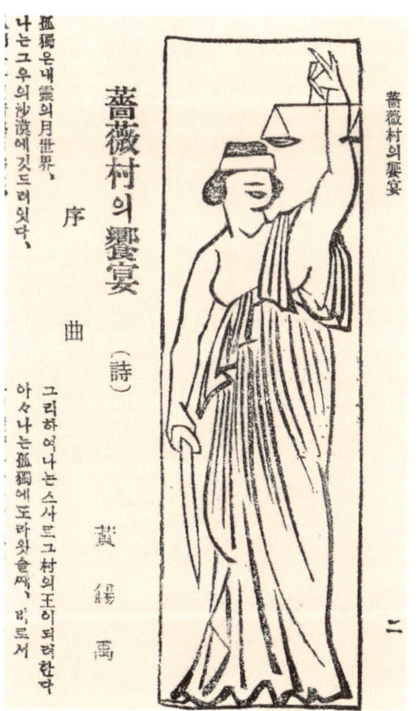

권적인 위치를 마련하는 데 필요한 것이기도 했을 것이다. 문학적 진실, 예술적 양심에 대해 세속적인 잣대를 들이댈 수는 없었을 터이었으니 말이다. 이상적인 예술촌의 건설을 꿈꾸었던 시 전문 잡지 『장미촌』(1921)에는 '정의(법)의 여신'이 삽화로 그려져 있어, 초월적인 지평에서 미와 정의의 결합을 상상하였던 문학청년들의 소망을 보여준다. 여기서라면, 영혼의 무게를 재는 저울을 들고 심판의 칼을 쥔 그녀의 또 다른 이름은 뮤즈.

뮤즈. 그리스 시대의 부조.

다시 염상섭의 글로 돌아가자. 「필주筆誅」라는 무시무시한 제목, 염상섭은 글의 첫머리에서 "주誅라든가 참斬이라는 글자는 보기에도 싫은 글자, 듣기에도 재미없는 글자"라고 했지만, 그는 그 글자를 선택했다. 주誅라는 글자에는 정의의 여신이 늘어뜨리고 있는 칼이 새겨져 있다. 죄인의 목을 베어버린다는 뜻. 그러니, 참으로 겁나는 법정이지 않은가.

'예술왕국의 형법 제1조＝예술적 양심'을 위배했다는 죄목으로 뮤즈의 여신이 재판관이고 문예에 종사하는 여러 예술가들이 자리를 잡고 앉아 있는 이 가상의 법정에 불려 나오게 된 문제의 인물은 노자영이다. 그가 이렇듯 피고로 세워지게 된 사태의 발단은 『동아일보』에 발표한 그의 「잠」이라는 시가 김억이 번역한 폴 베를렌느의 시 「검고 끝없는 잠은」을 표절한 것이었다는 데서 비롯되었다. 염상섭은 두 작품의 인문을 비교해볼 수 있도록 나란히 놓아 보여줌으로써 독자 앞에 그 진상을 폭로한다. 그는 또한 위에서 묘사한 법정이나 판결이 단순히 비유의 차원에 머무르지 않고 현실화될 수 있다는 것을 시사한다.

그는 표절 문제가 실제로 법정까지 간 외국의 사례를 들면서, 이 문제는 "만일 베를렌느가 생존하여 있다면 경성지방법원에라도 고소할" 수 있는 성질의 것이며, 그 번역자인 김억도 "설유원說論願을 종로서에라도 제출할" 수 있는 문제라고 말한다.

1920년대 초기는 전문 예술가 의식이 뚜렷해지기 시작한 때이니 만큼 그들 자신의 권익에 대해서도 구체적으로 생각하기 시작한 시기였다. 표절 문제는 사실 개인적인 양심에만 맡길 수 있는 문제가 아니라 예술가의 현실적인 권리와 밀접한 사안이었다. 달리 표현하자면, 뮤즈의 여신(혹은 정의의 여신)에게만 기댈 수 있는 문제가 아니라, 현실적으로 법적인 대응을 할 수 있는 기반을 필요로 하는 것이었다. 이 시기에는 또한 원고료의 문제가 구체적으로 거론되기 시작했으며, 문인의 권리를 지키기 위해서는 문사조합 같은 단체가 필요하다는 생각도 싹텄다. 실제로『폐허』폐간 후 그 동인들(염상섭, 오상순, 변영로 등)이 주축이 되어 '조선 문인회'를 조직하기도 했다.

그렇지만 사실상 법적 힘이 예술가의 권익을 보장하고 미적 자율성을 존중하는 쪽으로 작동하고 있었던 것은 아니었다. 그 시대에 법과 문학은 주로 검열과 관련하여 심히 불편한 접촉을 해야만 했다. 지워진 글자들. 사라진 책들. 어디 나라 없는 백성으로 산 식민지 시대에만 있었던 가위질이었던가. 그리고 어디 가위질로 그쳤던가. 현대사에 얼룩진 숱한 필화사건들. 북조선에선 원산 문학가동맹이 1946년에 낸 시집『응향』이 현실도피적이라는 이유로 정치적인 칼바람을 맞았는데, 1970년 김지하의 담시「오적」같은 경우는 너무나 현실 참여적이었기에 공포의 반공법에 저촉되었다. 등등등. 또 우리는 '예술이냐, 포르노냐'는 심판대 앞에 불려나가는 작가들을 봐왔다. 대법원에서 유죄판결을 받은 마광수의 소설『즐거운 사라』(1995년 6월), 장정일의 소설『내게 거짓말을 해봐』(2000년 10월) 등등등.

1857년 문제적인 시집『악의 꽃』으로 인해 유죄판결은 받은 보들레르에게 보낸 대시인 빅토르 위고의 편지에는 이렇게 적혀 있었다고 한다. "현 사회가 줄 수 있는 아주 진귀한 훈장, 당신은 방금 그것을 받았습니다. 이 사회의 제도 가 정의와 윤리라는 이름으로 당신을 처벌했습니다. 그것은 또 하나의 명예의 관입니다. 시인이여, 악수를 보냅니다." 그 모든 유죄판결들이 전부 훈장일 순 없다는 것도 자명하지만, 법의 논리나 정서의 테두리 안에서 모든 문학이 숨쉴 순 없다는 것도 그만큼 분명한 사실이다. 오늘밤에도 그 바깥에서 또다시 한 송이 꽃이 황홀하게 피고 있을 것이다.

획기적인 아이들

획기적인 아이들

1 어린이의 탄생

'어린이'는 갑작스럽게 중요해졌다. 특히나 우리의 경우, 근대를 향한 계몽의 요구가 '짧은 시간'을 강조하고 있었기에 그 갑작스러움은 더 도드라져 보인다. 10대의 최남선 이광수가 선배를 넘어 선생이 될 수 있었고 되어야만 했던 시대, 그 시대는 온고지신의 신중함이 아니라 과거를 미련 없이 폐기하고 현재를 새로운 기원으로 성립시켜야 한다고 주장하는 과격함이 훨씬 더 현실적으로 받아들여졌던 시대다. 다시 말해, 근대계몽기는 어른에게 지혜를 구하는 시절이 아니었다. 어른은 과거를 의미했고, 과거로부터 발전의 동력을 끌어내는 것이 아니라 과거와의 절연을 통해 현재는 재구성되어야 하는 것이었다. '어른'은 뒤로 물러나고, 바야흐로 '아이들'이 전면에 등장하고 있었다.

우선, 계몽의 수사학에서의 '어린이'는 몽매한 존재, 즉 계몽되어야 할 존재를 표상했다. 계몽에 대한 칸트의 그 유명한 정의에 따르면, "계몽이란 우리가 마땅히 스스로 책임져야 할 미성년 상태로부터 벗어나는 것이다. 미성년 상태란 다른 사람의 지도 없이는 자신의 지성을 사용할 수 없는 상태다. 이 미성년 상태의 책임을 마땅히 스스로 져야 하는 것은, 이 미성년의 원인이 지성의 결핍에 있는 것이 아니라 다른 사람의 지도 없이도 지성을 사용할 수 있는 결단과 용기의 결핍에 있을 경우이다. 그러므로 과감히 알려고 하라!(Sapere

aude), 너 자신의 지성을 사용할 용기를 가져라! 하는 것이 계몽의 표어이다.”
(「계몽이란 무엇인가에 대한 답변」) 여기서, ‘미성년’은 연령(육체)과는 무관한 표상
인데, 이것은 마땅히 스스로 도달해야 할 지적 성숙에 이르지 못한 상태를 가
리킨다.

　이러한 수사학적 의미는 먼저 어원상으로 ‘어리다’가 연령 개념이 아니라,
지적인 부족함을 가리키는 말로 쓰였음을 떠올리게 한다. 거슬러 올라가면, 훈
민정음은 그 창제 당시 ‘어린 백성’을 위하여 만들어진 문자라고 선전되었는
데, 이를 현대적인 용법으로 바꾸면 ‘어리석은 백성’ 정도가 될 것이다. 그리
고 17세기 이전에 프랑스를 비롯해 유럽에서는 어린이(children:영어, gercon:프랑
스어)라는 개념이 의존이라는 관념과 결부되어 있었단다. 주인master에 대해 의
존을 필요로 하는 모든 사람들, 예를 들면 종복, 직공, 군인 등등의 사람들이
모두 어린이로 불려졌다는 것. 어쨌든, 계몽의 수사학에서는 그 어원에 간직되
어 있는 의미를 십분 활용하면서 ‘어린이’를 계몽의 장으로 불러냈다.

① 금일에 조선인의 사상 및 사업이 신新의미를 가지지 못하는 동안에는, 또 신新
산품과 신新과실을 출出치 못하는 동안에는, 우리는 모두 황야에서 방황하는 **소아**
小兒요, 농실籠室과 백락伯樂과 복점卜占 등을 업으로 하는 **집시**Gipsy에 지나지 못한다.

ㅡ이병도, 「조선의 고예술과 오인(吾人)의 문화적 사명」(『폐허』 1호)

② 조선은 **갓난아기**라 합니다. 처음 보기에는 참 어리지요! 새빨갛지요! 그러나
그 생장은 빠르고 그 발육은 기르는 법이 좋으면 좋을수록 완전 순결할 줄 압니
다. 그런데 다른 방면 말은 말고라도 사상과 예술, 이 높은 수평선에 매진하려
하는 우리 앞길에 실로 아무 장애도, 아무 난관도 없을까요? 뿐만 아니라 우리의
역량의 부족을, 성열誠熱의 부족을 느낍니다.

ㅡ주요한, 「장강長江어구에서」(『창조』 4호)

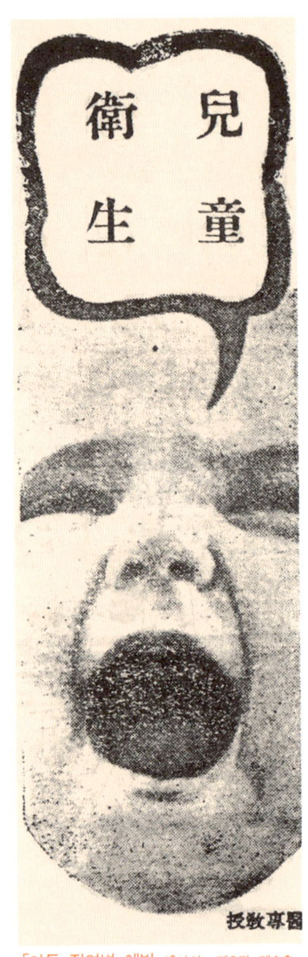

「아동 전염병 예방」(『여성』 제2권 제1호, 1937.1)이란 글에 붙여진 사진이다.

①에서 현재의 조선인은 '소아小兒'나 '집시'에 비유된다. 이 수사적 맥락에 의하면 근대적인 진보의 길 바깥은 '황야'가 된다. 길은 하나라는 것이다. 조선이 소아나 집시의 상태를 벗어나려면 예술, 도덕, 철학, 종교, 제도, 과학 등 제반 분야를 문명국 수준으로 발달시키기 위해 노력해야 한다고 글쓴이는 역설한다. ②에서 조선은 '갓난아기'라고 말해진다. 그런데 여기서 '갓난아기'는 단순히 존재의 열등함을 가리키는 데 그치지 않는다. 갓난아기는 '생장'과 '발육'의 가능성이 무한한 존재다. 주요한은 '갓난아기'라는 표상을 통해 조선의 낙후성보다는 가능성을 말하고 싶어했다. 문제는 '기르는 법', 즉 계몽의 방법이다. 따라서 계몽을 선취한 자의 '역량'과 '열성'이 무엇보다도 중요하다. 여기에 또 덧붙이자면, 이광수는 무지몽매한 독자의 정신을 "아무 주견主見이 없는 소아小兒"나 "백지" 상태에 빗대면서 계몽의 대상으로 호명하기도 했다. 그는 문학의 영향을 '전염력'이라는 병리학적인 수사를 동원하여 강조했는데, 항체가 없는 독자들에게 치명적인 바이러스와 같은 문학을 읽게 해서야 되겠는가. 작가들이여, 수양을 하라. 이러한 문맥에서 훌륭한 문학작품의 효용성은 "오랜 수면을 깨트리고 새로운 문화를 건설할 만한 활기 있는 정신력을 격발하는 것"에 놓여진다(「문사와 수양」, 『창조』 8호).

그런데 무엇보다도 그 '가능성'에 주목한다면, '어린이'는 몽매한 어른의 형상

a 보통학교 하계학습장(부속보통학교연구회 편, 1927)   b 자연 3-1(문교부, 1957), 산수 3-2(문교부, 1957)
c 보통학교 도화첩(조선총독부 편, 조선서적인쇄주식회사, 1926)

으로는 표상할 수 없는 특별한 의미를 지니게 된다. '어린이'와 '사회진화론'이 결합하게 되면, 어린이는 어른보다 좀더 진화한 존재로 태어난다는 논리에 다다르게 된다. 어른은 과거를 의미하고, 어린이는 미래를 의미한다. 어리석은 어른을 '이미 잘못 씌어진 책'에 비유하고, 어린이는 '채 씌어지지 않은 책'에 비유할 수도 있었다. 어린이는 아직 어리석은 어른이 될지, 현명한 어른이 될지 모르는 존재로서, 더욱이 선생의 말을 그대로 옮겨 적을 수 있을 것 같은 '흰 종이' 같은 존재로서, 나아가 진화론적인 비전을 그 존재 자체에 품고 있는 존재로서 중요해지게 되었던 것이다. 그리하여 '어린이'는 연령과 무관하게 작동되는 표상이 아니라 연령이 결정적인 지표가 되는 표상으로서 등장한다. 또한, '어린이 시기'는 연령을 분할선으로 삼은 근대학교의 학제체계가 그 제도적인 기반이 되어주었다. 근대적인 의미에서의 '어린이기Childhood'는 이렇게 발견되었다고 할 수 있다. 특별한 시기로서 '어린이기'가 갑자기 주목된 데에는 생물학적인 필연성이 있어서가 아니라 사회적인 요구가 있었기 때문이라고 하겠다.

시작의 순수성을 강조하기 위해서라면 '어린이'는 더욱 어려질 필요도 있었다. 따라서 '갓난아기'는 계몽의 순결한 바탕으로 혹은 기원으로 기려진다.

폐허의 밤은 깊어가고

망망茫茫히 끝없는 폐허 벌판 한 모퉁이

쓸쓸히 서 있는 한 간間 풀집 속에

땅위에 갓 떨어지는

벌거벗은 핏덩이 애기 소리!

산고를 잊고

새로 나는 이의 심각한 복 비는 경건한

폐허의 어머니의 떠는 소리

애기의 묵은 보금자리

그의 옛 속과인 대腦 서르는 불빛은

신음에 떠는 〈폐허의 밤〉 가르는剪

알 수 없는 새로운

창조의 신의 거룩한 횃불!

『폐허』라는 잡지의 제명은 새로운 시작의 자리를 의미했다. 거기에는 과거와 현재의 단절을 극적으로 표시하고 그 단절을 미학적으로 실천하겠다는 의욕이 반영되어 있다. '폐허'라는 동인지의 이름은 독일시인 실러의 시 구절에서 따왔다는데 그렇게 소개된 구절을 보면, "옛 것은 멸하고, 시대는 변하였다. 내 생명은 폐허로부터 온다." 여기서 '폐허'는 과거를 추억하는 장소가 아니라 시작의 다짐을 성스럽게 선포하는 자리였다. 그러나 근대성의 원리와 특수한 형태로 결합돼 있는 식민지체제가 현실을 규정하는 가장 유력한 힘으로 작동하고 있는 상황에서, '폐허'로부터 오는 새 생명은 매우 관념적인 것이었고 또 그만큼 낭만적인 것이었다. 어쨌든 『폐허』 동인으로서 염상섭이, 폐허의 언덕에서 팔을 걷고 일어선 자들을 시적으로 상상해봤을 때 그 주민들의 눈에서는 "희망과 결심의 불길"이 이글거렸다(「폐허에 서서」, 『폐허』 1호).

　위의 시는 새로운 시작을 바로 눈앞에 둔 '전야'라는 시간적인 배경을 부여하여 '폐허'라는 공간의 의미를 더욱 강화하고 있다. 인용한 부분은 이 시의 마지막 부분이다. 시인은 '폐허의 밤'을 가르는 '거룩한 횃불', 곧 어둠과 빛의 선명한 대비를 보여주면서 시를 맺고 있다. 이 횃불은 과거와 현재를 잇는 탯줄을 사르는(끊는) 역할을 한다. 그리하여 벌거벗은 핏덩이 애기는 묵은 보금자리인 어머니의 자궁으로부터 완전히 분리된다. 이 아기의 울음소리는 폐허의 밤을 가르는 횃불처럼 밤(과거)을 찢고 아침(미래)을 여는 희망의 메시지다. 이 시에서 아이는 폐기해야 할 과거로부터 전혀 오염되지 않은 순결하고 성스러운 존재로 표상된다. 아이는 '폐허 이후'를 의미하는 존재인 것이다.

『붉은 저고리』(1913.1.1) 『아이들보이』(1914.6.5)
『새별』(1914.12.5). 『붉은 저고리』, 『아이들보이』와 마찬가지로 한글전용 잡지였다.

『소년』(1908.11~1911.5)과 『청춘』(1914.10~1918.9)이라는 미성년 대상의 잡지들 사이에, 그와 마찬가지로 최남선이 주도하였던 신문관에서 발행한 좀더 낮은 연령층의 아동을 위한 정기 간행물들이 있었으니, 『붉은 저고리』(1913.1~1913.6), 『아이들보이』(1913.9~1914.8), 『새별』(1913.9~1915.1)이 그것이었다. 바야흐로 아동을 독자적인 대상으로 하는 책들이 나오고 있었던 것. 1910년대는 1900년대를 전후하여 근대 주체의 이상적인 모델로서 유력하게 내세워진 '소년'의 표상이 분열되기 시작한 때였으나, 1920년대의 문화운동과 함께 떠오른 순수하고 순진난만한 '어린이'의 표상은 아직 본격적으로 가동되지 않았던 시기였다. 오늘날에는 너무나 당연해져버린 아동에 대한 근대적 관념이 그때까진 여러 가지 가능성 중의 하나로 모색되고 있었다. 1900년대, 1910년대, 1920년대 그 어디에 이런 저런 분절점들을 찍어야 할지 그리 분명치는 않지만, 매우 빠르게 근대적인 관념들이 구성되고 분화되어 나갔으며 어느 새 확연히 달라진 풍경들을 보여주게 되는 것이다.

제1회 어린이날의 풍경은 어땠을까. 오늘날이야 일 년 365일이 어린이날이 아니냐는 나른하고 사치스러운 말도 통하지만, 처음에 어린이날을 구상하고 제정하게 됐을 땐 자못 획기적이어서 역사적 사명감 운운할 수 있는 분위기였다.

1923년 5월 1일에 제1회 어린이날 기념식이 거행되었다. 바로 그 일 년 전에 '천도교소년회'는 창립 1주년 기념일이었던 1922년 5월 1일을 우리나라 최초의 어린이날로 정하고 여러 가지 행사를 한 바 있었다. 그러니까 제1회 어린이날은 두 번 있었던 셈이다. 아무튼 1923년의 어린이날 기념행사는 그 당시 대부분의 소년운동단체들이 연합한 '조선소년운동협회'의 주최로 꽤 성대하게 치러졌다. 바로 이 날, 1923년 5월 1일에 맞춰 동경에서 발족한 '색동회'가 그

〈색동회〉여러분. 윗줄은, 정순철·정병기·윤극영·손진태. 아랫줄은 조재호·고한승·방정환·진장섭.

이전부터 이 날의 행사 준비에 관여하고 있었으며, 천도교소년회, 불교소년회, 조선소년군(반도소년회) 등 40여 개의 단체가 연합하였다니, 어린이날을 제정하는 데 뜻을 같이 하고 어린이에 주목하는 단체가 이때엔 벌써 상당히 많아졌다고 할 수 있겠다. 이 지점에서 어린이날과 함께 오늘날까지 되새겨지곤 하는 소파 방정환의 활동은 매우 정력적인 것이었다.

1923년 5월 1일 어린이날 행사는 천도교, 동아일보사, 조선일보사의 후원으로 천도교당에서 천여 명의 어린이들이 모인 가운데 열렸다. 그 날 4시엔 50여 명이 한 조가 되어 모두 4개조로 나뉜 어린이들이 시내에서 선전지 12만 장을 배부하였고, 오후 6시에는 다시 천도교당에 모여 기념 소년연예회를 개최했으며, 8시에는 수송동 각황사(지금의 조계사)에서 기념 소년문제강연회를 개최했다고 한다. 즐거웠다기보다는 어쩐지 전투적인 하루였을 것 같다. 그 날 시내에 뿌려진 선전지는 그때 당시의 어린이날이 흥겨운 놀이마당이었다기보다는, 어린이 해방운동의 연장선상에 있었다는 것을 보여준다. 그 삐라를 주워 볼까.

1 취지
젊은이나 늙은이는 일의 희망이 없다. 우리는 오직 나머지 힘을 다하여 가련한 우리 후생後生되는 어린이에게 희망을 주고 생명의 길을 열어주자.

2 소년운동의 기초조건
본 소년운동회는 〈어린이날〉의 첫 기념이 되는 5월 1일인 오늘에 있어 고요히 생각하고, 굳이 결심한 끝에 감히 아래와 같은 세 조건의 표방을 소리쳐 전하여 대한 형제 천하의 심심한 주의와 공명과 또는 협동 실행이 있기를 바라는 바이다.

一, 어린이를 재래의 윤리적 압박으로부터 해방하여 그들에게 대한 완전한 인격적 예우를 허하게 하라

一, 어린이를 경제적 압박으로부터 해방하여 만 14세 이하의 그들에게 무상 또는 유상의 노동을 폐하게 하라.

一, 어린이 그들이 고요히 배우고 즐거이 놀기에 족한 각양의 가정 또는 사회적 시설을 행하게 하라.

3 어른에게 드리는 글
一, 어린이를 내려다보지 마시고 치어다보아 주시오.

一, 어린이를 가까이 하시어 자주 이야기하여 주시오.

一, 어린이에게 경어를 쓰시되 늘 보드랍게 하여 주시오.

一, 이발이나 목욕, 의복 같은 것을 때맞춰 하도록 하여 주시오.

一, 잠자는 것과 운동하는 것을 충분히 하게 하여 주시오.

一, 산보나 원족 같은 것을 가끔가끔 시켜주시오.

一, 어린이를 책망하실 때에는 쉽게 성만 내지 마시고 자세자세히 타일러 주시오.

一, 어린이들이 서로 모여 즐겁게 놀 만한 놀이터와 기관 같은 것을 지어 주시오.

一, 대우주의 뇌신경의 말초는 늙은이에게 있지 아니하고 오직 어린이에게만 있
　　는 것을 늘 생각하여 주시오.

4 어린이날의 약속

오늘이 어린이날, 희망의 새 명절 어린이날입니다.

5 어린 동무들에게

一, 돋는 해와 지는 해를 반드시 보기로 합시다.

一, 어른에게는 물론이고 당신들끼리도 서로 존대하기로 합시다.

一, 뒷간이나 담벽에 글씨를 쓰거나 그림 같은 것을 그리지 말기로 합시다.

一, 꽃이나 풀을 꺾지 말고 동물을 사랑하기로 합시다.

一, 전차나 기차에서는 어른에게 자리를 사양하기로 합시다.

一, 입은 꼭 다물고 몸은 바르게 가지기로 합시다.

이 문건은 최초의 '어린이 헌장'이라 할 만한 것이었다. 여기서 우리는, 어린이를 전근대적인 윤리적 압박으로부터, 노동의 압박으로부터 해방시켜야 한다는 부르짖음과 더불어서 어린이의 생활규율을 꼼꼼하게 체크하는 문장들을 읽게 된다. 근대적인 주체를 생산하는 기획에 있어서 그 핵심은 해방과 규율화라는 상충하는 이중의 과제를 성공적으로 실현하는 것이었다. 어린이의 경우, 그 과제는 우선적으로 교육의 장에 부과되어 있다. 푸코의 분석을 굳이 끌어오지 않는대도, 규율화의 과정에서 알게 모르게 상처받은 우리들은 쉽게 학교와 감옥

126

을 은유적으로 연결시키곤 하지 않는가. 그리고 한편으로, 자유연애론이 전근
대적인 윤리적 질서에 정면으로 도전하고 있었듯이, 아동의 인격을 존중하여
"어린이를 내려다보지 마시고 치어다보시라"고 어른들에게 드리는 말 또한 전
복적인 발언으로 통하는 것이었다. 방정환은 이렇게까지 말하게 된다. "호주
를 바꾸어야 한다. 터주를 바꾸어야 한다. 옛날에 터줏대감을 위하여야 잘 살
다고 믿고 정성을 바치듯, 어린 사람을 터줏대감으로 믿고 거기다 정성을 바쳐
야 새 운수가 온다. 늙은이 중심의 살림을 고쳐서 어린이 중심의 살림으로 만
들어야 우리에게도 새 살림이 온다. 늙은이 중심의 생활이었던 까닭에 이때까
지는 어린이가 말썽꾼이요, 귀찮은 것이었고, 좋게 보아야 심부름꾼이었다. 그
것이 어린이 중심으로 변하고, 어른의 존재가 어린이의 성장에 방해가 되지 말
아야 하고, 어린이의 심부름꾼이 되어야 한다."

『조선일보』의 「만화만문」(1931.1.8) 당선작. "①엣! 고놈! 할애비만 보면 빼~ 빼~ 울거든. ②둥둥둥 둥게 둥게야. ③ 이렇게 하면 할애비보다 키가 큰데, 좋으나. ④요놈 할애비 얼굴에 오줌을 싸야 쌩긋 웃다니." 「만화만문」 공모기사에는 "1930년을 회고하거나 1930년의 전망이거나 시사, 시대 풍조를 소재로 하되, 글은 1행 14자 50행 이내"로 하라고 했는데, 이 만화는 어린이 중심의 풍조가 잘못 퍼진 걸 익살스럽게 꼬집는 것이었다고 하겠다.

1924년 제2회 어린이날 행사는 4일 간에 걸쳐 치러졌다. 그 첫날 5월 1일엔 전
해와 마찬가지로 천도교당에서 천여 명의 어린이들이 모여 어린이 해방을 부
르짖었고 방정환의 열렬한 연설이 있었다. 2일에는 어머니대회가 있었고, 3일
에는 아버지대회가 있었다. 4일에는 노동소년위안회 및 대 원유회가 동대문

밖 상춘원에서 개최되었다는데, 그네, 씨름, 달리기, 줄다리기 등의 경기가 펼쳐졌고, 광대 줄타기 등을 구경할 수 있었단다. 1925년의 행사는 더욱 성대했다는데, 1926년에 들어서면 어린이날 행사는 소년운동단체의 분열로 인해 더 이상 연합체로 치러지지 못하게 된다. 4회 어린이날 행사는 소파의 민족주의 진영과 정홍교의 사회주의 진영이 각기 따로 준비했으나 순종의 국장일과 겹쳐 결국 무산되었고, 그 대신 정홍교의 오월회에서는 그해 추석에 어린이날 행사를 벌렸다. 1927년 10월 16일 다시 결성된 조선소년연합회에서 방정환을 위원장으로 뽑고 다음 해부터 5월 첫 공일(세계 노동자 기념일인 메이데이와 겹치지 않게 그리고 학교가 쉬는 날을 택했던 것)을 어린이날로 하기로 결의했는데, 곧바로 1928년 3월 22일 제1차 정기총회에서 지도노선을 변경하면서 연합회의 이름을 조선소년운동동맹으로 바꿨고 정홍교가 새로 위원장직을 맡게 되었다. 그 복잡한 사정이야 어쨌든 간에, 이데올로기는 어린이날도 가르고 있었던 것이다. 그 한쪽에 동심주의에 싸인 어린이가 있었고, 다른 한쪽에 프롤레타리아 어린이가 있었다. 그렇게 주최가 두 군데로 나뉘어 거행되었던 어린이날의 떠들썩한 기념행사조차도 집회가 금지되었던 1937년부터는 한동안 조용해져야만 했다.

프롤레타리아 어린이. 북한의 혁명가극 〈피바다〉에서 한 장면.

한편으로 비판받았듯이 소파 방정환의 아동관은 부르주아적이며 낭만적인 것, 다시 말해 관념적인 동심주의로 어린이의 현실생활을 은폐하고 있는 것이기도 했는데, 오히려 바로 그랬기 때문에 그의 아동관은 오늘날 우리들의 통속적인 심성에 자리 잡게 됐다고 할 수 있다. 국정 국어 교과서에 실려 있었으므로 읽었던 그의 「어린이 찬미」를 이제 새삼스럽게 떠올려볼까. "어린이가 잠을 잔다. 내 무릎에 편안히 누워서 낮잠을 달게 자고 있다. 볕 좋은 첫 여름 오후다. 고요하다는 고요한 것을 모두 모아서 그 중 고요한 것만 골라 가진 것이 어린이의 자는 얼굴이다. 평화라는 평화 중에 그 중 훌륭한 평화만을 골라 가진 것이 어린이의 자는 얼굴이다. (……) 어린이는 모두 시인이다. 본 것 느낀 것을 그대로 노래하는 시인이다. 고운 마음을 가지고, 어여쁜 눈을 가지고, 아름답게 보고 느낀 그것이 아름다운 말로 굴러나올 때, 나오는 모두가 시가 되고 노래가 된다. (……) 어린이는 복되다. 어린이는 복되다. 한이 없는 복을 가진 어린이를 찬미하는 동시에, 나는 어린이 나라에 가깝게 있을 수 있을 것을 얼마든지 감사한다." 이 어린이는 낭만주의 문학의 지지를 받으면서, 끔찍한 현실을 탈출해서 도달하고자 하였던 미적 유토피아의 이념과 결합하게 된다.

3 어린이와 근대문학

'**순**수함'이야말로 '어린이'와 결합하게 된 가장 강력한 표상적 의미라고 할 수 있다. 계몽의 관점에서 '어린이'가 특별한 존재로 부상한 데에는, 부정적인 과거와 이상적인 미래를 단절적으로 금 긋는 획기적인 전환점으로 현재를 의미화하는 시작starting의 파토스가 작동하고 있었다. 이때 어린이의 순수함은 부정적인 과거로부터 오염되지 않았다는 것을 뜻하며, 때문에 이상적인 미래의 순수한 기원이 될 수 있는 존재란 걸 의미한다. 그렇지만 어린이의 의미는 여전히 이상적인 어른이 돼야 하는 존재로 제한된다. 즉 어린이는 잘 교육되어야 한다. 교육론의 지평에서라면 어린이의 순수함은 교사의 말을 가장 잘 받아 적을 수 있는 '흰 종이'에 빗댈 수 있을 것이다.

그러나 어린이의 '순수함'이 '자연'이라는 표상과 결합하는 지점에서는, '순수함'이라는 자질은 교육 프로그램이 원활하게 운용될 수 있는 심적 바탕으로서의 성질과 결별한다. '자연'은 교육 이전의 상태이며 그 자체로 아름다운 (자족적인) 것이다.

전영택의 소설 「천치? 천재?」(『창조』 2호)에 붙은 물음표는 교육에 대한 회의를 드러내는 표시로 봐도 될 것 같다. 자연 속에서 천재인 아이가 학교(사회)에선 천치로 놀림을 받는다. 무심한 자연을 탓하랴, 이 유심한 사회를 탓하랴.

소설을 조금 읽어 보기로 하자.

① 그러고 저 학교 생도가 적어도 열다섯 명은 되겠지. 그 가운데는 꽤 재간 있는 〈천재〉도 있으렷다. 못나고 못난 〈천치〉도 있으렷다. 또는 흉악한 불량아도 있으렷다. 손을 붙일 수가 없이 몹쓸 아이가 있어서 내 말을 안 듣고 속을 태우면 어떡하나, 걱정도 해보았습니다. 아니다, 내가 잘못하면 불량아를 만들어 놓기도 하고 잘하면 천재를 양성할 수도 있고, 불량아를 인도하여 우량아를 만들 수도 있다. 옛날부터 농촌에서 시인 문사가 많이 나고 위인 걸사가 많이 나왔다더라. 저 촌이 어디 콕커마우드나 푸랑크풀트가 되지 말며 캔터키나 아이슬네벤이 되지 말나는 법이 있으랴. 이런 생각을 하니까 책임감으로 갑자기 짐이 무거워짐을 까달았습니다.

② 칠성^{七星}은 모래밭에 펄쩍 주저앉았는데 마침 떼를 지어 날아가는 기러기를 바라보고 혼자서 흥이 나서 노래를 부르던 거시더이다. 내 눈에는 아무리 하여도 칠성이가 천치 같이는 보이지 아니하더이다. 나는 속으로 〈아~ 너도 자연의 아이로구나 네가 시인^{詩人}이로구나〉 하였습니다.

③ 나는 불쌍한 칠성을 위하여 힘도 많이 써보고 여러 가지로 연구도 많이 해보았으나, 별로 결과가 생기지 아니하고, 칠성은 의연히 알 수 없는 한 아이었나이다. (……) 칠성에게는 네 것 내 것이 없었나이다. 동무가 가진 시계나 길가에 있는 나무껍데기나 다름이 없었나이다. 그는 무엇이나 이상한 것이 있으면 끝까지 보고야마는 열심을 가졌었나이다. 내 만년필을 꺽은 것도 그것이었나이다. 나는 그것을 방해하였나이다. 나뿐 아니라 자기 주위에 있는 사람은 모두 칠성의 하는 일을 방해하였습니다. 그런 동네를 칠성은 떠났습니다.

소설의 화자인 '나'는 다양한 인생 경험과 직업을 가졌던 인물이다. 그는 한때 일본유학생이기도 했고 주사 노릇도 했으며 전도사 일을 하기도 하였다. 뿐만 아니라 그는 외입쟁이, 열렬한 애국자, 전차차장, 농사꾼이기도 했다. 그리고 세 번씩이나 교사로 부임하여 학생들을 가르치기도 했다. 이 소설은 그가 세 번째, 그러니까 마지막으로 교사가 되었던 때의 경험담이다. 그는 20원 월급에 팔려서 "혈기 있는 청년은 참말 못할 노릇"이라고 늘 생각해왔던 시골 소학교 교사 일을 받아들였다고 하면서도, 막상 학교 건물이 희미하게 보이기 시작하 자 교사로서의 책임감을 무겁게 느낀다. 교사가 어떻게 하느냐에 따라 아이들 은 '불량아'도 '우량아'도 '천재'도 될 수 있다는 생각이 들었기 때문이다. 따라 서 ①에서의 그는 사명감 있는 교사다. 그리고 아이들은 교사에게 그 미래가 맡겨진 존재들이다.

그러나 그는 교육의 힘을 의심하게 만드는 한 아이를 만나게 된다. 칠성이 라는 아이는 동네에서 천치라고 놀림을 받는 존재이지만, 그는 이 아이에게서 '자연의 아이'로서의 순진무구함을 발견하고 어떤 감동에 사로잡힌다. ②에서 그는 이 아이의 순진무구함에 대하여 '자연'과 '시인'의 표상을 부여한다. 또한 그는 우연한 기회에 칠성이란 아이가 가진 놀라운 발명의 재능을 발견한다. 이 렇게 훌륭한 재질을 가진 칠성이가 사람들에게 천치로 통하는 이유는 그가 철 저하게 '자연의 아이'이기 때문이다. 칠성이는 사회에 길들여지지 않는다. 이 아이에게 동무가 가진 시계나 길가에 있는 나무 껍데기는 모두 돈으로 그 가치 가 매겨지지 않는 평등한 사물이다. 교사인 나는 칠성이에게 왜 길가의 나무껍 질은 가져도 되지만 친구의 시계는 가져서는 안 되는지를 이해시킬 수가 없다. 나는 결국 칠성이에게 매질을 하게 되고 칠성이는 마을을 떠난다.

③에 이르면, 그는 자신의 교육적 노력이 칠성이의 재질을 북돋아 준 것이 아니라 '방해'한 것이었노라고 말하게 된다. 여기서 교육은 '자연'에 대립되는 '인위'의 일종일 뿐이다. '자연'이나 '시인'으로 표상되는 어린이는 교육이나

계몽의 지평을 벗어나 있다. 칠성이는 "내 맘대로 깨뜨려보고 내 맘대로 만들고 그리고 또 고은 곽 많이 얻으려고 평양 간다"는 쪽지를 자기 어머니의 옷 속에 남기고선 마을을 떠난다. 칠성이가 아름다운 상자(곽)들로 만들고 싶었던 건 무엇이었을까. 어쨌든 칠성이에게 평양은 현실적인 지명이 아니다. 칠성이가 가고 싶어했던 평양은 다음 문단이 보여주듯이 이 지상에는 없는 장소이다.

칠성이가 찬 바람 몹시 부는 겨울에 버들나무 밑에서 눈 위에 쪼그리고 앉아서 두 손을 모으고 호호 불면서 바들바들 떨다가 죽은 것은, 오직 밤새도록 자지 않고 반짝이던 하늘의 별들이 내려보았을 줄 아나이다. 가련한 칠성은 지금, 자기 하는 일을 방해하는 어머니도 없고 자기를 때리는 외삼촌이나 훈장도 없고 자기를 놀려먹는 동무도 없는 곳으로, 저 구름 위로, 별 위로 올라가서 마음대로 하고 싶은 것 하고 평안이 있을까 하나이다.

『어린이』(3권 9호, 1925.9). 사진에 붙여진 말을 들어보자. "건설! 건설! 조그만 손으로 조그만 나무토막을 모아서 이렇게 훌륭한 건설을 하여 놓았습니다. 어릴 때 이렇게 건설의 정신을 길러가는 일은 대단히 좋은 일입니다. 보십시오. 가지가지의 집을 자리 맞추어 지어놓고 나무까지 인형까지 재미있게 늘어놓고 어린 건축가들이 맵시를 뽐내고 점잖게 앉았는 걸요." 물론 이 서양 아이들 사이에서 칠성이의 얼굴은 찾아볼 순 없다.

칠성이는 평양을 찾아가다가 길에서 얼어죽는다. 그러나 작가 전영택은 이 죽음을 낭만화한다. 현실은 칠성이의 창조적인 자질과 순진무구함을 포용하지 못한다. 칠성이는 죽음을 통해 이 현실을 초월하여 '저 구름 위로, 별 위로' 올라간다. 그 초월적인 공간에서만 칠성이는 '마음대로 하고 싶은 것 하고 평안이' 있을 수 있다. 『백조』 1호에 번안된 「무지개 나라로」라는 외국 동화에서도 주인공 아이의 죽음은 아이들의 행복이 보장되는 '무지개 나라'로 초월하는 계기로써 낭만화된다. 이 동화에서 한 아이를 죽음으로 몰고 갔던 것은 궁핍하고 비참한 노동자의 현실이었다. 아이가 그렇게 죽은 후에, 아이의 엄마가 "우리 노동자에게는 아이를 낳을 권리가 없습니다"라고 선언하면서 이혼을 요구하는 장면은 매우 인상적이다. 1920년대 초기 문학작품에 자주 등장하는 '어린이의 죽음'이라는 테마는 현실의 속악함과 모순을 극적으로 드러내고, 어린이를 '순결한 영혼'으로 표상하는 작용을 했다. 어린이는 순진하고 순결한 만큼 현실의 혹한 비바람에 먼저 쓰러지는 존재였던 것이다.

아래의 시는 '어린이의 죽음'을 시적으로 낭만화하는 방식의 한 전형이었다고 할 만하다.

더럽히지 않고

그대로 흰 보에 싸고 또 싸가지고

짙은 물결 일어나는

사ㅈ의 바다의 고요한 물 위로

서투른 나그네의 항로를 찾도다.

인제는 너의 눈을 뜨라

보기 싫은 고통은 달아났도다.

그리고 멀리 시신詩神의 아버지를 바라보고

약한 손으로 노를 젓고 노래하여라.

너는 새 왕국에 다다를 제

푸른 새青鳥와 붉은 밤赤夜을 보리라.

그리고 너의 아버지의 긴 꿈속의

리듬 가진 콧소리를

들으리라.

—박영희, 「어린이의 항로」 부분(『백조』 1호)

이 시에서 '어린이의 항로'란, 죽은 아이의 영혼이 '새 왕국'을 향해 나아가는 죽음의 여정이다. 이 죽음의 왕국에는 어린이의 영혼을 보살펴 줄 '시신詩神의 아버지'가 있다. 시신屍身이 아니라 시신詩神이다. '어린이'와 '시'는 낭만주의적인 관념 속에서 행복하게 포개지는 표상이었다. 낭만주의자 박영희는 '어린 망령'에게 이제 고통은 사라졌으니 눈을 뜨라고 한다. 한편 그는 자신의 다른 시에서 "자는 어린이여! 깨지는 말아라"고 부르짖기도 했다(「미소의 허화시虛華市)」, 『백조』 1호). 왜냐하면 이 경우는 잠에서 깨면 어린이의 영혼을 위협하는 타락하고 속악한 현실이 힘을 발휘하기 때문이다. 그러나 죽은 어린이는 고통스러운 현실에 속해 있지 않은 존재다. 고통스러운 현실의 반대편에 죽음의 자리가 마련되어 있는데, 이 초월적 공간에서 시의 신인 진정한 아버지를 발견할 수 있으며 어린이의 본성이 보호받는다는 상상은 시인의 영혼과 어린이의 영혼이 동질적으로 상상되었다는 것을 보여준다. 즉 이 시에서 어린이의 영혼은 예술가의 내면세계와 지향을 표상하고 있는 것이다.

『별건곤』(1927.7.) "도쓰가빈 회사에서 광고용으로 매약賣約을 했는지는 모르나 연애편지 문학과 함께 잘 팔릴 그림"이라고 누드화의 전시를 비꼬고 있는 만화. 만화 속 등장인물들의 대화를 옮기면, (아이) "엄마 저것 보아요. 엄마는 집에서도 발가벗고 드러눕지 않는데 저거는 왜 발가벗고 누엇소?! 정말 저런 이도 있나." (엄마) "그런 소리하면 어른들이 욕한다. 얼른 다른 데로 가자. 망측스럽다." 이 대화는 아이들에게 보여서는 안 되는 그림이라는 점을 강조하여 이러한 그림이 공공연히 유통되는 사회풍조에 경계심을 표시한다.

어린이에 대해 이러한 표상체계가 작동하기 시작하면 '어린이기'는 말할 수 없이 특별해진다. 어린이의 세계는 어른의 세계, 곧 현실로부터 보호되어 마땅한 세계이며 독자적인 가치를 가진 시공이다.

> 너희들의 어머니의 유언장 중에서 가장 숭고한 부분은 (……) 어머니는 피눈물로 울며 너희들에게 다시 만나지 아니 하리라는 결심을 변치 아니 하였다. 그것은 병균을 너희에게 전할 것을 염려한 것만도 아니다. 또는 너희들을 봄으로 말미암아서 자기의 마음이 파열할 것을 염려한 것만도 아니다. 너희들의 맑은 마음에다 잔혹한 사死의 자태를 보여서 너희들의 일생을 더욱더욱 어둡게 할 일을 염려하고 너희들의 잘 자라나지 않으면 아니 될 영혼에다 조금이라도 큰 상처가 남게 할 것을 염려한 것이다. 유아에게 죽음을 알리는 것은 무익할 뿐 아니라 유해한 것이다. 출상出喪 때는 하인들에게 시켜서 너희들이 재미있는 하루를 보내도록 하라고 너희들의 어머니는 썼다.

—「어린 것들에게」(주요한 옮김, 『창조』 8호)

이 번역 작품에서, 어머니는 결핵으로 인하여 죽음에 임박해 있다. 현실적인 죽음은 인간의 한계를 분명하게 드러내는 사건이다. 어머니는 육체적인 고통으로 일그러져 있는 자신의 모습을 아이들에게 보이지 않으려고 한다. 더구나 유서를 통해 자신의 죽음을 아이들에게 알리지 말 것을 부탁하기까지 한다. '잔혹한 사死'의

호수돈여자고등보통학교 제18회(1938) 졸업앨범 앞장에 붙여진 그림.

자태'가 아이들의 '맑은 마음'에 입힐 상처를 그녀는 그 무엇보다도 두려워한다. 마음의 상처는 결핵균보다도 아이들에게 더 치명적이라는 것. 동심은 이렇듯 보호받아야 하는 그 무엇이 되었다. 이 작품에서 그녀의 이러한 배려는 '숭고'한 것으로 말해진다. 어머니의 숭고한 뜻(보호조치)에 따라 아이들은 모친의 장례식에 참가하지 못한다. 이 아이들은 어머니가 죽었다는 사실도 모른 채로 놀이의 세계에서 '재미있는 하루'를 보내도록 격리되어 있다.

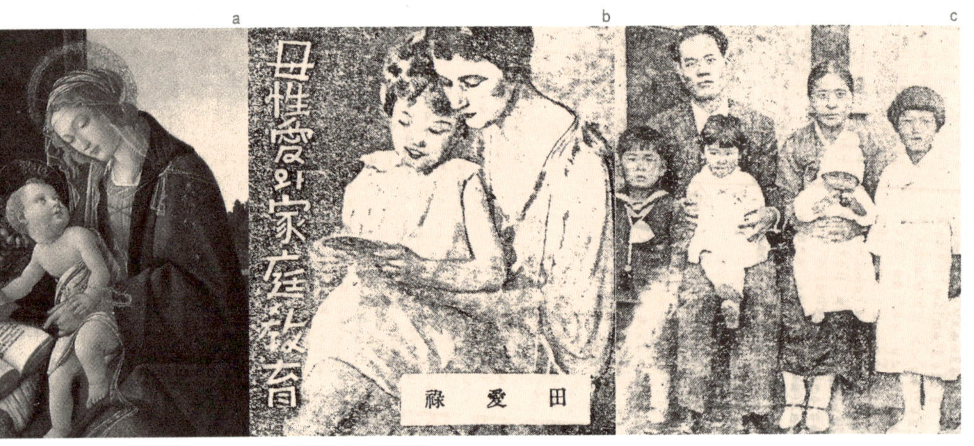

a 보티첼리(1445~1510)의 〈책 읽는 성모 마리아〉
b 「모성애와 가정교육」(『여성』, 1937.4)
c 「성악가 현제명씨 가정-결혼 십여 년에 아직도 신혼기분」(『여성』, 1937.5). 스위트홈의 표상이 되는 가족사진.

이러한 풍경은 전통적인 '장유유서'나 '효' 관념에 의해 떠받쳐지는 가족모델 속에서는 결코 묘사될 수도, 상상될 수도 없는 것이다. '어린이기'가 특별해짐으로써 여성의 긍정적인 이미지가 도드라지는 자리는 효부나 현처에서 '자애로운 어머니'로 이동한다. '유년'의 공간은 '모성'의 공간이기도 하다.

이 나라의 좋은 것은, 모두 아가 것이라고

내가 어릴 옛날에 어머니께서

어머니 눈이 꿈쩍하실 때, 나의 입은 벙긋벙긋

어렴풋이 잠에 속으며, 그래도 좋아서

모든 세상이 이러한 줄만 알고 왔노라

—홍사용, 「꿈이면은?」 부분(『백조』 1호)

아기가 자기의 자유를 내어버림에는 이유가 없는 것이 아닙니다.

아기는 어머니의 맘 세계의 적은 구석에는 끝없는 즐거움의 방이 있음을 압니다, 하고 어머니의 사랑스러운 팔에 잡히어, 안기우는 것이 자유보다도 더 감미로움을 압니다.

—타고르, 「아기의 버릇」 부분(김억 옮김, 『폐허 이후』)

모성으로 충만한 공간은 아기에게 '끝없는 즐거움의 방'일 수 있다. 어머니의 팔이 그리는 테두리에서 아기는 절대자유보다도 감미로운 행복을 느낀다. 한용운의 시를 빌리자면, "복종하고 싶은 데 복종하는 것은 아름다운 자유보다도 달콤"(「복종」)하다는 것이다. 어머니는 '이 나라의 좋은 것'은 모두 아기의 것이라고 말해주는 존재다. 이것은 세상의 좋은 것이라면 모두 아기에게 주고 싶은 어머니의 마음을 달리 표현한 것이겠지만, 이 어찌 가능한 소망이겠는가. 홍사용의 다른 시 「나는 王이로소이다」(『백조』 3호)에서는 어머니의 품속에서 '벙긋벙긋' 웃는 아이가 아니라 '울고 있는 아이'가 등장한다. 여기서의 어머니는 "속 아픈 눈물"을 함께 흘려주는 존재다. 아이의 '웃음'이 순진무구함의 한 표지라면, 아이의 '울음'은 상처받기 쉬운 영혼의 연약함과 순결함을 드러내주는 기능을 한다. 시인은 유년의 공간, 모성의 공간을 티없이 웃을 수 있고 마음껏 울 수 있었던 공간으로 추억한다.

'어린이기'는 인생의 한 시기인 만큼 영원할 수 없다. 어린이기는 추억 속에서 재구성된다. 추억의 형식으로, 혹은 동경의 형식으로 드러나는 어린이기는 이젠 다시 돌아갈 수 없는 낙원의 이미지를 품게 된다. 그리고 어린이기를 벗어나야 한다는 것은 그 무엇보다도 '연민'과 '애정'(타고르의 위의 시)으로 가득한 모성의 세계를 떠나야 한다는 것을 의미하는 것이었다.

> 할머니 산소 앞에 꽃 심으러 가던 한식날 아침에
> 어머니께서는 王에게 하얀 옷을 입히시더이다
> 그리고 귀밑머리를 단단히 땋아주시며
> 〈오늘부터는 아무쪼록 울지 말아라〉
> 아! 그때부터 눈물의 王은!
> 어머니 몰래 남모르게 속 깊이 소리 없이 혼자 우는 그것이 버릇이 되었소이다
>
> —홍사용, 「나는 王이로소이다」 부분

어느 날 어머니는 "오늘부터는 아무쪼록 울지 말아라"고 명한다. 어머니가 '하얀 옷'을 입히고 '귀밑머리를 단단히 땋아주'고는 나를 할머니 산소 앞에 데리고 가는 일은 어린이의 시절이 끝났음을 말해주는 행위다. 이제 나는 죽음과 관련한 의식에 참석할 나이가 된 것이다. 이 통과제의에 앞서 이미 나는 "산비탈로 지나가는 상두군의 구슬픈 노래"를 처음으로 들었고, 파랑새를 동무로 알고 쫓아가다가 돌부리에 걸리는 바람에 무릎에 생채기를 남기기도 했다. 나는 인생의 비극을 어렴풋이 맛본 상태다. 어쨌든 어린이기에 속하지 않는 나는 어머니 앞에서 마음껏 울 수 있는 권리가 없다. 어린이도 아닌데, 남자가 눈물을 흘린다는 건 창피한 일인 것이다. 나는 이제 '속 깊이 소리 없이' 울어야 하고, '혼자' 울어야 한다.

떠날 수밖에 없고, 다시 돌아갈 수도 없는 유년의 공간은 '어린이' 표상에

광고 한 컷(『여성』, 1937.4).

순진무구함, 자연, 시인의 영혼 등과 같은 낭만적인 의미가 결합하게 됐던 지점에서부터 근대문학작품에 자주 등장하는 주요한 테마가 되었다. 말하자면, 어른이 된다는 건 "어느 의미로는 생장하고 발전"하는 것이겠지만, 그 다른 한편으로 그것은 "내면적 불순과 사기邪氣"를 기르는 일로 여겨졌으며, 유년 시절은 "아직 생명의식의 분열 작용이 생기기 이전, 혼일渾一 순진"한 내면적 통합이 이루어졌던 시기로 표상되었던 것(오상순, 「폐허행」, 『폐허이후』). 자, 그로부터 유년의 추억은 현실의 반대편에 배치되기 시작하였다.

4 탈근대의 아이들

그러니까 거의 100년쯤 전, 근대의 출발점으로 현재를 의미화할 수 있었던 획기적인 연대에 '어린이'가 발견되었다는 사실은, 오늘날 2000년대를 사는 아이들을 보면서 새삼 흥미롭게 되새겨진다. 오늘날의 아이들은 많은 어른들에게 마치 외계인 같은 존재들로 비쳐지고 있는 것 같다. N세대, 신인류 같은 표현이 붙여진 이 아이들에게 근대적인 어린이 표상은 도대체 들어맞질 않는다. 바로 그러한 아이들이야말로 우리가 또다시 획기적인 연대를 살고 있다는 걸 말해주는 결정적인 표지가 아닐까. 과거상과 미래상이 그 심층에서부터 단절적으로 그려지는 시대에, 아이들은 그 단절을 표상하면서 유난히 도드라지게 되는 존재인 듯싶다.

오늘날의 이 아이들은 지난 날 선구적인 어른들의 계몽주의(한편으로 낭만주의, 또 다른 지점에서 사회주의)적인 기획이 고스란히 투사될 수 있었던 '흰 종이'와 같은 아이들이 아니라(어떤 색감의 그림도 맘껏 그릴 수 있을 것 같은 하얀 종이!), 어른들을 어리둥절하게 하고 혼란스럽게 하는 존재들로서 그만큼 어리둥절하고 혼란스러운 변화의 시대를 자연스럽게 받아들이고 사는 존재들이다. 이제 어른들은 아이들보다 많이 알고 있다는 이유로 아이들을 미래로 인도하는 교사의 자리에 당당하게 서 있기도 어렵게 되었고, 망가지기 쉬운 동심(순결한 영혼)을 그 바깥에서 지켜 주는 보호자이자 감시자의 자리에 서 있기도 난처하게 되었다. 요새 흔히 하는 말로 '무서운 아이들'이라는 표현은 사용하는 문맥에 따라 그 뉘앙스의 차이가 매우 큰데, 대개 그 표현엔 어른들의 근심과 불안감 그리고 감출 수 없는 열등감이 묻어 있다. 그 열등감을 적극적으로 인정하고 아이들에게 배워야 한다는 목소리도 이제는 꽤 크게 들린다.

러시코프^{Douglas Rushkoff} 같은 이는 변화가 상수가 된(새로움 자체가 새로운 현실이 된) 2000년대의 적응 전략을 멀리서 찾을 것이 아니라 인류의 최신 모델로서 수많은 새로운 특징들을 가지고 있는 아이들에게서 찾아보자고 제안한다. "동요와 혼란을 껴안는 영상 세대를 보고 당황하지 말자. 오히려 그들을 따름으로써 우리가 불가피하게 이행해가는 카오스 문화에 적응할 기회가 열릴 가능성도 다분하다. 우리의 미래는 이미 우리와 더불어 존재하고 있다. 손으로 만져볼 수 있는 구체적 증거를 원한다면 바로 당신의 아이들을 보라!" 그의 책, 『*Playing The Future*』(1996: 우리말 번역서는 『카오스의 아이들』이라는 제목을 달고 나왔는데, 이 제목은 「카오스 시대에 융성하는 키드 문화로부터 무엇을 배울 것인가How Kids' Culture Can Teach Us to Thrive in an Age of Chaos」라는 표지글을 의미심장하게 고려한 것이라고 한다)의 제목대로 이 아이들은 어른들보다 먼저 미래와 놀고 있다는 것이다. 다시 말해, 이 아이들이야말로 선형적 사고, 이분법, 이중성, 기계론, 위계서열, 메타포 그리고 유일신 자체를 지나서 역동적이고 전체론적^{holistic}이며 애니미즘적이고 무중력적이며 압축 재현적인 문화 쪽으로 향해 있는 진화의 길을 그들의 자연환경 자체로 삼고 있는 존재라는 것이다. 바로 이 '카오스의 아이들'이 만사가 잘 돌아가고 있다는 걸 확실히 보여주

는 증거라는데, 21세기 버전이라 할 만한 이 진화론적인 낙관주의에 곧바로 동의할 순 없다하더라도 우리가 획기적인 연대를 살고 있으며 우리 아이들이 이 시대가 앞으로 요구하는 능력과 감수성을 선취하고 있는 건 분명해 보인다.

그렇다면, 이 '카오스의 아이들'이 무얼 가지고 어떻게 미래와 놀고 있다는 것일까. 그 몇 가지 사례 중에서 먼저, 이 아이들은 '객Gak'(축축하게 느껴지지만 피부에는 물기를 남기지 않는 독특한 성질을 가진 합성수지 제품)이라 이름 붙여진 고도로 발달된 찰흙을 가지고 논다. 축축한 것을 만지는 즐거움 외에 특별히 다른 용도가 없는 이와 같은 제품은 우리나라 초등학교 문방구에서도 대단한 인기를 누리는 품목이다. 이상한 기분을 느끼는 것, 그게 이 용품이 아이들을 단박에 사로잡은 이유라고 할 수 있다. 성적 친밀성과도 통하는 이 감각은 카오스를 그저 즐기는 것일 뿐인데, 바로 이 아이들은 카오스를 혐오하고 두려워하는 것이 아니라 즐기면서 살아갈 수 있는 능력을 키득거리며 과시하고 있다는 것이다. 자, 이쯤에다 이런 시를 한 편 붙여두는 건 어떨까. 황병승의 「어린이」.

바닥까지 미개해져서 우리는 만난다
나의 엄마는 더럽고
너의 아빠는 뽀뽀 악수

145

떠오르는 몇 개의 단어, 몇 줄의 엉터리 문장

백지 위에 얼룩을 남기며

살려고도, 죽으려고도 하지 않는

과자나라의 왕들처럼

우리는 다시 만난다

머릿속은 마른 조개처럼 텅 비고

발톱은 새의 부리처럼 두껍고 단단해져서

그르릉 소리가 터져나오기 전에!

너의 얼굴은 온통…… 잘생기고

못생기고의 차원이 아니야, 뭔가가 있어, 뭔가 어리석고 역겨운 것이!

나는 무척 마음에 든다

나는 무척 마음에 들어

우리는 만난다

너의 아빠는 썩고

나의 엄마는 맘마 장난감

우리가 가진 전부, 몇 개의 단어

몇 줄의 엉망의 문장으로

우리가 믿는 것은 모조리 검고

이것이 우리의 원래 눈빛

뜨겁지도, 차갑지도 않은

고무나라의 인형들처럼

우리는 다시 만진다.

"우리가 믿는 것은 모조리 검고/이것이 우리의 원래 눈빛"이라는 구절은 20세기의 어린이가 순결한 백색의 수사학으로 표상되었던 것과 인상적인 대조를 이루는데, 이 검은색은 카오스의 빛깔이라 할 수 있다. 검은색 진흙탕을 대관절 무슨 색 물감으로 물들일 수 있단 말인가. 이 '검은 어린이' 앞에서 기존의 교육적인 비전은 무력해 보인다. 첫 문장 "바닥까지 미개해져서 우리는 만난다"와 마지막 문장 "우리는 다시 만진다"에서 마치 선언처럼 표출되고 있는 카오스의 감각, 그 미개함, 그 역겨움을 "마음에 든다"고 말하는 어린이는 진정 미개의 표상인가, 새로운 진화의 표상인가. 이 어린이가 혹시 당신의 심기를 크게 불편하게 하지는 않는지?

바로 이러한 어린이들이 한편으로 〈파워 레인저〉의 주인공들이자 열광팬이기도 하다. 이 텔레비전 시리즈는 일본 도에이사東映社가 제작하여 1975년부터 20여 년 간 방영됐던 것인데, 파워 레인저들은 다섯 명이 한 조가 되어 활동하는 무지개연합 아이들로서 지구를 위협하는 외계의 악당들에 맞서 싸우는 지구의 영웅들이다. 다섯 명의 아이들(다이노 레드, 블루, 옐로, 블랙, 화이트)은 각자 나름대로 굉장한 능력을 지니고 있지만, 결정적이고 신비로운 힘을 진정으로 발휘하기 위해선 그들 각각의 힘을 한데 모아야 한다. 매 회 클라이맥스에서 이 아이들은 거대한 결합체로서의 건담 로봇의 구성부분으로 변신한다. 독보적인 영웅의 우월성이 아니라, 작은 영웅들의 우정이 빛나는 것이다. 또한 이 아이들은 '인간과 기술의 공진화co-evolution'를 몸으로 보여준다. 〈파워 레인저〉는 일본 국내에서 폭발적인 인기를 누리면서 동남아시아, 유럽, 라틴아메리카로 진출하여 파워레인저 붐을 일으켰고 현재 우리나라에서도 케이블TV로 방영되고 있다. 〈파워 레인저〉는 아동들이 시청하기에는 지나치게 폭력적이고 잔인하다는 이유로 몇몇 국가들에서는 그 방송이 금지되고 미국의 몇몇 카운

티에서는 그 장난감의 판매가 금지되기도 했다는데, 이 프로그램을 위협적으로 느낀 건 사실상 아이들이 아니라 기성세대였다고 할 수 있다. 〈파워 레인저〉의 그 무엇이 전 세계의 어린이들을 사로잡았을까. 러시코프는 이 프로그램이 아이들의 기술사용 능력을 고양시키고 자신들을 진화의 주역(영웅들)으로 인식하게 한다는 점에서 아이들을 만족시켰고 어른들을 위협했다고 말한다. 폭력은 사태의 핵심이 아니고 곁다리.

러시코프는 카오스가 거느린 최초의 적자 중 하나로 '서퍼들'을 꼽는다. 파도의 카오스적 특성을 소중히 생각하고 그 복잡한 역동적 체계에 익숙한 서퍼

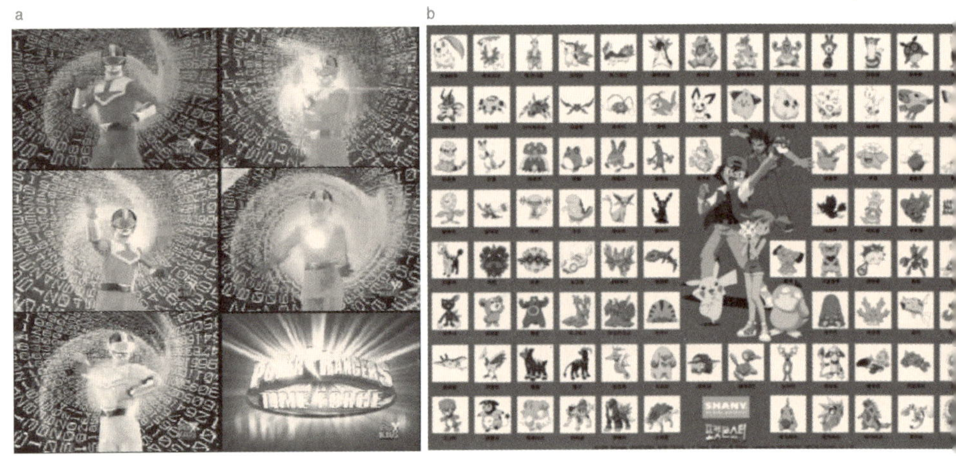

a 파워레인저

b '포케몬 패닉' (1997년 12월, TV 만화영화 〈포케몬스터〉에 몰입하여 시청하던 어린이 중에서 약 700여 명이 집단 간질증세를 보여 사회적인 문제가 됐던 것)까지 일으켰던 〈포케몬스터〉. 주인공 아이는 포케몬 마스터가 되기 위해 여행을 하면서 포케몬스터라고 불리는 미니괴물을 포획하여 기르고 그것들의 진화에 일조한다. 그리고 지니고 있는 포케몬스터들을 상황에 맞게 잘 사용하여 상대편과 대결을 펼치기도 하고 악당들과 싸우기도 한다. 포케몬스터는 자연과 기계의 결합, 나아가 그 공진화co-evolution를 표상한다고 하겠다. 아이들은 포케몬스터의 주인이자 친구가 되는 데서 기쁨을 느낀다. 아이들은 포케몬을 다룰 줄 알며 포케몬과 놀 줄 안다.

들은 바람이 불면 부는 대로, 맞서 싸우기보다는 그 리듬을 타는 생활 방식과 탈선형적postlinear 세계관을 가지고 있다는 점에 주목할 것. 대양의 파도가 그렇듯이 인공적인 도시환경과 현대적인 미디어 환경은 불연속적인 카오스 체계를

가지고 있으며 비슷한 동적 원리에 의해 작동한다고 봤을 때, 서퍼들의 세계관은 도시스포츠 스케이트보딩의 정신과 연계되고, 이와 관련하여 '채널 서핑'과 '마우스 클릭'을 하는 아이들의 손가락 또한 주목의 대상이 된다. "나는 클릭한다. 고로 나는 존재한다"고 시인 이원은 썼던가. 어쨌든 하이테크적, 비선형적 문화에 대처하는 기술은 서핑적, 스케이트보딩적이며, 무엇보다도 스노보딩적이란다. 서핑은 자연의 역동적인 파도를 타며 노는 것, 스케이트보딩은 불연속적인 도시 환경을 놀이터로 삼는 것, 그리고 스노보딩은 의도적으로 불연속성을 마련해 놓고 그 속에 몰입하는 것.

서핑

스케이트보딩

스케이트보딩

영화 〈야마카시〉

이쯤에서, 영화 〈야마카시〉(2001)를 떠올려보는 것도 좋을 듯싶다. 이 영화의 메인 카피는 "빌딩은 놀이터이고 그들은 영웅이다!" 보지 못한 분을 위해, 영화의 줄거리를 훑으면 이렇다. 파리의 뒷골목, 7명의 청소년들로 이루어진 서클 '야마카시'(토속 아프리카어로 '강한 정신과 육체'라는 뜻)는 맨몸으로 도시의 고층빌딩이나 출입이 금지된 건물을 기어오르고 건물과 건물 사이를 점프해 건너뛰는 익스트림 스포츠를 즐기는 모임인데, 도시에 혼란과 불안을 준다는 이유로 경찰의 추적을 받고 있다. 이들은 뒤를 쫓는 경찰을 상대로 마치 놀이를 하듯 유연하고 유쾌하게 요리조리 빠져나간다. 한편, 뒷골목 아이들 사이에서는 야마카시 열풍이 불게 되고 야마카시는 이 아이들의 영웅으로 떠오르게 된다. 그러던 어느 날, 야마카시를 흉내내다가 한 아이가 나무에서 떨어지는 사고가 발생한다. 평소 심장질환을 앓고 있던 아이는 이 사고로 인해 그동안 미뤄왔던 장기이식 수술을 며칠 내에 받아야만 살 수 있는 응급 상황에 놓이게

150

되고, 책임감을 느낀 야마카시의 아이들은 수술비를 마련하기 위해 탐욕과 부패에 찌든 일곱 명의 장기중개업자들의 집을 털기로 한다. 아이들의 가벼운 몸은 삼엄한 경비시스템과 경찰의 추격전 속에서 나비 같고 그림자 같다. 그리하여 아이들은 마침내 수술비를 마련한다. 그리고 이 영화는 아이들을 교도소에 보내지도 않고, 목적은 좋았으나 그래도 그 방법은 나빴다는 식의 훈계를 늘어놓지도 않는다. 이 영화에서 부각되는 건, 편집증적인 어른들의 세계를 빠져나가는 아이들의 방식이다. 다시 말하건대, 빌딩은 놀이터이고 그들은 영웅이다!

'야마카시'는 실제로 프랑스의 대표적인 프리러닝free running클럽 이름이다. 1990년대 말 프랑스의 가난한 뒷골목 아이들이 장비 없이 건물을 타고 놀았던 게 그 시초라는 프리러닝은 매우 빠르게 젊은이들 사이에서 인기를 누리며 퍼져나가고 있다. 우리나라에도 2003년 말 소개되었는데, 잇따라 개설되고 있는 인터넷 동호회를 중심으로 확산되고 있는 추세다. 바야흐로 새로운 놀이형 도시 스포츠들이 생겨나고 있고, 바로 우리 아이들이 그 흐름을 이끌고 있다. 자, 이렇게 아이들이 신나게 질주하고 있다. 장애물이나 낭떠러지로 여겼던 것들을 놀이기구로, 즉 불연속성을 놀이의 계기로 바꾸면서 말이다.

야구와 근대적인 인간

1 뻬스볼이란 何오

2 YMCA 야구단,
지금 뻬스볼을 하시면
조선 최초가 되는 것입니다

3 공포의 외인구단, 상승의 욕망

4 삼미슈퍼스타즈의
마지막 팬클럽, 뷰티풀 썬데이

1 뻬스볼이란 何오

잡지 『청춘』 창간호(1914.10)에 실린 「뻬스뽈 설명」이란 글에 붙여진 삽화.

한 손에는 책! 한 손에는 야구 배트! 서양식 2층 건물들을 배경으로 걸어가는 저 청년은 1910년대가 내세운 건전한 모던 보이다. 최남선이 썼음직한 「뻬스뽈 설명」이라는 글에서, 뻬스뽈Baseball은 근자에 우리 학생계에서 성행하는 유희라고 소개되었다. 바로 저 삽화는 「뻬스뽈 설명」에 이어, 같은 잡지 『청춘』의 연재물이었던 「학교탐방기」의 고정삽화로 실리게 되었으니, 『청춘』을 통틀어 가장 많이 쓰인 그림이지 싶다. 학생복으로 그 신분을 분명히

보여주는 청년, 그가 한 손에 펼쳐 들고 있는 책이 정신의 계몽을 가리켰다면, 다른 한 손에 쥐었던 야구 배트는 신체의 계몽과 연결되어 있는 표상이었을 것이다. '설명'에 따르면, 뻬스볼은 "동작을 민첩하게 하며 시력을 굳세게 하며 또 결단력을" 길러주나니, 청년의 유희로 권장할 만한 것이다. 그리고 그 무엇보다도 뻬스볼은 "규약이 엄명하고 절차가 정제하여 가희 문명적 경기라 할 만"한 것이었다.

여기서 우선 '유희'라는 표현에 주목할 필요가 있다. '지덕체^{知德體}'론에 바탕을 두고 체육이 근대적인 학교 교육(신교육)에 교과로 도입되고 정착됐던 1900년대에, 체조라는 과목과 운동회라는 행사가 중요하게 부각된 데에는 문약^{文弱}을 공격하고 상무의 정신을 일깨우려는 애국의 담론이 자리하고 있었다 1900년대에 운동과 군사적 요소의 결합은 분명해 보인다. 이는 학교와 군대가 결합하는 방식 중 특히 그 만남을 노골적으로 표시하는 것이었다. 우리 근현대사를 가로지르면서 그 결합을 주도한 권력의 얼굴은 바뀌었고 그 결합의 이데올로기도 변화를 겪었다. 민족주의, 일제의 파시즘, 반공이데올로기 군사독재…….

1900년대는 우리에게 아득히 멀지만, 영화 〈말죽거리잔혹사〉에서 잔혹한 추억으로 떠오르는 교련선생의 군복과 곤봉은 우리에게 얼마는 가까운 거리에 있는가. 그러나 그토록 끈질긴 군사문화의 다른 한편에서, 운동은 오락이자 게임이었고 축제였으며 그 놀이성이 정치적으로 또 자본의 힘으로 부추겨지기도 했다. 다시 한번 더 최남선의 소개를 받자면, 뻬스볼은 1910년대 학생계에서 성행하기 시작한 유희다. 그리고 그 경기는 규약이 엄명하고 절차가 정제되어 있는 문명적인 것이노라. '유희'라는 표현이 담당하였던 주요한 근대적인 의미는 얼마 지나지 않아 '스포츠'라는 표현에 옮겨가게 된다.

'스포츠'라는 표현은 '문명'의 냄새를 피우는 것이었다. 이 스포츠라는 기표에 딸려 들어간 품목인 야구(타구), 축구(경구·탕구·척구), 정구(척구·테니스), 농구, 빙상(빙족희·스케이트), 자전거경기(자행차경기·사이클) 등이 외국인 교사나 선교사들에 의해 소개되고 막 유포되기 시작했을 당시의 해프닝들은 문명과의 아득한 거리를 보여주는 우스꽝스러운 실례로 회자되기도 했던 것 같다. 이런 일이 있었다고 한다. 구한말에 한 외국인 선교사 부부가 대신大臣 모씨를 자택에 초대하였는데, 오찬을 나눈 후 모씨 일행을 즐겁게 한답시고 테니스를

함께 치자고 제안해서 그럭저럭 땀을 흘리며 테니스를 치긴 친 모양이다. 선교사가 재미가 있었느냐고 묻자 모씨 왈, "주인들이 그런 것을 하느라고 땀을 흘리지 말고 하인을 시켜서 하면 얼마나 좋겠는가." 선교사들 사이에서 구한말 회고담으로 회자됐다는 이 일화를 한심하고 부끄러운 일이라는 듯이 들려주는 글은 1933년의 텍스트다. 바로 그 텍스트, 이일의 「스포츠란 무엇인가」(『카톨릭청년』 창간호, 1933.6)에서, 스포츠는 '문화의 동적 표현'이며 그 문화의 수준을 가늠하는 '청우계晴雨計'로 간주된다. 여기서의 '문화'란 용어는 그 당시에 곧잘 그렇게 쓰였듯이 '문명'이란 말의 동의어로 쓰이고 있다. 필자에 따르면, 세계 문화국(문명국)의 최고봉인 영국 사람의 특질은 이렇게 간명하게 묘사될 수 있단다. "One Englishman is fool, two sports, three a nation: 일영인一英人은 우자愚者, 이인二人은 스포츠, 삼인三人은 국민이라." 그의 논리로 보면, 스포츠에 대한 열정과 집중의 정도는 바로 문명의 정도에 비례한다는 것.

이 글에서는 영국과 프로이센 연합국이 워털루전투(1815)에서 나폴레옹을 꺾을 수 있었던 그 힘이 이튼학교Eton College 운동장에서 나왔노라 열변했다는 이튼 칼리지 교장의 말에 고개를 끄덕이며 귀를 기울이고 있다. 또한 미국에서 미식축구가 그 격렬함으로 인해 매년 사상자를 내니 국가적으로 금하자는 탄원서를 루즈벨트 대통령에게 내었는데, 대통령은 소수의 희생자가 아니라 미식축구로 인해 건장해지는 수십만 명의 청년들을 보라면

학원 스포츠 야구.
광주공립고등보통학교 제14회 졸업앨범에서

서 탄원서를 기각했다는 태평양 건너의 이야기를 매우 진지하게 새겨듣기도 한다. 아무튼 루즈벨트 대통령을 고심하게 한 풋볼폐지론(1905) 덕에 고안된 것이 프로텍터(야구나 풋볼의 헬멧, 아이스하키나 풋볼에서 정강이와 어깨에 대는 보호구, 골키퍼의 마스크, 복싱의 헤드기어 등)의 기원이라는데. 그 기원이야 어쨌든지 간에, 체력은 국력이라는 것. 이 두 가지 예를 다루는 태도에서 우리는 스포츠와 군사적 힘 그리고 문명제국을 연결시키는 애국적인(실제로 그럴 만한 힘이 뒷받침되어 주었다면 파시즘적이었을) 계몽의 꿈을 엿볼 수 있다.

이렇듯, 스포츠는 상무정신을 바탕으로 한 체육體育의 비전과 그 연결을 유지하고 있었는데, 이와 다른 방향으로 더욱 진하게 도드라지게 되는 새로운 연결선이 생겼으니, 그것은 바로 스포츠맨Sportman과 젠틀맨Gentleman을 잇는 선분이었다. "영국 청년의 품성을 도야하고 영국적 신사를 만드는 데" 무엇보다도 큰 기여를 했다는 스포츠! 이것은 스포츠에 주목하는 또 다른 시선이었다. 특별히 '학원 스포츠맨'에 대해 거는 기대는 근대적인 인간형의 정립에 대한 기대였다. 일찍이 최남선이 야구를 청년학생들에게 문명적인 경기로 추천하면서 그 규약의 엄명함과 절차의 정제함에 주목했을 때, 그 옆에 붙여진 그림, 한 손에는 책, 한 손에는 야구배트를 든 청년이 갖춰 입은 단정한 학생복을 떠올려 보라.

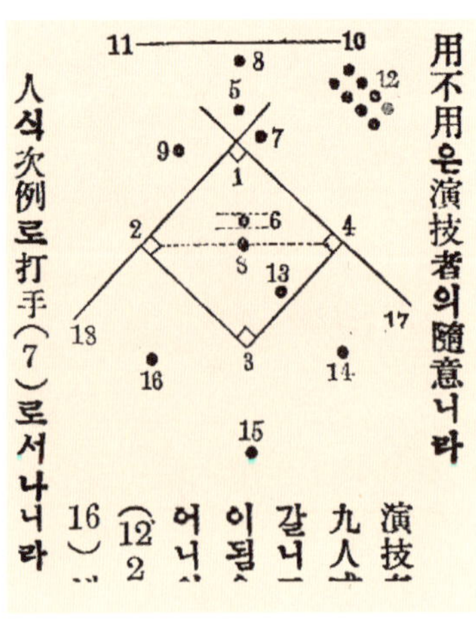

조선에 야구가 처음 출현하였던 시절로 거슬러 가면, 1905년 미국인 선교사 질레트 P. Gillet: 吉禮泰가 황성기독청년회(서울 YMCA의 전신) 회원들에게 야구를 지도하는 풍경과 만나게 된다. 그 당시에 야구는 타구打毬라고 불렸다. 기록에 남아 있는 최초의 야구

「뻬스뽈 설명」(1914.10)이란 글에서 '경기장과 수비'를 설명하는 부분.

경기는 1906년 2월 17일 훈련원 마동산에서 황성기독교회원 팀과 독일어학교 팀이 대결했던 것. 이후로 국내 학교간 야구 경기가 꾸준히 있었다고 한다. 그 시절 야구에 대한 특별한 인상은, 1909년 도쿄유학생 야구단이 하계방학을 이용해 귀국해서 훈련원 운동부와 한 팀을 이뤄 7월 21일에 서양 선교사 야구팀과 대전을 벌였던 장면에 새겨져 있다. 이날의 19 대 9의 승리는 장안의 관심을 집중시키기에 충분했다. 유학생 팀은 그해 7월 24일 경성을 출발해 평양, 안악, 철산으로 야구지도를 하러 떠났다는데……. 유학생 야구단의 운동가 1절, "무쇠 골격될 근육 소년 남자야 / 애국의 정신을 분발하여라 / 다다랐네 다다랐네 우리나라에 / (후렴)만인 대적 연습하여 후일전력後日戰力 세우세 / 절세영웅 대업이 우리 목적 아닌가." 그 2절, "신체를 발육하는 동시에. 경쟁심력競爭心力 주의主意 양성하려고 / 공기 좋고 구역 넓은 경기장으로 / 활발, 활발 나는 듯이 나아가네 / (후렴)만인 대적 연습하여 후일전력後日戰力 세우세 / 절세영웅 대업이 우리 목적 아닌가."

도쿄유학생 야구단이 눈부셨던 데에는 근대의 교사 역할을 담당했던 서양 선교사 팀을 큰 점수 차로 이겼다는 민족적인 자부심과 더불어 유학생 야구단의 멋진 유니폼과 스파이크가 박힌 야구화가 한 몫을 크게 하였을 것이다. 그 당시 야구 경기는 한복에다 짚신을 신고 하나 밖에 없는 야구배트를 돌려가며 사용했으니, 유학생 야구단의 유니폼과 야구화는 그 자체만으로도 빛이 났을 것이다. 근대의 첨단에 놓여 있는 존재로 상상되었던 유학생이라는 신분에 야구의 의상

예술지상주의적인 경향이 농후하였던 잡지 『장미촌』 (1921.5), 15면의 삽화. 오늘날의 관점으로 보자면 본문의 내용과 너무나 엉뚱하게 보이는 삽화다.

과 장비는 너무나 잘 어울렸다.

야구의 의상이 예술가의 옷일 수도 있었을까? '선구의 자유시'에 대한 미학적인 사명감을 강하게 내웠던 시전문잡지『장미촌』(1921)의 한 삽화는 이런 엉뚱한 질문을 유발시킨다. "오다, 밤은/시끄럽고 어지럽고 취한/거리에 오다"(박종화, 「우유빛 거리」)로 시작해 '사死의 찬미' 풍으로 흐르는 시에 웬 야구? 그 당시에 데카당스적인 포즈는 예술적으로 모던함을 풍겼을 터인데, 이 모던함과 새로운 엘리트들의 스포츠인 야구의 모던함 사이를 가르는 단층들은 잘 보이지 않았던 것 같다. 야구가 표상하는 모던한 신체에 깃들이는 모던한 정신은 모던한 예술을 쫓는 정신과도 오늘날 우리가 생각하는 것보다 훨씬 가깝게 통하고 있었던 것이다. 그래도 데카당스와 야구라니!

근대적인 분화分化:분업화가 기획되던 단계에서, 예술적인 근대성은 사회적인 (자본주의적인) 근대성과 종종 혼동되곤 했다. 그때에는 예술적인 근대성이 물리쳐야 할 대상으로 자본주의적인 근대성보다는 전근대적인 봉건성이 더욱 두드러진 시절이었으니까. 전근대에 대한 수정과 혁신의 비전 앞에서 예술적인 근대성과 사회적인 근대성 사이에는 시대적인 연대감이 다른 어떤 때보다 강하게 흐르고 있었던 때였다. 그랬으므로 데카당스와 야구가 같은 평면에 다 같이 진지하게 얼굴을 내밀 수 있었던 것이다.

어쨌든, '멀고 먼 근대'를 가리키는 스포츠였던 야구는 부르주아적이고 엘리트적인 이미지를 간직하고 있었다. 한 손에 책, 여기에다 다른 한 손에 야구배트를 들고 거리를 거닐 수 있는 존재는 극히 소수였다. 열여덟 명의 선수가 야구경기를 하면서 배트 한두 개를 돌려써야 했던 형편이었으니 말이다. 최남선은 「뻬스볼 설명」에서 야구경기에 필요한 배트의 수는 두어 개라고 가르쳤다.

이쯤에서 근90년을 훌쩍 건너뛰어서, 나는 재미있는(?) 시 한 편을 떠올리고 있다. 성미정의 「야구처녀의 행복한 죽음」이란 시다. 90년을 건너뛰었는데도 그녀는 참 가난하다.

모든 야구는 거대한 야구성 안에서 이루어지고 있었다 야구성 안에 들어가기 위해선 야구모자를 써야 했다 야구모자는 비쌌고 넌 가난한 야구처녀에 불과했다 사실 가난한 야구처녀란 준재하지 않았다 가난하면 야구모자를 쓸 수 없다 누구도 널 야구처녀로 인정하지 않았다 넌 너만의 야구처녀였을 뿐이다 너는 늘 야구성 밖을 서성였다 관중들의 환호성을 들으며 야구를 상상하는 것이 일과가 되었다 어느 날 한 개의 공이 너를 찾아왔다 넌 그렇게 믿고 있다 한 번의 타격으로 벽을 넘은 공은 흔지 않았고 가격은 벽만큼이나 높았다 넌 그런 공을 주어다 팔기 시작했다 느리긴 했지만 돈이 모여갔다 야구성을 향한 너의 열망도 서서히 성문 가까이 접근하고 있었다 그날 너는 마지막 공을 기다리고 있었다 공은 그날따라 너의 두 손을 외면하고 머리로 향했다 경기가 끝나고 야구모자를 쓴 사람들이 몰려나왔다 야구아이들이 소리쳤다 검붉은 피로 엉킨 야구공이다 처음 보는 야구다 야구 어른들은 야구아이들에게 충고했다 야구는 몹시 위험한 경기란다 야구모자를 쓰고 견고한 야구성 안에서 오래된 규칙에 따라야 한단다 야구 어른들은 야구아이들을 데리고 서둘러 자리를 떴다 아이들의 눈으로부터 너의 미소를 가리기 위해서였다 비록 야구성 밖이었으나 그토록 사랑하던 야구에게 살해당한 너는 행복했다 부서진 얼굴에 미소가 사라지지 않았다 너는 이제 야구모자 따위는 필요치 않은 너만의 야구성으로 떠나갔다 그건 야구성 안에서 경기를 바라만 보던 사람들은 결코 날릴 수 없는 역전의 홈런이었다.

거대한 야구성 안으로 진입하는 데 있어서 입장권과도 같은 야구모자를 너무 비싸서 살 수 없었던 가난한 한 처녀가 진정한 야구처녀로 인정받기 위해 야구성 밖으로 넘겨진 공(멋진 홈런? 썰렁한 파울이었을지도 모르지)을 주워다 팔면서 야구모자를 살 돈을 모으다가 어느 날 그 공에 머리를 맞고 죽었다는 이야기. 피묻은 머리통을 아이들이 처음 보는 야구공이라면서 신기해하고, 아이들의 그 엽기적인 발견에 대해 인생(야구)을 좀 안다는 어른들은 "야구는 몹시 위험한 경기란다. 야구모자를 쓰고 견고한 야구성 안에서 오래된 규칙에 따라 해야 한 단다"고 충고하면서 그녀의 죽음을 가려버린다. 이 이상한 판타지는 사실 매우 가까이 현실에 호응되는 것이다.

왜 야구성이었을까? 야구야말로 근대적으로 다듬어진 제도와 제도로서의 자율성(달리 말하면, 배타성)을 드러내기에 합당한 표상체계를 구축하고 있기 때문이다. 모자는 그 권역 내부의 주민임을 확인시켜 주는 기호이자 그곳에서 포지션을 가졌다는 증표다. 일테면, 주민등록증이나 면허증, 학사모 같은 것의 알레고리. "선수들은 자신의 포지션을 찾기 위해 저마다 고독한 훈련을 한다. 야구에 관한 책을 수천 권씩 읽기도 하고 빈 노트에 끊임없이 야구를 쓰기도 한다. 이런 과정을 통해 자신에게 맞는 포지션이 결정되면 여간해선 바꾸지 않는다."(「포지션」) 그렇지만 실상 그 제도적인 영토 안으로 들어가 보면, "자신의 포지션보다 주목받는 포지션이 있으면 미련없이 자신의 포지션을 버린다. …… 포지션만 바뀌면 자신이 그토록 옹호하던 포지션을 물어뜯는다. 이런 걸 개 포지션이라 한다. 심지어 박쥐 포지션도 있다." '룰'의 엄명함과 정제함으로 인해 문명적이라는 수식어를 붙이고 있었던 야구는, 성미정의 시에서 "룰을 지키는 사람을 향해 룰을 어긴다고 손가락질"(「야구에 대한 세 가지 슬픔」)하는 너무나 문명화된 인간들을 풍자하는 장소에서 펼쳐진다. 그 풍자는 파국으로 치닫고 있는 근대성을 반성하지만 그것을 해체하고 전복하는 데로 이어지진 않는다. "실험 야구도 야구다. 이걸 항상 기억해야 한다"(「실험야구」)고 말하는 그녀는 야구(야구의 룰)를, 근대성에 대한 반성적 사유를 미적으로 담당하였던 근대시(근대시의 룰)를 향한 믿음을 붙들고 있다. 그녀는 근대성 바깥으로 탈주하려는 것이 아니라, 합리적이고 페어^{fair}한 근대성을 꿈꾸면서도 근대성에 무지했던, 순결하고 고독한 야구를 꿈꾸면서도 야구를 전혀 몰랐던 시절로 '홈인' 하고 싶어한다. 그러므로 그토록 사랑했던 야구에게 살해당하는 가난한 처녀에게 '역전의 홈런'이라는 그녀만의 영광을 부여하는 것이다.

자, 이제는 김현석 감독의 영화 〈YMCA 야구단〉(2002), 이현세의 만화『공포의 외인구단』(1983), 박민규의 소설『삼미슈퍼스타즈의 마지막 팬클럽』(2003)을 차례로 불러와 야구와 야구를 통해 드러낼 수 있었던 우리들의 욕망과 꿈에 대해 좀더 얘기해보자.

YMCA 야구단,
지금 뻬스볼을 하시면
조선 최초가 되는 것입니다

영화 〈YMCA야구단〉이 배경으로 하고 있는 1905년 경성의 풍경. 때는 1905년, 최초가 될 수 있었던 것들이 너무나 많았던 시절이었다. 야구도 그랬다. 오늘날 우리들에겐 낡고 닳은 것들이 그랬다. 영화는 바로 그런 연대를 배경으로 한다.

조선 최초의 야구단, YMCA 야구단의 멤버를 영화는 매우 흥미롭게 구성하고 있다. 선비가 있는가 하면 유학파가 있고, 친일파 고위관료의 아들이 있는가 하면 민족의 적을 응징하는데 이 한 몸을 바치는 열혈청년도 있

다. 명성황후의 호위무사 출신도 있고, 기생노름에 빠져 사는 젊은 양반도 있으며, 그 양반댁의 머슴출신도 있다. 등등. 그 인물들이야말로 1905년의 풍경으로 발견되는 것이다. 그렇지만 YMCA 야구단 유니폼을 입고 그 유니폼에 자부심을 느끼며 경기장에 들어서는 순간, 내부의 모순과 차이는 균질화되고 그만큼 외부의 적은 분명해진다. 일본군 야구클럽, 성남구락부.

외부의 적을 앞에 두었을 때, 영화는 뜨거워지고 비장해진다. 영화를 보지 않았다면, 한·일전의 델 듯한 응원열기를 떠올려 보시길. 반면에 영화가 내부의 이질성을 다룰 때는 잔잔해지고 쿨해지고 코믹해진다. 스포츠가 민족주의와 결합하는 뻔한 지점에서보다, 야구는 내부의 차이들이 교차하는 지점에서 그 시대의 독특한 풍속을 드러내는 데 좋은 매개체가 되어준다. 여기서는 그 몇몇 장면들을 들여다보려고 한다.

호창(글공부보다는 운동을 더 좋아하는 선비다. 송강호가 그 역을 했다)은 태화관 담장으로 굴러떨어진 돼지창자로 만든 축구공을 주우러 갔는데, 거기서 야구공을 줍게 된다. 야구공을 처음 본 호창은 멍한 표정으로 "공이 작아졌다"고 중얼거린다. 그때 선교사 질레트가 호창의 축구공을 들고 나타나서 묻는다. "Yours?(당신 꺼?)" 질레트는 축구공을 발로 차 호창에게 줬지만, 호창은 야구공을 어떻게 질레트에게 전달해야 할지 모른다. 이 작은 공도 발로 차는 것일까? 정말로 호창은 발로 차서 줄 폼이다. 이 장면은 새로운 문물들이 폭죽처럼 터져나온 그 벼락같았던 시대의 어리둥절함을 야구라는 매개로 코믹하게 재현한다. 야구배트와 다듬이방망이(빨래방망이)가 혼돈되고, 베이스와 짚단이 교차하며, 포수마스크와 하회탈(이 하회탈은 민족반역자를 처단하는 열혈청년의 복면으로도 등장한다)이 만나고, 기차와 자전거와 말(마패가 등장하기도 한다)이 섞여 있으며, 영어와 일어와 조선어가 부딪히는 풍경을, 우리는 이 영화에서 구경할 수 있다. 폭소를 터뜨리지 않고 미소를 머금은 채. 감상이나 열등감에 젖지 않고 새삼 흥미롭게.

　4번 타자로 호명된 호창은 번호를 바꿔달라고 한다. 왜? 죽을 사𝄪니까. 제일로 잘 치는 선수에게 주는 번호인데도? 그렇다면 선비 사♯. 이렇게 선비와 4번 타자 사이의 깊은 골은 땜질이 되는데, 훈장 선생인 호창의 아버지 앞에서라면 그리 쉬운 일이 아니다. 야구(아버지에게 그것은 상놈의 짓이다)를 한다는 걸 알고 대노한 아버지 앞에서 호창이 무릎을 꿇고 여쭙는다. "제 비록 유생으로는 이름을 널리 알리지 못한 뜨내기 선비일 뿐이오나, 뻬스볼 선수로서는 조선에서 몇 손가락 안에 듭니다. 유생으로 치면, 퇴계 이황 선생이나 서애 류성룡 선생급이라고 생각하시면 됩⋯" 그리고 아버지로부터 날아온 검정 바둑알들. "아버님께서는 늘 모름지기 선비는 학처럼 고고하게 살아야 하노라고 하시지만, 지금은 전차를 타면 서울에서 제물포까지 한 시간이면 가는 세상입니다. 제가 보기에는 요새 황성에 학이 뜸한 것은, 금세기에는 학처럼 살아서는 힘들다는 일종의 자연의 계시가 아닌가⋯" 다시 아버지로부터 날아오는 흰 바둑알들. "아버지라고 부르지도 마라", 그렇게 등을 돌리며 돌아앉는 호창의 아버님! 우리들의 할아버지의 할아버지!

　그 다른 한편에서, 'Y야구단 후원의 밤'이 개최되고 풍금에 맞춰 합창단 아이들은 이렇게 노래하고 있다. "아버지는 내게 말씀하셔요, 넌 자라면 꼭 장군이 되거라고. 하지만 아버지는 내 마음 모르셔요. 내가 되고 싶은 건 따로 있는데. 어머니는 말씀하셔요. 넌 자라면 정경부인이 되거라고. 어머니, 정경부인이 별건가요? 내가 시집가고 싶은 이는 따로 있는데. 내가 되고 싶은 건, 내가 시집가고 싶은 이는, 와이·엠 씨 에이 ~~뻬스볼팀~~" 장군이, 정경부인이, 그리고 호창의 꿈이었던 암행어사가 역사 속으로 사라진 과거가 되는 자리에서 새로운 꿈들이 싹트고 있었다. 와이 엠 씨 에이 ~~뻬스볼팀~~

3 공포의 외인구단, 상승의 욕망

이 현세의 『공포의 외인구단』은 1983년에 1권이 나온 이후 30권으로 완결될 때까지, 2년 가까이 만에 무려 100만 권이 팔린 만화책이다. 영화로 만들어져 40만 관객을 극장으로 불러들였으며, 정소라가 부른 〈난 네가 기뻐하는 일이라면〉은 엄지에 대한 까치의 지순한 사랑을 더욱 널리 퍼뜨렸다. 『공포의 외인구단』은 한국만화사의 일대 '사건'이었으며, 그리고 80년대의 신화가 되었다. 왜 우리들은 그토록 『공포의 외인구단』에 열광했는가.

1982년 3월 27일 드디어 프로야구의 시대가 개막되었다. 오후 2시 25분 당시 대통령이었던 전두환이 개막전에 앞서 시구를 했다.

82년에 프로 야구가 출범했다. 훗날 사람들은 말했다. 통금해제와 컬러TV, 그리고 스포츠는 피를 묻히며 세워진 제5공화국의 권력에 더 이상 분노하지도 허무해하지도 말라고 대중들에게 던져진 사탕발림 같은 선물이었노라고. 그랬겠지만, 그렇지 않았더라도 통금은 사라지길 당연 바랐던 일이었고, 컬러TV는 나왔을 것이며, 프로야구는 조금 늦게라도 출범했을 것이다. 문제는 통금해제와 컬러TV, 스포츠 그 자체에 있는 것이 아니라 한꺼번에 주어진 그것들이 어떻게 이용되었으며 또 어떠한 효과를 가져왔는지에 있을 것이다. 어쨌든, 프로야구는 사람들에게 착잡한 현실과 일상으로부터 잠시 벗어날 수 있는 탈출구 역할을 꽤 잘 해냈다. 그리고 우리들은 프로야구를 즐기면서 '프로'의 세계를 배우고 자본주의의 논리를 배웠다. 프로야구 선수는 이 지점에서 소년들이 꿈꾸는 멋진 미래상의 하나로 또렷하게 자리를 잡게 되었다.

멋지게 싸인을 휘갈기는 프로야구 선수는 정말이지 폼이 났던 것이다. 그가 담장을 넘긴 공은 그냥 공이 아니었다. 그것은 황금이었으며 영광이었다. 『공포의 외인구단』은 선망과 영예의 자리에 올라선 프로야구의 위상을 기반으로 하고 있다고 할 수 있다. 그렇지 않았대도 야구부 소년에겐 댄디보이 같은 이미지가 간직되어 있었고, 야구는 축구나 권투 같은 스포츠보다 훨씬 부티가 풍기는 운동이었다. 말하자면, "포수 마스크, 포수 프로텍터, 포수 레거스를 하고 포수 미트를 끼고 앉아 있으면 세상에서, 학교에서, 야구부에서 제일 부자가 된 듯한 기분이 들었"다. "부자 같은 기분이 온몸을 빵빵하게 만들"었다(성석제의 소설 「황금의 나날」). 까치 오혜성과 숙명의 라이벌인 엘리트 야수선수 마동탁이 낀 안경(이상무의 야구만화들을 봐도 주인공 독고탁과 대립하는 인물 독고준(김준)은 안경을 썼다)은 야구의 그 같은 이미지에 어울리는 차가운 빛을 냈다.

그런데 『공포의 외인구단』의 주인공, 까치 오혜성은 어떤 처지에 놓여 있었는가. 술주정뱅이 홀아버지와 힘겹게 사는 시골 소년이었다. 그 소년이 야구를 했다. 그리고 드디어 프로야구계의 스타가 될 수 있는 순간이 왔는데 어깨가

망가져 버린다. 까치는 가난했고 신체적으로도 치명적인 약점을 갖게 되었다. 내 사랑 엄지마저 마동탁의 곁에 있다. '공포의 외인구단'의 단원들은 모두 하나같이 프로야구의 성에 들어가기에 심히 곤란한 심리적인 콤플렉스와 육체적인 결함을 안고 있는 인물들이다. 외팔이와 혼혈아가 있고, 작은 키와 흉한 외모가 문제인 인물이 있고, 둔한 운동신경을 소유한 자도 있다. 이들은 프로야구 성 바깥에 미천한 부랑자들이었다. 이들이 모여서 초인적인 의지와 노력을 통해 '공포의 외인구단'으로 도약하는 것이다. 그 무시무시한 지옥훈련을 통과하여, 1984년 프로야구 후기리그에서 공포의 외인구단이 주축이 된 서부리그는 50연승이라는 대기록을 수립하고 이어서 코리안 시리즈 3연승의 위업을 일구어나간다. 공포의 외인구단은 영웅이 되었다. 우리들이 이 판타지에 그토록 매료되고 열광하였던 것은 이들의 도약이 우리들의 상승욕망을 만족시켜 주었기 때문일 것이다. 상승의 드라마에 야구는 잘 들어맞았다.

이렇게 『공포의 외인구단』은 왜소한 우리들이 꾸는 전복적인 꿈이 돼 주기도 했지만, 다른 한편으로 그 꿈은 우리들에게 심각한 압력이기도 했다. '뭐든지 할 수 있다'는데, 왜 나는 못하는가. '할 수 있다, 하면 된다'는 좌우명이었고 고 3교실의 급훈이었으며 사회적인 이데올로기였다. 그 앞에서 사람들은 매일같이 반성하고 부끄러워해야 했다. 『공포의 외인구단』은 그 이데올로기의 전

파를 타고 있었던 것이다. 그것은 우리들의 내면에 새겨진 또 다른 억압이었고 공포였다. 할 수 없는 일이 얼마나 많은데.

외인구단의 조련사 손병호 감독은 이렇게 말한다. "강한 것보다 우선 하는 게 없다는 신념을 전 국민의 가슴 속에 뼈저리게 심어줄 수만 있다면 내 한 몸 썩어 문드러져도 한이 없다." 이 말은 그의 반일 민족주의의 맥락을 넘어, 개인의 내면 속으로 일상 속으로 약육강식의 사회적인 시스템 속으로 흡입되는 것이었다.

삼미슈퍼스타즈의 마지막 팬클럽, 뷰티풀 선데이

그때 야구장에는 비가 내리고 있었다.
아주 오랫동안

나는 내리는 비를,
내리는 비를,
내리는 비를,
혼자 바라보고 있었다.

이상한 삶이라고
생각했던 것 같다.

— 이장욱, 「삼미 슈퍼스타즈 구장에서」

왜 하필 아주 오랫동안 내리는 비를 혼자 바라보는 장소가 '삼미 슈퍼스타즈 구장'인가. 왜 그곳에서 이상한 삶이라는 생각을 했던 것일까. 그 이상함에 대한 감수성과 이어지면서 이제 삼미 슈퍼스타즈는 문화적인 상징이 된 것 같다.

프로야구 원년(1982)에 탄생한 삼미 슈퍼스타즈는 알다시피 프로야구계의 독보적인 꼴찌팀으로 3년 6개월을 버틴 팀이다. 1983년, 2위의 성적은 불가사의 한 사건으로 치고서 말이다. 얼마 전에 개봉했던 영화 〈슈퍼스타 감사용〉은 삼미 슈퍼스타즈의 패전처리 전문 투수 감사용의 '이루어지지 않은' 1승에 초점을 맞춘 영화다. 대스타 박철순의 20연승이라는 빛나는 기록이 아니라, 그 거인을 상대로 결국 거두지 못한 1승에다 대고 카메라를 비추었던 것. 억울한 패배도 아니었고 기실 당연하였던 패배가 드라마가 되었고 그 드라마는 감동을 주었다.

슈퍼스타 감사용!

박민규의 소설 『삼미 슈퍼스타즈의 마지막 팬클럽』은 삼미 슈퍼스타즈를 로고로 삼아 새로운 라이프 스타일을 제안한다. 생각해보니, 삼미의 야구는 나의 인생을 평범하다고 말하듯이 평범하다면 평범하다고 할 수 있는 야구였다. "분명 연습도 할 만큼 했고, 안타도 칠 만큼 쳤다. 가끔 홈런도 치고, 삼진도 잡을 만큼 잡았던 야구였다. 즉 지지리도 못하는 야구라기보다는, 그저 평범한 야구를 했다는 쪽이 확실히 더 정확한 표현이다." 그럼에도 수치스러운 꼴찌였다. 왜? "실로 냉엄하고, 강자만이 살아남고, 끝까지 책임을 다해야 하고, 그래서 아름답다고 하는" 프로의 세계였으니까. 삼미는 프로야구에 뛰어든 아마추어 야구팀, 지구라는 행성에 떨어진 외계인(슈퍼맨은 삼미의 마스코트였다)이었다. "프로의 꼴찌는 확실히 평범한 삶을 사는 것"인데, 이 세상이 이미 프로라면 평범한 우리네들로선 이거 큰일이 아닌가.

『삼미 슈퍼스타즈의 마지막 팬클럽』은 프로의 논리 속에서 허우적대지 말고 그 바깥으로 나오라고 우리를 유혹한다. 여기서 삼미 슈퍼스타즈는 프로의 세계에서 프로의 논리를 벗어나서 그들만의 야구를 실천한 야구단으로 기려진다. 이 사라진 야구단을 기리는 마지막 팬클럽이 내거는 모토는, "치기 힘든 공은 치지 않고, 잡기 힘든 공은 잡지 않는다"라는 것. 어째 약간 졸린 듯 하면서 마음이 느긋해지지 않는가. 원더풀 썬데이!

'원더풀 썬데이'는 오랫동안 우리들이 애써 부인해 온 소망일 것이다. 치기 힘든 공을 치고(치려고 노력하고) 잡기 힘든 공을 잡는(잡으려고 애쓰는) 것보다, '치기 힘든 공은 치지 않고 잡기 힘든 공은 잡지 않는다'를 뱃속 편하게 나아가 즐겁게 실천하는 게 웬일인지 더 어렵게 느껴지진 않는가. 너무나 익숙한 근대의 성을 빠져나오는 데, 프로의 이데올로기로 훈육된 신체를 바꾸는 데, 어찌 불안하지 않을 것인가. 그런데, "진짜 인생은 삼천포에 있다"고 하는군. "필요 이상으로 바쁘고, 필요 이상으로 일하고, 필요 이상으로 크고, 필요 이상으로 빠르고, 필요 이상으로 모으고, 필요 이상으로 몰려 있는 세계에 인생은 존재하지 않는다"는군. 잡초 덤불 쪽으로 빠진 2루타성 타구를 잡으러 갔다가 발견한 노란 들꽃이 너무 아름다워서 공을 던지는 걸 마냥 까먹고 있는 순간에 진짜 인생이 있다는군. 『삼미슈퍼스타즈의 마지막 팬클럽』을 소망충족의 이야기로 읽은 당신이 이렇게 물을지도 모르겠다. 그런데 그것도 야구라고 할 수 있나요? 박민규의 식이라면, 야구로 불리거나 말거나. "재구성된 지구의 맑고 푸른 하늘" 아래서라면.

플레이 볼.

조성훈이 소리쳤다.

재구성된 지구의 맑고 푸른 하늘을 지나

공이 날아왔다.
만삭의 아내가 손을 흔들었다.
저 두근거림 앞에서
이제 나는
저 공을 어떻게 잡아야 하는지를
잘 알고 있었다. 자,

플레이 볼이다.

그녀를 부르는 법

1 연애와 근대문학,
여성을 상상하다

2 그녀, 여성3인칭
대명사에 대한 논란

3 주어진 성적
정체성을 불편해하다

1 연애와 근대문학, 여성을 상상하다

1921년 1월 『창조』 8호에 실린 이광수의 「문사와 수양」이라는 글은 동시대 문학청년들의 정신 상태에 일침을 가하는 매우 뾰족하고 매서운 글이었다. "아아, 사랑하는 반도의 청년 문사제위여", 데카당스와 같은 망국정조에 빠져 더 이상 흐느적거리지 말고 이제 문사의 본분을 자각하고 건전한 인격의 소유자가 되기 위해 수양, 또 수양하라. 이렇게 부르짖은 이광수의 눈에 심히 걱정스럽게 보였던 문학청년의 한 모양이 바로 "문사라 하면, 반드시 연애를 담談할 것"이라고 믿고 연애와 문학을 혼동하는 듯한 모습이었다.

사실 이 문학청년들이야말로 불과 10년쯤 전에 '자유연애'를 선봉에서 주장하였던 "용감한 동키호테" 이광수를 열렬히 지지하였던 소년 무리들이었다. '용감한 돈키호테'라는 표현은 김동인이 이광수에게 쓴 희귀한 예에 속하는 찬사였다(「한국근대소

여학생들.

1933년 휘문고등보통학교 졸업기념 앨범에서. 남학생들의 즐겁고 달콤한 상상 속의 여성.

설고」, 『조선일보』, 1929.7.28~8.16). 이광수의 자유연애론은 계몽의 비전과 논리를 핵심으로 하여 구성된 것이었다고 해도, 두어 발자국만 떼면 지극히 낭만적이거나 데카당스한 과격함으로 나아갈 수 있는 것이었다. 사실 이광수는 낭만주의 쪽으로 '한' 발자국쯤 내디딘 자리에서 '리터래처Literature의 역어로서의 문학(근대문학)이란 무엇인가'(「문학이란 何오」, 1916)에 대해 썼다. 이광수가 그 이상으로 더 나아가지 않았던 바로 그 문학적 도정 위에 1920년대 초기의 낭만주의 문학이 놓여 있다. 그리고 그 자리에서는 오늘날의 우리에겐 너무나도 당연하게 여겨지는 문학적 관습과 제도와 감수성 자체가 만들어지고 있었다. 그 전위감각은 이제는 이미 무의식적이고 통속적인 감수성의 차원에 속하는 것이 돼버렸다. 바로 그러하기 때문에, 낭만주의를 역사적으로 이미 거쳤다는 의미에서가 아니라, 낭만주의의 후예들이라는 점에서 우리는 '낭만주의 이후post-Romantic 사람들'이라고 불리기도 하는 것이다.

『창조』 9호에는 즉각적으로 이광수의 「문사와 수양」이란 논설에 대해 거의 분개에 가까운 독후감이 실렸다. 요지는 그 유

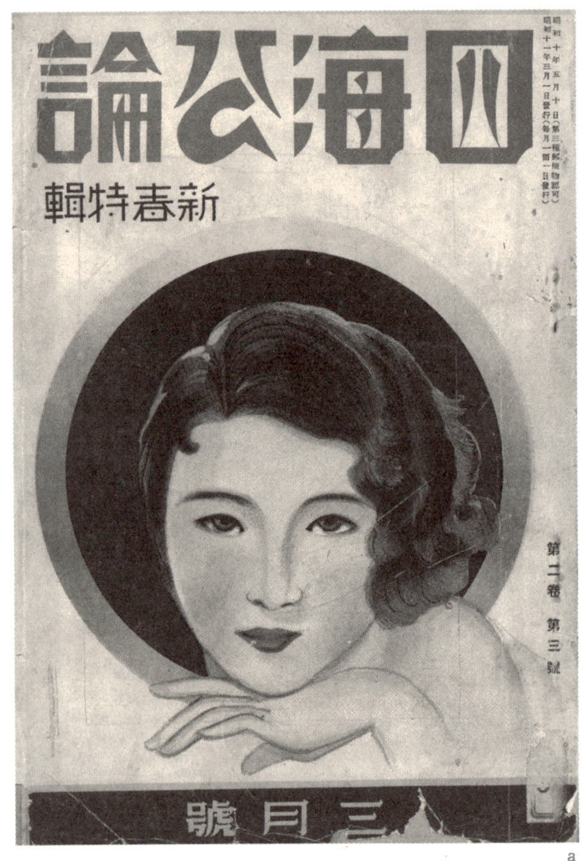

a 『사해공론』(제2권 제3호, 1936) 표지. 그녀의 이미지는 위태롭게 걸쳐져 있다. 미녀와 요부 사이. 그 위태로움까지 합하여 매혹이 되었을 것이다.
b 『백조』 1호. 고개 숙인 나체의 여인와 그녀를 내려다보는 에로스. 에로스는 그녀에게 어떤 사랑의 화살을 날릴까? 그녀 앞에는 '천사'의 등급에 오르게 하는 사다리가 있고 또 '사탄'의 등급으로 추락시키는 낭떠러지가 있다. 그녀는 말없이 고개를 숙이고 있을 뿐.

명한 선배 이광수가 도대체 진정한 예술을 이해하지 못한다는 것. 언젠가 그가 현대예술에 대한 진정한 이해에 닿게 되면, 「문사와 수양」이란 글을 썼다는 사실 자체에 대해 용서를 구하고 취소하게 되리라는 것. 어쨌든, 1920년대 초기는 "지금 우리나라 모든 소설의 주조主潮"를 "사랑 없는 결혼은 제로"라는 말로 과감히게 요약할 수 있는 시대였다(김동인, 「제월씨의 평자적 가치」, 『창조』 6호). 그랬으니, 오늘날의 한 연구자는 그 시대를 '연애의 시대'라고 했던가.

그 시대 문학인들은 '연애' 혹은 '사랑'이 일으키는 내면의 파노라마를 통해 '자아'에 실감을 부여하려고 하였다. 연애는 '내면'의 진동(떨림)과 파도(열정)를 감각적으로 경험하게 해주는 더없이 좋은 계기였다. 연애와 내면의 발견! 그리고 내면의 발견과 근대문학의 관계에 대해선 가라타니 고진에 의해 흥미롭게 묘파된 바 있다. 그러니 근대문학을 소위 '시작^{Starting}'했다는 문학청년이라면 진지하게 연애를 담談해야 하지 않았겠는가. 이들은 거기서 거대한 관습의 벽을 뚫고 나갈 수 있는 주체의 에너지를 확인했으며, 사랑을 이상화하고 신성화함으로써 그 사랑에 참여하고 있는 자신의 정신을 이상적인 경지에서 발견할 수도 있었다. 연애는 "감격의 정점", "신성의 정점", "행복의 정점"에 한 존재를 올려놓는 일로 생각되었다(새별, 「생의 비애」, 『창조』 5호).

예술적으로 찬양되고 영감의 계기로 갈구되는 여성이 탄생하게 된 것은 이러한 연애의 감수성을 바탕으로 하고 있다. 반면에 사랑을 배신한 여성은 가차없이 악마적인 수사학의 맹공격을 받았다. 이를테면 어떤 한 소설에서, 감방에 갇힌 한 청년은 편지를 보내지 않는 애인을 두고 이런 두 가지 공상을 한다. ①은 변심한 애인의 모습, ②는 근심과 그리움이 오래되었으니 깊은 병을 얻게 된 여인.

① 이 순간에, 몹시 밉고, 그리고 무섭고, 그리고 더러운 H의 화상畫像이 나타났다. 그것은 꼭 여성적 사탄이다. 사탄을 그리기에 가장 제일의 모델이다. 그 화상은 어떻다고 형용할 수 없으나 손과 목에서 황금빛이 찬란한 것은 똑똑히 보였다. 그 얼굴은 몹시 예쁘기도 하면서도 또한 흉악하게 미웠다.

② '미스 H, 오! 용서하오. 내 죄를 용서하오. 내가 여태껏 당신을 의심하였소. 제발 용서하오.' 이렇게 혼자말로 중얼거리고, 자기가 의심하는 것을 H가 알면―병석에서 신음하는 애인이―그 마음이 어떠할까 하는 생각이 나서 동준은 새로운 고통을 깨달았다. 그 고통은 자기의 사랑이 불철저하고 약한 것을 생각

하야 스스로 부끄러운 생각이 합한 것이다.

—전영택, 「운명」(『창조』 3호, 48~49면)

불기소 처분을 받아 곧 감옥문을 나가게 될 한 청년이 폐결핵 3기가 된 것처럼 보이는 수감자들을 둘러보면서 이렇게 중얼거린다. "그렇지만 저희들의 문제가 무엇이 그리 대수로울꼬? 저희들 가운데도 나만큼 애타는 사람이 있을까?" 이 청년의 그토록 애타는 문제란 다름 아니라 석 달이나 면회도 오지 않고 편지도 주지 않는 애인의 행방과 관련된 것이다. 이건 너무나 유아론적인 독백이 아닌가.

그렇지만 연애의 시대 1920년대 초기엔 사랑과 죽음이 극적으로 연결되어 정사情死가 유행했으며, 나아가 정사와 예술이 비약적으로 결부되는 데서도 별다른 무리가 느껴지지 않았다. '사死는 예술' 운운한 신문기사를 접하고선, 당대의 지성인이라 할 만한 염상섭이 "구예오탁九穢五濁의 세상을 떠나 유유이상悠悠理想의 천지天地"로 초월하는 정신의 예술적인 고양을 상상하면서 정사의 미학적인 의의를 인정하는 장면(염상섭, 「저수하樗樹下에서」, 『폐허』 2호)은 연애에 작동한 낭만적 이분법(현실/이상, 육체/정신, 유한/무한 등등)이 죽음이라는 극단적인 사건을 끌어들이고 해석하는 방식을 잘 보여준다고 하겠다. 어찌됐든, 미스 H는 어찌하고 있는 것일까. 자, 그의 공상이 펼쳐진다.

①변심한 애인. 그 여성은 곧바로 '사탄'의 이미지와 연결된다. 1920년대 초기의 문학적인 텍스트에서 사랑을 배신했다고 여겨진 여성은 일고의 여지도 없이 악마적인 수사학으로 그려지는데, 일례를 들자면 그 여인은 "무서운 악마", "속에는 찌르고 꾀뚜르는 가시를 품고 입에는 독사 같이 갈라진 두 혀를 가진 요물"(백아생, 「일년 후」, 『창조』 6호)에 비유됐던 것이다. 좀더 덧붙이자면, "수욕獸慾의 노예"(남성, 「동경아 잘 있거라」, 『창조』 3호)로 떨어진 존재, "악의 신의 저주를 받아가지고 육肉에서 살다가 멸망할 선천적 인印을 찍고"(이일, 「흑연일

180

총),『창조』7호) 나온 존재로 말해진다.

이러한 수사학은 다만 개인적인 차원의 분노와 분통 속에서만 터져나오는 것이 아니었다. 그 수사학은 모종의 여성관과 연루되어 있다. 다시 말해, 변심한 여인을 둘러싼 수사학은 또한 모든 여자(여자라는 존재)를 정의내리는 데 쓰이는 것이었다. 이를테면 이렇다. "모든 여자는 그의 미美를 죄악으로 옮기는 미적謎的 창부"이니 그네들의 "완전한 육체 내면에는 정신의 추악을 감추고 있"다(박영희, 「생의 비애」, 『백조』3호). 줄여 말하면, 여성은 육체적으로 아름다워(완전해) 보이지만, 정신적으로 추악한(불완전한) 존재라는 것. 김동인은 「영혼」(『창조』9호)이란 짧은 글에서, 여자는 영혼이 없는 고로 정신적이고 창조적인 활동인 글쓰기를 감히 감당할 수 없는 존재라고 단정을 내렸다. 그러니 여성의 변심이 언제나 육체적인 욕망이나 물질적인 욕망에서 싹튼 것으로 표상되었던 데에는 '여성(육체)/남성(정신)'이라는 이분법적인 인식체계가 그 안에 깊숙이 새겨져 있는 것이다. 미스 H의 변심을 상상하자 그녀의 "손과 목에서 황금빛"이 찬란하게 빛나는 것은 너무나 자연스러운 연상이었다.

한때는 순결한 애인이었지만 이제는 사탄이 되어버린 한 여성 때문에 받는 실연의 고통은 "무가치한 고통"으로 생각될 수 있다. 그러나 그 시대 작가들은 이 고통을 감추거나 누르려고 애쓰기보다는 오히려 지나치게 느껴질 만큼 드러내고 싶어하였다. 그 고통은 허약한 정신을 증명하는 것이 아니라 "내 사랑이 강하고 순결"했음을 드러내는 징표로 기능할 수 있었기 때문이다. 이일의 「흑연일총」에서의 독백, "무가치한 고통, 내가 이렇게 약하였던가. 아니, 이렇게 내 사랑이 강하고 순결하였다." 악마적인 수사학에 둘러싸인 여성에 대비되어 '나'의 사랑은 더욱 빛을 드러낼 수 있었다. 이 시기는 연애가 유행하듯이 "실연이 유행"하는 때라고 말해지기도 했지만(김동인, 「마음이 여튼 자여」, 『창조』6호), 더 정확히 표현하면 실연의 '고통'이 유행한 때였다고 할 수 있을 것이다. 연애가 '자아'의 힘과 가치를 실감케 하는 사건으로 작용하였듯이, 실연 또한 그러한 계기로 활용될 수 있었던 것. 어떤 경우건 중요한 것은, 자아!

②그렇지만 연기처럼 상념 하나가 스러지고 다시 공상의 내용이 바뀌면, 깊은 병에 든 애인이 외롭게 누워 있는 모습이 펼쳐진다. 이런 모습 앞에서라면 그는 그녀를 의심했던 것에 대해 그녀에게 용서를 구해야 한다. 그리고 "자기의 사랑이 불철저하고 약"하였던 것을 자책하게 된다. 그러나 이러한 자책을, 그의 표현으로 하자면 '고통'을 보상하고도 남을 만한 행복감을 그는 곧 맛보게 된다. 그는 "나를 위하여 몸과 마음을 다 바친" 순결한 애인을 가진 남자인 것이다. 그는 자아의 가치가 무한히 고양되는 도취감에 사로잡히게 된다. 이럴 때면 그의 애인은 "세상에 둘 없는 정화되고 순화된 미와 애의 여신"(노자영, 「표박」, 『백조』 2호)의 등급에 오르게 된다. 행방이 묘연한 애인은 그의 상상 속에서 이렇게 '천사/사탄' '정녀貞女/음녀淫女'의 극단을 오르내리고 있었다.

그녀와 무관하게, 그녀는 그에 의해 상상되고 호명되는 존재다. 그녀는 말이 없는 존재고, 그는 그녀에게 이름을 붙이는 자다. 내 곁에 있는 천사여! 내게서 떠나는 저 계집은 악마! 그의 사랑의 원근법에 의해 그녀의 존재 가치는 일방적으로 결정된다.

그 당시에 문학 작품은 연애의 안내서 구실을 하였다. 문학작품이 연애보다 먼저 있었다고 말할 수 있는 그런 시대였다. 미학적인 지평에서 상상된 연애는 풍속으로서의 연애를 만들어내는 데 중요한 역할을 담당했다. 이 시절의 많은 청춘남녀는 연애시나 소설을 통해 연애라는 낯선 풍습에 온통 마음을 빼앗겼으며 그 연애의 문법을 배우고 모방한 세대였다. 김동인의 두 번째 소설 「마음이 여튼 자여」의 남자주인공이 보여주는 다음과 같은 독서풍경은 바로 그랬던 젊은이들의 세태와 오버랩되는 것이다. "나는 세계에 이름난 연애소설 중에 일어로 번역된 것은 대개 보았다. 그리고 그 소설 가운데 연애에 성공한 자는 나로 치고(내가 배워야 할 연애의 모범사례로 삼고), 성공치 못한 자는 나의 사랑의 원수로 치고(내가 배워서는 안 될 표본으로 삼고) 말았다."

a 『백조』 1호 표지. 『금성』 1호 표지. 그녀의 몸에서는 광채가 난다. 그녀는 문학적인 피조물이자 미美의 이상을 대변했다. 말하자면, 예술적으로 찬양되고 영감의 계기로 갈구되는 여성.
b 호수돈여자고등보통학교 제18회 졸업앨범 마지막 장에 붙여진 그림.

그리고 그 한편에는 연애를 예술의 계기로 고양시키고자 했던 젊은 작가들이 있었다. 어떤 의미에서 이들에게 현실의 애인은 문학적인 발단이자 기인에 불과했고, 이상적인 애인은 문학적인 피조물이었다고도 할 수 있다. 이때, 이상적인 애인은 "본 적도 없는", "세상에는 없는 그리운 아리따운" 꿈 속의 여인일 수 있었다. 김억이 번역했다는 폴 베를렌느의 「늘 꾸는 꿈」의 1연(『폐허』 2호)을 좀 볼까. "이상하게도 자주 못 잊을 꿈을 꾸게 되여라. / 본 적도 없는 아낙네가 꿈속에 보이며 / 사랑하고 사랑받아 꿈꿀 때마다 / 자태는 다르나, 역시 살뜰한 그 사람이어라." 그리고 다음과 같은 시들은 어떤가.

> 애인아 너는 내 전 생애의 한 '모델'이다.
> 동시에, 너는 내 생명에 의한 천재 화가이다.
> 나의 주간晝間의 환등幻燈같이 몽연하고, 잘린
> 반수半獸, 반귀半鬼의 조각조각의 과거는
> 그것이 모조리 인간으로 태어나
> 네 가슴안의 영롱한 벽에
> 훌륭한 '틀에 낀 초상'이 되어 걸려있다.
> —황석우, 「눈으로 애인아 오너라」 부분(『창조』 6호)

> 아! 그대여!
> 그대의 흰 손과 팔을
> 이 어두운 나라로 내밀어 주시오!
> 내가 가리라, 내가 가리라,
> 그대의 흰 팔을 조심해 밟으면서.
> 유령의 나라로, 꿈의 나라로
> 나는 가리라! 아! 그대의 팔을—.
> —박영희, 「유령의 나라」 부분(『백조』 2호)

황석우의 시에서 애인은 나의 이상적인 '모델'이면서 동시에 나를 그려내는 '천재 화가'다. 그녀에 의해 과거의 나를 대변하는 '반수, 반귀'는 온전한 '인간'으로 다시 태어나 그녀의 마음속에 "훌륭한 틀에 / 낀 초상이 되어 걸려있다.” 나의 영혼은 그녀에 의해 점차 고양되고 있는 것이다. 왜냐하면 그녀는 나의 이상적인 ‘모델’이기 때문이다. 내가 그녀를 이상화하면 할수록 나는 ‘이상적인 자아’에 다가갈 수 있다. 이 시에서 그녀는 현실적인 인물이라기보다는 시인이 추구하는 이상적인 가치의 표상이다. 시 제목 ‘눈ᄇ으로 애인아 오너라’에 표시되어 있는 것처럼 그녀는 그렇게 간절한 갈구의 대상이다.

박영희의 시에서 애인은 “유령의 나라로, 꿈의 나라”로 인도하는 계기다. 그녀는 내가 있는 ‘어두운 나라(현실)’ 반대편에 있는 환상의 나라에 거하는 존재다. 그녀가 거기서 ‘흰 손과 팔을’ 내밀어 준다면, 나는 그녀의 ‘흰 팔을 조심해 밟으면서’ 건너갈 수 있다. 여기서 ‘유령의 나라’, ‘꿈의 나라’란 예술적인 가상의 세계였으니, 바로 그곳에서 내게 손을 뻗어주는 그녀는 예술적인 영감의 원천이 아니겠는가.

연애가 예술의 계기로 고양됨과 더불어서 ‘낭만적인 사랑’은 근대의 신화로 더욱 뿌리 깊게 자리잡게 된다. 연애는 예술의 계기로서, 예술은 사랑의 교본으로서, 그 둘은 서로에게 불꽃이었다. ‘예술적인 여성’이라는 낭만적인 환상도 그 불꽃의 산물이었다.

2 그녀, 여성3인칭 대명사에 대한 논란

나는 이 글을 쓰면서 이미 여러 번 '그녀'라는 여성 3인칭 대명사를 사용했다. 그렇지만 1920년대 초기에는 물론이고 그 이후로도 상당히 오랫동안 '그녀'라는 대명사는 개발되지 않았던 어휘였다.

3인칭 대명사의 개발이 중요하게 요구되고 실천되었던 자리는 소설이라는 글쓰기에서였는데, 그 초창기에 이 문제에 대해 문학사적 의의를 크게 생각하면서 가장 적극적인 발언을 하였던 이는 잘 알려져 있는 대로 김동인이다. 김동인은 자신의 첫 소설 「약한 자의 슬픔」(1919)을 회고하면서, He와 She는 조선말에 없는 바인데 "He와 She들을 모두 '그'라고 하여 보편적으로 사용하여 버린 그때의 용기는 지금 생각하여도 장쾌하였다"고 「조선근대소설고」에다 그것의 소설사적 의의를 기록했다. 김동인은 '그'라는 대명사를 그렇게 자의식적이고 전면적으로 사용하였던 데 대해서 '용기'라는 표현을 썼다. 그야말로 획기적인 사건이었다는 것이다. 그가 슬쩍 내비치고 있듯이, 그 이전에 이미 춘원 이광수의 작품에서 부분적으로 발견된다고 하더라도 말이다. 「약한 자의 슬픔」의 앞부분을 조금 보자면, "〈아무래도 가보아야겠다〉 **그**는 중얼거리고 외출복을 갈아입었다. 〈갈까? 그만 둘까?〉 **그**는 생각을 정하기 전에 문 밖에 나섰다. 여학생 간에 유행하는 보법으로 팔과 궁둥이를 전후좌우로 저으면서 엘리자벳트는 길로 나섰다. **그**는 파라솔을 받은 후에 손수건을 코에 대여서 쏘는 듯한 콜타르 냄새를 막으면서…"

소설 「약한 자의 슬픔」의 주인공이 강*엘리자벳트라는 여성이라는 점을 떠올린다면, 김동인이 He와 She를 모두 '그'라고 했다는 사실은 더욱 흥미롭다. 이 소설에서 김동인은 '그'라는 대명사를 She—엘리자벳트를 가리키는 데 주로 사용했던 것이다. 그러나 '그'라는 3인칭 대명사는 통상적으론 남성에 한정하여 쓰이는 대명사로 받아들여졌고, 여성 3인칭 대명사의 개발은 오랫동안 과제처럼 남겨져 있었다. 김동리의 회고에 따르면, 김동인 양주동 등이 여성 3인칭 대명사로 '궐녀'라는 말을 얼마동안 사용하였고, 그 후 해외문학파(일본에서 서양문학을 전공한 이들로 조직된 모임으로서 주로 1930년대에 활약했다)가 '그네'라는 말을 쓰겠다고 선언하였던 일도 있었다지만, 두 경우 모두 널리 퍼지지 못하고 흐지부지되었다.

1965년 3월, 잡지 『현대문학』에서 그 당시의 저명한 국어학자들에게 여성3인칭대명사로 가장 적합한 것이 무엇인지에 대해 의견을 물은 일이 있었다. 그렇다면 1960년대 중반까지도 결정적인 여성3인칭대명사는 없었다는 말이다. 아무튼, 그때 편집부에서 제시하였던 것은 '그녀, 그네, 그미, 그히(그희), 그네, 그매, 그니' 같은 것이었다. 편집부에서는 또한 직접 55명의 작가들에게 그들이 사용하는 여성3인칭대명사에 관하여 설문조사를 하였다. '우리말 여성3인칭대명사 시비'가 본격적인 논쟁의 장에 떠올랐던 것이다. '그녀'라는 어휘는 50년대 중반쯤부터 소설에서부터 쓰이기 시작했다지만, 10여년의 시간을 통해서도 결코 확정적인 지위를 얻지 못했다. '그녀'라는 말이 입과 귀에 젖게 된 것은 정말이지 우리에게 매우 가까운 연대의 일이다. 그렇지만 지금은, '당신은 소설에서 여성3인칭대명사로 무엇을 사용하고 있습니까'와 같은 질문자체가 성립하지 않을 만큼 '그녀'라는 말과 그 용법은 너무나도 자명한 것이 되었다.

설문에 응한 작가들 중 5분의 3에 해당하는 33명이 '그녀'를 쓴다고 답했다. 그 이유는 대개 그나마 가장 자연스럽고 달리 적당한 것이 없기 때문이라는 것이었다. 33명 중에는 '그녀'와 '그네(들)'를 함께 쓴다고 답한 이들도 몇 명 있었는데, 그녀는 단수에, 그네(들)는 복수에 대응시켜 쓰고 있다고 했다. 아예 쓰지 않는다는 경우도 있었고, '그'를 남녀 구분 없이 사용하고 있다는 대답도 들을 수 있었다. 앙케트를 읽어나가다 보면 '그여자, 그미, 그니, 그네'와 같은 대명사를 그 시절 소설에선 두루 찾아볼 수 있으리란 걸 알게 된다. '그여'라고 쓴다고 답한 경우도 있었는데, '그녀'는 '그년'이라는 상스러운 말과 발음상 혼란을 줄 수 있기 때문에 피한다고 했다. '그녀'를 쓰지 않는 경우에 대부분 드는 이유 중 하나가 바로 이 점 때문이었다. 특히 '그녀＋는'의 결합이 이 점에서 불쾌감을 유발하는 확실한 예로 꼽혔다.

이제, 국어학자들의 의견을 살펴보기로 하자. 먼저, 최현배의 의견. 그는 영어의 She에 해당하는 우리말로 '그미'를 삼자고 주장했다. 세계적으로 남성호칭엔 ㅂ, 여성호칭엔 ㅁ음이 주로 쓰이는데, 우리의 경우 '어미, 할어미, 할미, 아지미' 같은 용례를 따라 '그미'라고 하는 게 좋겠다는 견해였다. 그는 우리 문학인 사회에서 '그녀'가 유행하는 듯이 보이는 현상에 대해선 모종의 수치심까지 느낀다고 했다. 그 이유는, '그녀'라는 말은 일본 메이지시대에 영어 She에 대응해 만들어져서 정착된 말인 '가노죠(かのじょ: 彼女)'의 조어법을 그대로 모방한 도대체 창의성이나 고유성이라곤 없는 말이라는 것이다. 더구나 '그녀가, 그녀를……'의 경우엔 소리로서는 나쁘지 않지만, '그녀는'에 이르면 '그 년은' 같은 욕설을 떠올리게 하니 그 점은 치명적인 결점이라는 것이다. 최현배가 든 이러한 두 가지 이유는 '그녀'라는 말을 폐기해야 한다는 주장들의 공통된 근거였다.

다른 논자 김석호는 '그녀'의 사용을 반대하는 데 있어서만큼은 더욱 과격해 보인다. 그는 고백하건대, '그녀'라는 표현이 사용된 소설은 읽지 않기로 작정한 지 오래됐다고 한다. 도무지 '그녀'라는 말이 주는 불쾌감을 참으면서 소설을 읽는 데 인내심의 한계를 느낀다는 것이었다. 그가 추천하고 있는 말은 '그매'. 그렇지만 꼭 '그매'가 아니라도 괜찮은데, 다만 '그녀'만은 피하자는 게 그의 주장이었다. 그래서 그가 덧붙인 제안은 , 당장에 뾰족한 수가 없다면 '그녀'가 아닌 다른 적합한 여성3인칭대명사가 발견될 때까지 '그'라는 말을 남녀 공통의 대명사로 쓰든지, 아니면 아예 대명사의 사용을 피하고 보통명사와 고유명사로 쓰자는 것이었다. 어쨌든, '그녀'라는 말에 대한 이런 유난한 거부감은 여성3인칭대명사로 '그녀'가 이미 상당한 세력을 얻고 있었다는 걸 반증하는 셈이지만, 그 시절까지는 여전히 '그녀'가 아닌 다른 가능성이 여러 갈래로 점쳐질 수 있었다.

이숭녕은 '그녀'를 지지하는 쪽이었다. 많은 여성3인칭대명사 신조어 가운데서 앞으로 통용어가 될 가능성이 가장 높은 것이 바로 '그녀'로 보였기 때문이었다. 그는 '미녀美女, 처녀處女, 부녀婦女, 요녀妖女' 등등의 용례가 있어서 의미 분석이 쉬우니, '그녀'는 머지않아 통용어로 고정되고 대중도 쉽사리 입맛을 붙일 수 있을 것으로 보았다. 결국 말을 받아들이는 것은 언중이라는 것이다.

여기에 소설가 김동리도 '그녀'를 지지하고 있다. 그는 우리말과 한자어 '여女'가 결합된 사례를 들었는데, '어진녀(어진+女), 울녀(울+女, 잘 우는 버릇이 있는 여자 아이. 남자 아이의 경우라면, 울남)'가 그것이다. 그의 글의 제목은 「'울녀'는 곧 '그녀'다」였다. '그+녀' 조어는 우리말에서 자연스러운 것이라는 점을 김동리는 강조했다. 다시 말해, '그녀'라는 조어는 우리말 문법에 맞지 않는 일본어 '가노죠(彼女)'의 조어법을 무조건 따라한 것이 아니라는 것이다. 더구나 마땅한 여성3인칭대명사가 없어서 고민스러웠던 작가로서의 입장에서도 '그녀'가 많은 작가들에게 그리고 점차 일반대중에 확산되고 있는 것은 매우 반가운 현상이라고 말했다.

1960년대 이후로도 '그녀'라는 말에 대한 불쾌감과 반대의견은 간간히 표시되었다. 1974년 '국어문화운동 전국연합회'에서는 최현배의 논리를 따라서 '그녀'를 쓰지 말 것을 대중들에게 호소하기도 했고, 1989년에 나온 이오덕의 『우리글 바로쓰기』란 책에서도 비슷한 맥락에서 '그녀'를 문제 삼았다.

많은 보충논의가 뒷받쳐줘야겠지만, 문학계에서 보자면 1990년대 이후부터 비로소 '그녀'라는 말이 완전히 우리들의 귀에 젖게 된 것 같다. 90년대적인 새로운 감수성을 동반한 신경숙·은희경·전경린·조경란·하성란 같은 여성작가들을 통해 문제적인 '그녀'들이 문학의 중심부에서 주체적인 목소리를 내기 시작하면서부터 정말이지 '그녀'는 우리와 훨씬 친한 말이 되었다. 여성작가들만의 몫은 아니었을 것이다. 윤대녕 같은 작가가 쓴 '그와 그녀'의 새로운 문법이 또한 90년대 독자들을 매혹시켰다.

요즈음엔 다시, '그녀'가 새로운 자리에서 부상하고 있다. 먼저, 이런 영화제목들이 눈에 띈다. 〈엽기적인 그녀〉(2001), 〈내겐 너무 가벼운 그녀(Shallow Hal)〉(2001), 〈그녀에게(Hable Con Ella/Talk To Her)〉(2002), 〈그녀를 믿지 마세요〉(2003), 〈그녀를 모르면 간첩〉(2004) 등. 여기에 『허스토리herstory』라는 여성 월간지. '그녀' 혹은 '그'와 같은 3인칭대명사는 소설과 같은 글쓰기에선 매우 자연스러워졌지만, 그리고 1인칭 장르라고 말해지는 시에서도 종종 발견할 수 있는 것이 되었지만, 좀처럼 글쓰기의 장을 벗어나서 우리들의 입에 붙는 말은 아니었다. 그런데, '나'와 '너'의 이야기를 '그(녀)'의 이야기인 듯이 말하는 버릇을 입술에 붙이게 된 세대가 있다. 익명성을 바탕

으로 하는 인터넷 공간에서의 글쓰기가 일상화된 세대에게 '그(녀)'라는 문어[文語]는 구어[口語]화되어 나타난다. 이를테면, '내 여자 친구'라고 말하기보다는 '그녀'라고 말하는 편이 좀더 '쿨'한 표현이 돼주는 것이다. '내' 얘기도 '그(녀)'의 이야기로 풀어내는 데, 다시 말해 나를 타자화시켜 말하는 방식에 익숙한 세대들의 새로운 감각 위에 저 〈엽기적인 그녀〉, 〈그녀를 믿지 마세요〉 같은 영화가 놓여있다고 할 수 있다. 이들에게 '그' 혹은 '그녀'는 매일같이 통화하고 문자 메시지를 띠우고 채팅을 하는 바로 그런 존재다. 이 수많은 '그들'과 '그녀들'에게 가장 편안한 대명사는 이제 '그' 혹은 '그녀'가 되어 가고 있다. 여친(남친)을 넘어 '그' 혹은 '그녀'로 부르지 못할 존재가 대체 어디 있느냔 말이다. 당신들을 부를 때도 그렇지만 나도 '그(녀)'다.

3 주어진 성적 정체성을 불편해하다

이렇게 '그'가 자명해진 만큼 '그녀'는 자명한 표현법이 되었는데, 이제 이 자명함 위에서 전혀 다른 이유로 '그녀'라고 호명되는 데 대해 불편함과 거부감을 표시하는 이들이 있다. 이들이 드러내는 불편함은 한편에선 '남성화'의 지향에서 비롯된다고 하겠지만, 어느 지점에서는 사회문화적인 '성적 정체성' 그 자체에 대한 근본적인 의문의 표시로서 나타난다. 이 지점에서의 성(性)이란 공중 화장실 입구의 기호처럼 확실하게 두 모양으로 확연히 갈리는 것이 아니라, 그 가짓수를 세기 힘들며 또한 매우 모호한 것이라고 할 수 있다. '관계성'의 문제에 이르면 더욱더 그러하다.

'그녀'라는 말에는 성적 표식이 분명하게 새겨져 있다. '그'라는 말도 '그녀'와 배치될 때 '그녀'만큼이나 분명한 성적 기호이지만, 김동인이 처음에 그렇게 썼듯이 남여 양성을 아우르는, 다시 말해 탈-성적인 대명사의 성격을 그 한 켠에 간직하고 있다. 그러므로 '그녀'는 더욱 불편한 대명사일 수 있다. '그녀'라는 대명사는 '그'라는 대명사와 대조되지 않아도 언제나 '남성/여성'의 이분법이 그 안에 새겨져 있는 말이다. 이 이분법 체계는 생물학적 분류로서의 '남성/여성'을 '남성 표상/여성 표상'과 동일시함으로써 우리의 삶의 미세한 부분에 이르기까지 구체적으로 관여하고 간섭한다. 모종의 '개인성'과 무관하게 '성적 정체성'이 먼저 표상된다. 그 표상은, 배수아 식으로 말하면, 매우 상투적이다. 바로 그 표상 작용이 불편한 것이다. '그녀'라는 대명사에 대한 불만은 그렇게 주어지는 성적 정체성에 대한 불편함일 수 있다. 배수아에게 이 문제는 중요해 보인다. 다음 대목은 배수아의 소설『아비나』(2002) 98쪽.

> K는 또한 자신의 성적인 정체성을 부정했다. K는 그녀, 라고 부르는 것을 철저하게 거부했다. 그리하여 나는 글 내내 K를 그, 라고 부른다. 그것이 K에게 가지고 있던 내 호의를 표시할 수 있는 유일한 방법이다.

이 경우, '그'라는 대명사는 성적 정체성을 소거하는 한 방편으로 사용된 표현이다. K는 '그녀'라고 불릴 때 자연스럽게 떠오르는 성적인 관념과 무관한 자리에 머물고 싶어한다. 여기서 오해하지 말아야 할 것이 그렇다고 해서 K가 '그녀'의 대립어로서의 '그'의 자리를 소망하고 있는 것은 아니라는 것이다. '그녀'라는 말과 무관한 '그', 다시 말해서 탈-성적인 대명사로서의 '그'를 채택하고 있는 것이다. 관습상 성적 표시가 가해지는 이름이 아니라 K라는 이니셜로 부르는 것도 성적 정체성을 부여하지 않겠다는 의도에 부합하는 호명법이 돼준다. 말하자면, 배수아의 다른 소설『에세이스트의 책상』(2003)의 M도 그러한 역할을 하는 이니셜이라고 할 수 있다. M에 대해서는 '그' 혹은 '그녀'와 같은 대명사가 아예 쓰이지 않았다. 평론가 백낙청이 M의 성별을 밝히는 데 특별히 주의를 기울인 것은, 그리하여 M이 따지고 보니 남성이 아니라 여성이었다고 그 성별을 밝혀낸 것은 배수아의 입장에선 그다지 고맙고 반가운 일이 못됐을 것이다. M이란 인물은 성적 균열과 모호성을 바탕으로 하고 있는 특이한 캐릭터이기 때문이다. 이 모호성은 M이라는 인물의 핵심적인 특성이다. 어쨌든 '그'라는 대명사 자체가 중요한 것은 아니다. 어쩌면 '그녀'라는 대명사 자체도 무시할 수 있는 것이다. 중요한 것은 '그'와 '그녀'가 담고 있는 내용이 바뀌는 데 있을 것이다.

이와 비슷하게 '연애'라는 말도 그렇다. 1920년대 초기에 상상된 낭만적인 사랑의 문법에 '연애'라는 말이 기초하고 있다면, 나와 K, 나와 M의 관계에 대해 '연애'라는 말을 쓰기엔 좀 이상하고 허전하다. 그러나 '연애'라는 말은 매우 낡았다 하더라도 다른 한편으로 연애라는 그 말은 또 얼마나 많은 새로운 의미와 느낌을 가지게 되었는가. 그러므로 이 두 소설을 '연애소설'이라 불러도 좋을 것이다. 꼭 들어맞는 말이란 애초에 없는 것이다. 항상 헐겁거나 넘치는 것이어서, 때가 되면 언어는 변하고 문학은 다시 태어나야 하는 게 아니겠는가.

배수아가 소설쓰기에 있어서 근본적인 위험을 무릅쓰고 성적 정체성을 부정의 방식으로 문제삼고 있다는 것을 그 스스로 밝히고 있는 문건은 『동물원 킨트』(2002)의 서문에서 찾을 수 있다.

성—Gender

드물게도, 이 글은 분명하게 미리 생각되어진 면이 있었다. 그것은 주인공의 성별을 규정하지 않겠다는 것이었다. 소극적인 면으로 본다면, 생각하기에 따라서 그(녀)는 남자도 또한 여자도 될 수 있는 것이다. 그러나 좀더 개입한다면, 성 정체성의 의도적인 거세이다. 성별이 결정되지 않으면 주인공의 사회적 입장, 정서적인 상태, 개별적인 사건에 대한 반응, 작가나 독자가 소설을 접할 때 느끼게 되는 무의식적인 동일시, 그런 점들이 방해받게 되는 것이 사실이다. 더구나 중요하게 평가받고 있는 자의식이 확고해지기 어렵기 때문에 더욱 매력적인 주인공의 전형에서 멀어질 것이다. 결정적으로 말해서 성별이 없는 인간이란, 지금 현재 그다지 인상적이지 않다. 그럼에도 불구하고 이 글의 그(녀)에게 성별을 규정하지 않은 이유는, 성적 정체성이 자연스럽게 부여하는 모든 정서의 상태를 부정하기를 원했기 때문이다. 그것이 가능한 일인가 혹은 바람직한 일인가 하는 질문이 있다면, 그 대답은 다음 문장이다. 그 자체로서의 현실과 그 기준이란,

유행이나 다수결 혹은 파티에 초대받기를 바라는 마음이나 금박 글자의 명함처럼, 글을 쓰고 있을 때의 나에게는 가장 무시하고 경멸해야 할 대상이 된다.

그(녀)가 남자도 또한 여자도 될 수 있도록, 다시 말해 '그' 혹은 '그녀'라는 대명사가 가리키는 성별과 무관하게, 성 정체성을 의도적으로 거세한 인물들로 소설을 썼다는 말이다. 이 작가는 인물에게 성별에 따른 성적 정체성을 부여하지 않았을 때 발생할 많은 문제점을 잘 알고 있다고 조목조목 그것들을 열거하고 있다. 중요한 것은, 그럼에도 불구하고 "성적 정체성이 자연스럽게 부여하는 모든 정서의 상태"를 부정하기를 원했다는 것이다. 이 작가에게 부정의 대상이 되는 바로 그 성적 정체성은 "유행이나 다수결 혹은 파티에 초대받기를 바라는 마음이나 금박 글자의 명함"과 같은 수준의 것으로 치부돼 버린다. 그렇게 이미 주어진 성적 정체성이란 한 존재를 상투화시키고 대중화시키는 것으로 보였던 것이다. 어찌되었든, 주어진 성적 정체성에 대한 불편함과 거부감은 이 글에서 매우 노골적으로 드러난다.

'남성/여성'의 이분법과 무관한 자리, 혹은 그 체계가 흔들리는 자리에선 새로운 성'들'이 발견되고 만들어지고 있을 것이다. 성은 두 개가 아니라 다양하다. 일례로 '중성'이라는 말이 새롭게 떴다. '중성'이라는 말은 어느새 하나의 문화적인 용어가 되었다. '중성'은 결여나 비정상으로 간주되지 않을 뿐더러, 오리혀 '매력'을 수식하는 자리에 놓여도 자연스러운 것이 되었다. 중성적인 매력. '중성적인 것'의 부상은 성의 새로운 조합들이 낳은 가시화된 하나의 문화적인 현상이라고 할 수 있다. 그렇지만 아직까지도 그 말은 제대로 헤아려지지 못했다. '중성'이라는 말은 의미론적으로 진동 상태다. 다시 말해, 단단한 의미, 확정적인 의미에 붙들려 있는 말이 아니다. '중성'이라는 말에 담겨있는 이질적인 의미들과 충돌하는 용법들을 살핀다면, 바로 지금 새로운 성'들'이 활발하게 모색되고 만들어지고 있는 중이란 걸 좀더 실감할 수도 있을 것이다.

1 시작 ^{starting}의 파토스로 폐허를 찬양하다

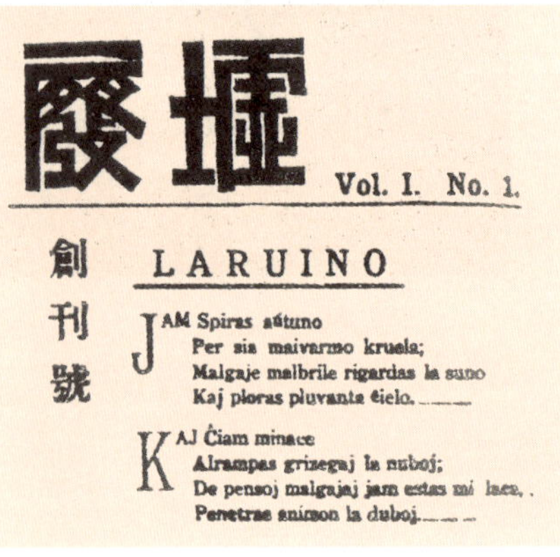

a   b

a 『폐허』 창간호 표지. 여기에 에스페란토어로 쓰여 있는 시 본문을 김윤식을 따라 우리말로 옮겨 보면, "벌써 가을은 숨쉬어라, / 스스로의 잔인한 차거움으로. / 태양은 슬프게 흐릿이 쏘아보며, / 비오는 하늘은 울고…… // 그리하여 언제나 무섭게 / 회색빛 구름마저 달려들어라. / 슬픈 생각에 나는 벌써 피곤하며, / 의혹이 영혼에 스며오고……". 에스페란토어로 표지를 꾸몄다는 점이 우선 흥미롭다. 여기서 에스페란토어는 국제성, 근대성, 전위성 등을 표상하는 역할을 해주었을 것이다.
b 『폐허』 2호.

920년 『폐허』라는 문학잡지의 제명은 과격한 망각을 주장했다. 파괴와 망각의 토대 위에서만 전적으로 새로운 문학, 이른바 신문학이 건설될 수 있다는 것이다. 이 잡지를 만들었던 동인들의 마음에 매우 인상적으로 와닿았던 시 구절이 있었으니, 바로 독일시인 실러의 "옛것은 쇠하고, 시대는 변한다. 새 생명은 이 폐허에서 피어난다"는 그 시구에 잡지의 제목을 결정지은 계기가 들어있었다고 한다. '옛것'을 보존(기억)의 대상으로서가 아니라 전면적인 망각의 대상으로서 규정하는 것은 결정적인 단절을 선언하는 유력한 방법의 하나라고 할 수 있다. 이 망각은 자연사적인 흐름이 아니라 고의적인 사건에 속한다. 그러므로 획기적인 시대에, 푸코식으로 말하면 에피스테메의 교체기에 '망각의 능력'은 특별히 강조된다. 망각의 능력은 근본적으로 새롭게 시작하려는 시작의 파토스를 떠받치고 있다.

1919년에 발표됐던, 자유연애와 자유결혼에 얽힌 갈등을 극화하였던 한 희곡작품(최승만, 「황혼」, 『창조』 1호)에서 발설된 계몽적인 목소리는 이랬다. "지금 조선 사람으로서는 여자나 남자나 다 새사람이 돼야죠. 부실 것 부서버리고 깨뜨릴 것 깨뜨려버려야죠. 지금은 무엇무엇하는 이보다 모든 것을 파괴할 것 파괴해버려야 하지요. 건설한다고 떠드는 이보다 지금 이 시대는 파괴시대에 있는 줄 압니다." 이 남자 주인공은 소위 '파괴시대'에 이혼을 결단한다. 그의 어린시절에 부모가 일방적으로 맺어준 부부라는 관계는 부서야 하고 깨뜨려야 할 관습의 산물에 불과하고, 자유연애와 자유결혼이라는 근대적인 새로운 관계와 제도를 한 개인이 내면화하는 데 방해가 되는 장애물로만 보였으니까. '연애'라는 것이 풍습의 충돌과 혁신을 흥미롭게 보여주는 유난히 두드러진 표상이었다고 한들, 어찌 연애의 문제에 제한된 파괴시대였겠는가.

흔히 근대소설의 기원으로 거론되는 이광수의 장편소설 『무정』(1917)의 한 장면에서는 전근대적인 노인 한 분이 소위 근대적인 신청년에게 "전혀 말도 통하지 못하고 글도 통하지 못하는 딴 나라 사람", "낙오자, 과거의 사람"으로 표상된다. 그랬으니 시대적인 변혁을 이끌어내는 계몽의 전선에 함께 설 동료는 "생각 있고 진실한 우리 청년들"뿐이라고, "청년시대를 경과한 자나 혹은 경과하려고 하는 자에게서는 거의 상상하기도 어려울 것"이라고 단언되기도 하였던 것이다(오상순, 「시대고와 그 희생」, 『폐허』 1호). 부모의 말과 선생의 말이 부정되는 시대, 전통의 권위로 전달되는 문화적인 기억들이 미련 없이 부정되는 시대에 '근대의 기원'은 자리하고 있다. 다시 말해, '망각의 열정'은 '기원의 파토스'와 섞여 있는 것이다.

『폐허』를 두고 문학사가들이 퇴폐적이고 낭만적인 성향의 잡지라고 규정하였던 것에 부분적으로 동의할 수 있다. 그러나 이때 놓치지 말아야 할 건, 계몽성과 낭만성은 배타적인 것이 아니었을 뿐만 아니라, 계몽주의의 다음 차례로 낭만주의가 등장했다는 식의 매끈한 논리 하에 『폐허』의 자리를 배치시킬 수가 없다는 점이다. 밝은 계몽주의와 어두운 낭만주의, 빛의 수사학과 어둠의 수사학이 공존 혹은 결합한 것은 『폐허』의 특징이면서 동시에 1920년대 초기 문학의 특징이었다. 식민지 조선에서 계몽주의자의 비전은 몽상가의 꿈처럼 아득하기도 했고 '비극의 예감'에 싸여 일종의 비장미를 띠기도 했으므로, 오늘날의 논리적인 관점에서 비동시적으로 여겨지는 것의 동시성은 1920년대 초기의 공간에선 자연스러운 것이었다.

어쩌면 그보다 더 근본적인 것은 근대문학 기원의 현장에서 발견할 수 있는 원초적인 복합성이, 가라타니 고진의 통찰대로, 근대문학 내부에 은폐되어 있는 내적 연관성을 밝혀주는 지점이 될 수 있다는 것이다. 고진은 『일본 근대문학의 기원』에서 낭만주의와 리얼리즘의 내적 연관성을 보았다. '한국 근대문학의 기원'을 살핀다면, 낭만주의(주관주의)와 리얼리즘(객관주의)과 더불어 계몽주의(교훈주의)의 상관성을 보게 된다. 낭만성, 사실성, 계몽성은 한국 근대문학의 세 축이 되어왔다고 할 수 있다. 한국문학이 1910년대에 계몽주의와 작별했다는 것은 오래된 문학사적인 착오다. 얘기가 어쩌다보니 한참 다른 길로 빠진 듯한데, 이제 다시 『폐허』 얘기로 돌아가자. 자, 다음은 염상섭이 쓴 『폐허』 창간사 일부다. 글의 제목은 「폐허에 서서」.

일우일아一雨一芽의 따뜻한 봄바람이 부활의 송영頌榮을 받드는 초춘初春의 날, 늦은 아침이었습니다.

(…중략…) 거기에는 오직 잎 없는 교목과 기둥 없는 주춧돌과 영롱한 색채에 싸인

옛 목재*^材가 벗을 기다리며 고적히 이곳저곳 흩어져 누워 있을 따름이외다.

(…중략…) 이 처참하나 거룩한 성전에 들어온 청년의 무리는 자기들이 이 정밀^靜^謐한 침묵과 찬란한 〈리씀〉을 파괴하는 침입자가 아닐까 두려워하는 동시에 자기에게는 이 목재의 지기지우^{知己之友}가 되고 주춧돌의 주인이 되어 이 황폐한 폐허에 예술의 □□□□□□ 책임이 있다고 자부합니다.

(…중략…) 그 무리의 안상^{顔上}으로는 도덕의 말뚝과 채찍에 신음하던 자의 묵은 우수는 스러지고 지금의 사랑과 미래의 영화를 꿈꾸는 자의 단^甘 미소가 구변^{口邊}에 흘러갑니다.

(…중략…) 이때까지 언덕에 앉았던 그네들은 다문 입을 마침내 열지 않고 떼를 지어 팔 걷고 일어나니, 서로 기뻐하며 마주 보는 그네들의 안광^{眼光}은 희망과 결심의 불길이 일어났습니다.

'폐허'는 옛것이 완전히 파괴되어 '무^無'의 순수성과 성스러움이 감도는 곳으로 선포되고 있다. '묵은 우수는 스러지고 지금의 사랑과 미래의 영화를 꿈꾸는' 자리, '희망과 결심의 불길이 일어'나는 자리의 이름이 폐허였다. 이 경우, '폐허'의 열정을 뒤집어 말하면 '창조'의 열정이라고 말할 수 있을 것이다. 동시대 잡지 『창조』와 『폐허』의 제명은 그런 점에서 한 쌍이 될 만한 것이었다. 어쨌든, 순수한 폐허 위에서만 순수한 생명이, 다시 말해 과거에 오염되지 않은 미래가 그 싹을 틔울 수 있으리란 생각은 매우 과격한 만큼 관념적이다.

호호 ^作, 〈로마극장의 폐허〉, 『폐허』 2호.

'폐허'에 대한 예찬에는 미래주의자의 목소리와 함께 퇴폐주의자의 목소리가 혼거하고 있다. 도덕적 허위와 인습에 대한 철저한 부정은 어느 한편으론 스스로를 "모든 속박을 탈脫하고 학문과 생활의 자유를 구하려 하는 문예부흥기의 이태리인"으로 상상하게 했으며(이병도, 「조선의 고예술과 오인의 문화적 사명」, 『폐허』1호), 다른 한편으로는 불순한 현실로부터의 도피를 미적으로 실천하게 하였다. 이 시기에 '망각'이나 '죽음'이 초월의 계기로 애용된 것은 '절대적 폐허'와 '절대적 자유'라는 과격한 요구가 계몽의 노력을 무용하게 만들었기 때문이기도 하다.

계몽의 요구가 그렇게 과격해지게 된 건 식민지라는 조건에서 계몽이 현실적인 힘으로 전환되지 못하고 이념의 영역에 머물러 있을 수밖에 없었던 데서 기인하는 바가 크다. 계몽주의가 현실에서 작동할 때에는 끊임없이 그것의 실현가능성을 검토받게 되지만 그것이 이념의 영역에 머물러 있을 때에는 이상적이고 절대적인 성향을 더욱 강화하게 된다. 이러한 경우에, 현실적인 실현가능성에 대한 모색은 쉽게 타협의 혐의를 받는다. 더구나 식민지 상황에서 그 타협은 정치적인 변절(민족적인 죄)과 연결되기 쉬운 것이었으니, "부흥, 중흥, 개혁, 혁명"이 "아름다운 이름"으로(염상섭, 「동인기」, 『폐허이후』) 불릴 수 있는 자리가 현실이 될 가망은 거의 없었다고 할 수 있다.

"일체를 파괴하고, 일체를 건설하"는 계몽의 비전은 현실적이라기보다는 차라리 미학적인 것이 되기도 했다(오상순, 「시대고와 그 희생」). 현실의 망각 위에서 미학적 유토피아가 상상되었다고 하겠다. 이 시기 문인들이 보여줬던 죽음에 대한 미적 찬미가 순수한 '폐허'의 세계에 대한 동경과 통하는 경우라면, 이것은 데카당스와 계몽주의가 심층에서 내적으로 연관된 사례라고 할 수 있다. 허위와 인습에 찌든 세상을 초월해 있는 순결한 장소로서 이 시절의 낭만주의자들이 발견해 내었던 것은 '꿈'과 '죽음'이었다. 그러나 꿈은 깰 수밖에 없는 순간적인 것이었고, 죽음은 영원한 것이었지만 생명의 약동이 정지된 세계였다.

2 두뇌를 청소하고 신지식을 쌓자

현재를 기원의 자리로 의미화하고 근본적으로 새롭게 출발하고자 했을 때, 과거는 적극적으로 망각되어야 하는 것이었다. 근대의 기원에서 망각의 능력은 중요했다. 그 한편으로, 기억의 능력과 기술을 무엇보다도 긴요하게 요구하는 새로운 비전이 상상되고 있었다. 우리에게 근대는 외부에 이미 존재하는 미래와 같은 것이었다. 미래는 우리에게 도적이었으나 그것은 또한 현재화해야 할 분명한 목표였으며 휘황한 빛이었다. 그 미래는 영국과 미국과 같은 이른바 문명제국, 그리고 그 낯선 백색의 제국들과 어느새 힘을 겨룰 수 있게 된 일본이 선취하고 있는 것이었다. 20세기 초 조선에게 있어서 일본이란 나라는 민족국가의 성립이라는 근대의 기반을 탈취한 적대적인 타자이면서 동시에 근대의 창구 기능을 한 모순적인 존재였다. 그런 얼굴로 근대는 외부에 있는 것으로 보였다. 근대라는 미래는 학습의 대상으로 설정되었다. 그리고 그 학습량이 어마어마해 보였으므로 기억력은 새로운 의미에서 중요한 것이 되었다. 기억력과 미래의 접속!

"아무라도 배워야 합니다. 그런데 우리는 더욱 배워야 하며 더 배워야 합니다. 이제 우리는 다른 아무것보다도 더욱 배움에서 못합니다. 어떻게 말하면 배움 한 가지가 못하여 다 못하다 하오리다. 우리의 배움도 컸지만은 다른 이가 배움에 더 나아감이 있으며 우리의 배우던 것도 좋았지만은 남의 배우는 것에 더 좋은 것이 있으니 이는 얼마 아닌 동안 하고 아니함으로써 생긴 틀림이외다." 그 시절의 잡지들이 대체로 그랬듯이, 잡지 『청춘』의 창간사가 드러내고 있는 욕망이자 요구는 한 마디로 말해 '배움'이라는 것이었다. 제국과 식민지의 차이가 '앎'의 차이로 치환되는 자리에서 배워야 한다는 목소리는 그야말로 지상명령이었다고 할 수 있다.

일본제국과 조선식민지로 그 운명이 갈리게 되었던 결정적인 시간은 '얼마 아닌 동안'으로 보일 수 있었으나, 그 차이는 어처구니없이 아득하였다. 그 시간의 이름이 '근대'였다. 자, 이제부터라도 우리는 빨리 근대를 배워서 근대에 도달해야 하는 것이다.

『청춘』 창간호(1914.10), 5면. 르네상스의 표상이라고도 할 수 있을 이 소년이 들고 있는 항아리엔 무엇이 담겨있는 것으로 상상되었을까? 항아리를 대신하여 잡지 『청춘』을 내미는 자리에서 다음과 같은 다짐과 제안이 있었다. "우리는 여러분으로 더불어 배움의 동무가 되려 합니다. 다 같이 배웁시다. 더욱 배우며 더 배웁시다."

외부에 놓여 있는 근대적인 지식에 대한 긴요함과 열망을 바탕으로 하였던 주간지가 1918년 9월 26일에 창간되었던 『태서문예신보』다. 번역보다는 번안에 그친 글들이 대부분이었지만, "태서의 유명한 소설, 시조, 가곡, 음악, 미술, 각본 등 일체 문예에 관한 기사를 문학 대가의 붓으로 직접 본문으로부터 충실하게 번역하여 발행할 목적"으로 창간되었음을 강조하였다. 이 경우 번역은 외부의 근대를 내부의 언어로 옮기는 일이었다. 일찍이 일본의 근대화는 '번역주의'·'번역문화'와 함께 본격적으로 시작되었다. 그리고 그 시절 우리에게 번역이란 대부분 일본어를 매개로 중역한 것(일역의 번역)이었다.

아무튼, 『태서문예신보』를 오늘날의 관점에서 문예전문지라고 하긴 어려

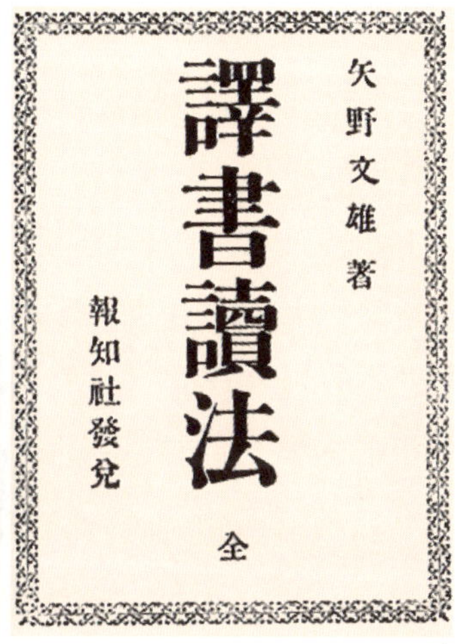

a 모리 아리노리(森有禮). 그는 '영어를 국어로 삼자'는 파격적인 주장을 펼친 바 있다. 그 이유란 다름 아니라 서양문명을 일본 것으로 만들기 위해서였다. 메이지 6년(1873) 뉴욕 애플턴(D. Appleton) 출판 사에서 냈던 그의 유명한 책 『일본의 교육(Education in Japan)』 서문에서 펼쳤던 주장이다.
b 야노 후미오(矢野文雄)가 쓴 『역서독법』(1883). "이즈음 역서 출판이 성황을 이루어 그 권수가 몇 만에 이르니", 이 번역의 홍수 시대에 걸맞는 독서법을 안내할 책이 필요하지 않겠는가. 이것이 『역서독법』이란 책이 쓰여진 연유다.

운데, 매호 권두에 실린 「사설(에디토리알)」이나 세계적으로 유명한 실업가, 연설가, 발명가, 교육가 등의 인물을 소개하고 있는 「세계적 성공담」, 세계 여성들의 생활형태를 유형화하고 있는 「세계부인특색」 같은 건 『태서문예신보』의 주요 고정란이었다. 이러한 고정란과 더불어 비문예적인 기사나 투고글들은 분량상으로 문예적인 글들을 압도하고 있다. 『태서문예신보』에서는 세계적 대 발명가 에디슨이나 세계에서 손꼽히는 실업가들을 투르게네프·베를렌느·쏘로굽·모파상 같은 세계적인 작가들과 동일한 평면에 배치하고 있다. 이 모든 것이 근대적인 지식이었다. 한 독자는 "세계적 성공담이며 쏘로굽의 인생관 같은 당대 걸작을 배출하여 청년의 성공비결과 인생의 최난 문제를" 일러주고 해결하는 데 도움을 줬다며 『태서문예신보』에 감사를 표했다(「독자의 소리」, 『태서문예신보』 13호). 근대는 이 모든 외국인들이 표상하는 어떤 것일 수 있었다.

번역은 외부의 근대를 배우는 중요한 방법이었다. 중국 상해에서 주요한이 보내온 편지에는 이런 구절이 있다. "중국 사람들까지 …… 『살로메』를 번역하는 판에 앉아서 우리 청년은 너무나 안일한 꿈을 꾸고 있지 않은가. 두렵건대는 일인日人에게 떨어지고 중인中人에게 떨어져 아주 동아東亞의 낙오자가 되지 않을까. 아아 생각만 하여도 무섭소이다. 우리의 어깨의 짐이 그렇듯 무겁소이다."(「장강 어구에서」, 『창조』 7호) 오스카 와일드의 『살로메』 같은 유미주의적인 문학작품을 번역하는 일이 진화론적인 세계에서 우승자가 되는 길과 이렇게 가깝게 연결될 수 있었으니, 투르게네프와 에디슨의 평면적인 나열은 그 시대의 지평에선 당연한 것이었다. 자, 공부해야 할 것이 많다. 『태서문예신보』의 창간사에 해당하는 제1호 권두사설은 알아야 하고 배워야 한다는 목소리를 높이는 데로 나아간다.

우리는 알아야 하겠다. 배워야 하겠다. 이전에 문을 잠그고 혼자 살던 시대에는 이 알아야 하고 배워야 할 깨달음이 이다지 긴절치는 아니하였다. 그는 이 알아야 하고 배워야 할 것의 범위가 좁아서 거의 자연히 알아지고 배워짐을 인함이었다. 또한 알지도 못하고 배우지도 아니할지라도 오늘과 같이 곤란치는 아니함을 인함이었다. 그러나 이제는 모든 것이 그와 같지 아니하다. 문은 사면으로 열린 지 벌써 오래이다. 우리는 아시아주 외에 구라파가 있는 것도 안다. 황인종 외에 백인종 있는 것도 안다. 알 뿐만 아니라 저희들과 함께 살게 되었다. 싫어도 함께 살아야 한다. 함께 산다. 함께 살면서 저희의 무엇과 무엇을 알지 못하면 손해는 갈 곳 없이 우리의 것이다.

근대는 지리적인 확장과 함께 다가왔고 우리에게 더불어 지식의 확장을 요구하고 있었다. 배움이 생존의 조건으로 떠오르자, 마음은 심히 초조하고 급해졌다. 문제는 '시간'이 되는 것이다. 『태서문예신보』에서는, 오늘날이 "부자는 귀하고 빈자는 천하며, 강자는 승하고 약자는 패하는"(14호 사설) 약육강식의 시대라는 점을 거듭 강조하면서 그 위기감을 고조시킨다. 이러한 시대에 우리에게 요구되는 덕목은 과거의 "소극적 덕목"인 "배가 고파도 참고 뺨을 맞아도 참는 점잔"이 아니라 "활동, 분투, 개혁, 창작, 근면"과 같은 "적극적 덕목"이니, "양반 군자의 탈을 깨뜨리고 양각兩脚을 할 수 있는 대로 빨리 놀려 속보도 하고 그래도 부족하면 달음질도" 해야 할 것이라고 말한다. "오늘은 활동자의 오늘이요, 이 세계는 활동자의 세계." 그렇게 시공간을 파악하는 계몽론자에게는 "남이 일보를 가면 나는 십보를 가더라도 저들을 따라 가려면" 앞길이 요원해보였으니(16호 사설), 그 마음이 얼마나 바빴겠는가. "20년의 경험보다 1년의 읽는 것이 낫다"(2호 사설)는 주장에서도 시간에 대한 압박감을 엿볼 수 있다. 직접경험보단 책이 지식을 습득하고 축적하는 데 있어서 훨씬 시간을 절약하게 해준다고 여겨졌던 것이다.

그리하여 책은 우리에게 계몽의 표상이 되었다. 알아야 하고 배워야 할 지식의 범위가 개인적인 경험의 폭을 멀리 뛰어넘게 된 시대였다. 근대는 갑작스럽게 외부로부터 주어졌으므로 많은 학습량과 빠른 학습속도를 요구하고 있었다. 근대화의 길에서 미래의 광명을 찾으려고 했던 이들은 먼저 걸어다니는 백과사전이 되고자 하였다. 백과사전식 지식에 대한 욕망과 함께 중요해진 것이 바로 기억력이었다.

나폴레옹은 비상한 기억력의 소유자로 알려져 있다. 그는 수천 명이나 되었던 그 많은 부하들의 이름을 전부 외우고 있었다고 한다.

「시험과 뇌 쓰는 법」(『청춘』 1호)이라는 글에선, 지식을 획득한다는 것이 "무슨 학문을 자기의 뇌수에 사진 박는 것"으로 표현되었다. 그리고 뇌는 "일평생 사진 박음의 귀중한 직무"를 맡은 기관으로 얘기되었다. 학창시절의 시험이란 "뇌수 중에 박아논 사진의 일부분을 되박아내는 복사" 행위라고 정의되었는데, 시험이 복사 행위라면 뇌는 "귀중한 원판"이라고 말할 수 있었다. 여기서 뇌와 사진, 시험과 복사의 은유는 뇌의 임무를 기억력으로 규정하는 데서 성립하게 되는 것이다. 이 글은 시험공부를 너무 무리하게 하여 뇌(귀중한 원판)를 손상시키는 일이 없도록 하라는 충고를 담고 있는데, 부연하자면 진짜 중요한 것은 뇌 속에 입력된 기억이지 부분적으로 시험지에 출력된 기억은 아니므로 본말을 전도시켜선 안 된다는 것이다. 뇌가 기억의 능력을 충분히 발휘할 수 있도록 뇌 쓰는 법을 일러주고자 한 것이 이 글의 취지였다. 거처와 먹는 문제, 운동시간과 공부시간의 규율이 두뇌의 생리와 건강법과의 관련 하에 논의되었다.

「신식 숫자 기억법」(『청춘』 1호) 같은 글은 구체적으로 기억의 비법을 일러준다. 이 책의 첫 장에서 살폈듯이, 최남선은 『소년』지의 「봉길이 지리공부」에서도 한 차례 기억의 기술을 제시한 바가 있었다. 국토의 모양과 구체적인 형상물을 연결시켜, 프랑스는 찻주전자 비슷하고 일본해는 토끼 형상이로구나, 하면서 지도책을 뇌수에 사진 박으려 하였던 봉길이! 이번에는 숫자를 기억하는 방법이다.

이 기억술을 소개하기 전에 필자는 이렇게 먼저 운을 뗀다. "도량술에 관한 것이든지 거리에 관한 것이든지 추상적으로 숫자를 기억함이 썩 곤란한 일이라. 만일 무슨 방법으로 수에 관한 상상력을 개척하여 이것을 가지고 그 기억에 두려하는 숫자를 속에 깊이 박을 수가 있으면 얼마큼 이익 있을 것이 물론이로다." 수량화와 근대적인 사유 방식은 근본적으로 통하는 것이었으니, '물론' 유용한 기억술로 관심을 끌 만한 것이었으리라. 그렇지만 깨치기가 그리 만만치 않아 보이는데, 그 활용도는 매우 의심쩍다. 그거야 어쨌든 오늘날의

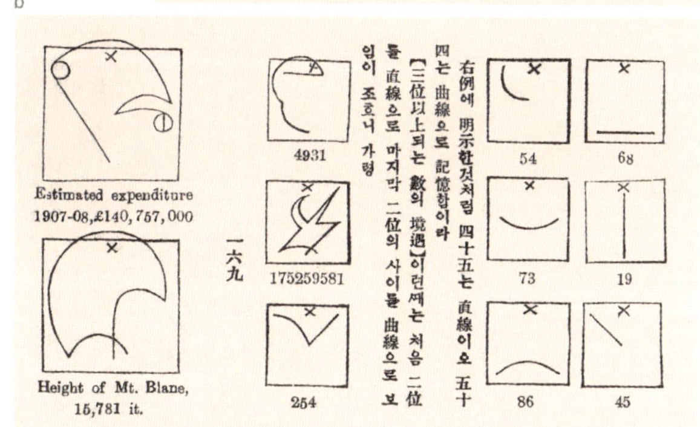

二 記憶의 根柢가 되는 表

이 記憶術을 째치자면 먼저 表 한 아룰 記憶하여야 되는대 그 表는 上圖처럼 썩 簡易한것이라

이 表는 보시는바와 가치 세로 읽던지 가로읽 던지 빗두로 읽던지 十五의 數字가 되는것이니 右로서 左로 上으로서 下로 읽으면 이러한 노래 가 되나니

二 이몸에 날개도쳐
九 구름사이높히써서
四方으로거침업시
七 칠칠하게놀고지고
五大洋두로뒤서
三神山찾거들낭
六欲을斷絶하고
一生을부치리라
八 팔결에富貴功名은

右例에 明示한것처럼 四十五는 直線이오 五十 四는 曲線으로 記憶함이라 [三位以上되는 數의 境遇]이런째는 처음 二位 둘 直線으로 마지막 二位의 사이를 曲線으로 보 임이 조흐니 가령

4931
175259581
254
一六九
54 68
73 19
86 45

Estimated expenditure
1907-08, £140, 757, 000

Height of Mt. Blane,
15,781 it.

a 우선 표 하나를 외워야 한다. 표를 외우는 방법까지 고안하여 제시하였다. 표의 숫자와 시 한 수가 연결되었다. "이(2) 몸에 날개 돋쳐 / 구(9)름 사이 높이 떠서 / 사(4)방으로 거침없이 / 칠(7)칠하게 놀고지고 / ……" 아, 이건 중고등학교의 교실과 또 입시학원에서 지금도 애용되는 그 암기법이 아닌가. 교보나 영풍 같은 대형서점엘 나가보면 기억의 비법을 소개하는 책들이 책꽂이 하나를 차지하고 있다.

b 외운 표를 바탕으로 몇 가지 규칙을 따를 때 숫자들은 다음과 같은 그림으로 나타나게 된다는데, 숫자 대신 이 그림을 기억하게 되면 "잊어버리려고 해도 잊어버려지지 아니" 할 것이란. 믿거나 말거나.

시선으로 볼 땐, "몽블랑 산의 높이와 아메리카합중국의 수년전 세출총액" 따위가 기억해둬야 할 유용한 지식정보로 보였다는 점이 특기할 만한 것이다.

　『태서문예신보』 2호에서 '세계의 제일 큰 실업가'로 소개된 미국의 강철대왕 파렐씨는 '기이한 기억력'의 소유자라는 점에서 특별히 조명되었다. 파렐씨를 가리키는 표현은 "산 세계신문", "움직이는 세계지도", "만국 백과전서" 같은 것이었다. 그의 마음속에는 '세계 지도'가 있으며, 그의 머릿속에는 지구촌의 이모저모가 '활동사진' 같이 박혀 있다고 한다. 그는 세계를 품고 있는 사람이라는 것이다. 이 글은 이렇게 말하는 듯 하다. 세계의 제일 큰 실업가가 되고 싶습니까? 기억력을 키우십시오. 여기서, 기억력을 키우는 것은 '기억 수양'이라는 표현을 얻고 있다. 괴이한 기억력의 소유자 파렐씨를 인터뷰하였는데,

그가 말하는 '기억 수양'의 핵심은 "쓸
데없는 뇌력의 짐을 벗어던져라". 파
렐씨의 말을 조금 더 들어보자.

청소시간. 이렇게 머릿속도 청소할
수 있을까.

무엇이든지 당신에게 제일 요긴한 것만 모으십시오. (……) 인류의 뇌 속에는
태양 밑에 있는 것이면 무엇이든지 다 기억할 만큼, 즉 기억시킬 만큼 한 자리
는 없습니다. 당신의 뇌를 불필요한, 구진한 어떤 것으로 막지 말고, 다만 신
선한, 활발한 식물로만 먹여야 합니다. 당신의 활동하는 일에 대하야 곧 실용
할, 긴절한 지식과 같은. (……) 민활한 기억력에는 청결한 뇌가 대단히 필요
합니다. (……) 마음속으로부터 혹 같은 쓸데없는 것들을 내어 보내야 합니다.

'뇌력에 짐'이 되는 것들이 있다. 여기서 기억의 가치는 유용성을 기준으로
결정된다. 실용적인 지식 외의 것들은 뇌를 어지럽히는 쓸데없는 것일 뿐이
다. 다시 말해, '당신의 활동하는 일(취미 붙인 곳, 곧 종사하는 그곳)'에 소용이
닿지 않는 지식과 기억은 '혹'으로서 '청결한 뇌', 곧 정신 위생에 해로운 것
이 될 수 있으니, 벗어던지고 내버려야 하는 것일 뿐이다. 이럴 때에 합리성
은 목적과 수단의 효율적인 연결로서만 파악된다. 파렐씨의 성공은 부르주

210

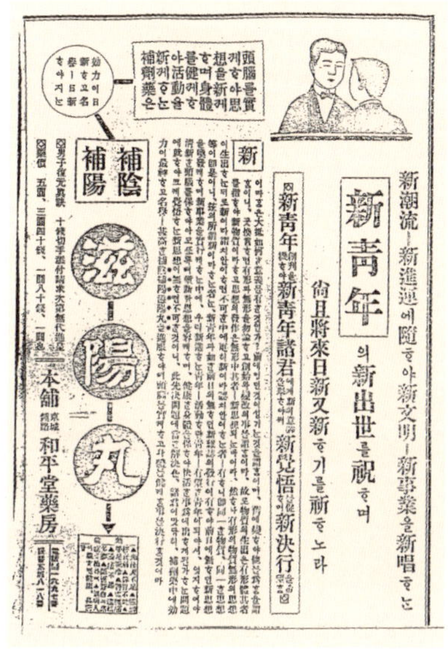

『신청년』 창간호(1919.1)에 실린 광고. 여기서, '신청년'과 '자양제 약 광고'가 연결되는 맥락은 이렇다. 『신청년』 발간 축하를 겸한 약 광고 구절을 조금 옮겨보면, "신新이라 함은 대저 여하한 의미를 가진 것인가? 전에 없던 것이 생기는 것을 말함이며, (……) 곧 환언하면 유형과 무형을 물론하고 창시創始와 변개變改의 사事 말함이라. (……) 전일에 없던 新잡지의 발행이 있어, 전일에 없던 新사상을 일으키게 하며 新사업을 실행케 하는 중에, 우리 신진新進하는 청년, 활동하는 청년, 유망한 청년이 되어서, 어찌하여야 청신한 두뇌를 보保하야 아모쪼록 참신한 사상을 용容케 하며 건강한 신체를 보保하야 쾌활한 사업에 나가게 되는가 하는 문제에 있어, 크게 각오하는 新사상이 없으면 불가한 것이니, 선결문제에 있어 해결은 제군이 마땅히 보제약 중에 효력이 최신最神하고 명예가 심히 높은 보음보양 자양환을 진복하여서 두뇌를 실實케 하고 신체를 건健케 할 것을 결행할 것이라." '신청년'이 '신잡지·신사상·신사업'을 펼치는 데 무엇보다도 '청신한 두뇌'를 필요로 한다는 것을 매개로 하여 연결되는 '자양제' 약 광고! 무지 진지하다.

아 사회의 타락한 목적 이성의 토대 위에서 금빛을 내고 있는 것이다.

그의 위 발언에서 우리는 근대적인 분업화가 기억의 분화를 요구하고 심화시키는 논리를 발견할 수 있다. 전근대 사회에서의 기억이 공동체 의식의 기반이었다면, 근대의 기억은 분업화를 뒷받침해야 하는 것이었다.

파렐씨는 "특별히 청년을 위하여" 말을 보태고 있다. "청년 시대는 마음과 기억력이 제일 민첩하고 분명하고 또한 부드러워서 어떠한 모양으로든지 인도되는 방향과 모양대로 변하기 쉬운 때올시다. 그런고로 특별히 청년시대부터 마음과 기억력을 단련시키는 것이 무엇보다도 제일 간절합니다." 그의 말을 달리 옮기자면, 청년기는 두뇌를 개조하기에 적합한 시기라고 하겠다. 그리고 바로 이 기원의 시대는 청년들의 시대였다.

3 기억의 역사

기억에 대한 담론을 우리가 '고대'라고 부르는 시대부터 시작하여 몇 토막 살펴보기로 하자. 먼저, 그리스 시대의 철학자 플라톤의 상기설想起說 anamnnèsis. 플라톤에 의하면, 우리들은 원래의 기억인 이데아를 잃어버린 존재들이다. 플라톤은 정신이 본성적으로 진리에 대한 앎을 가지고 있다고 생각했다. 영혼은 육체와 결합되기 전에는 이데아의 세계와 친숙했다. 그러니까 우리는 육체를 얻으면서 그 기억을 잃어버렸다는 것이다. 육체는 망각의 계기다. 그렇지만 영혼에는 원래의 기억을 떠올릴 수 능력이 잠재되어 있다. 플라톤에게 있어서 철학적인 배움이란 상기, 즉 다시 기억해내는 과정이었다.

피타고라스.

플라톤의 상기설에 영향을 줬으리라고 생각되는 피타고라스 학파의 교리에서 기억은 매우 중요했다. 피타고라스 학파의 사람들은 수數에 대한 명상을 깊이 하게 되면 전생이 보인다고 믿었다. 이들의 믿음에 따르면, 완전성에 이르기 위해서는 이전의 모든 삶을 기억해야 한다. 피타고라스가 신과 인간의 중매자로 받들어진 이유는 그가 환생의 기억을 간직하고 있다고 여겨졌기 때문이다. 또한 오르페우스교에서는, 죽은 이가 망각의 샘물(레테의 물)을 마시지 않고 기억의 샘물을 마신다면 불멸할 수 있다고 생각되었다.

기억에 대한 이러한 심성은 분업화된(전문적인) 기억이 중요해진 오늘날에도 한 구석에서 보존되고 있는데, 이 같은 전(前)근대적이고 반(反)근대적인 기억이 '상기'되는 근대적인 분야가 예술이다. 근대적인 의미에서 예술은 미적 자율성을 내세우며 분화된 가치로서 그리고 그 제도로서의 근대성을 획득하였으나, 동시에 근대성 자체에 대하여 회의와 부정을 미적으로 실천하는 자리였다. 미적 근대성은 반근대적인 근대성이라는 역설을 내장하고 있다. 우리는 현대시에서 다음과 같은 대목을 만날 수 있다. 김혜순의 「모든 것을 기억하는 물」. 이러한 시적 기억은 '좁고 뾰족한 기억(분업화된 기억)'의 둑을 넘어 흐른다.

직육면체의 물, 동그란 물, 길고 긴 물, 구불구불한 물, 봄날 아침 목련꽃 한 송이로 솟아오르는 물, 내 몸뚱이 모습 그대로 걸어가는 물, 저 직립하고 걸어다니는 물, 물, 물……내 아기, 아장거리며 걸어오던 물, 이 지상 살다갔던 800억 사람 몸속을 모두 기억하는, 오래고 오랜 물, 빗물, 지구 한 방울.
오늘 아침 내 눈썹 위에 똑, 떨어지네.
자꾸만 이곳에 있으면서 저곳으로 가고 싶은
그런 운명을 타고난 저 물이
초침 같은 한 방울 물이
내 뺨을 타고 어딘가로 또 흘러가네.

물은 용기(그릇)에 따라 모양도 가지각색이다. 직육면체의 물, 동그란 물,……, 강물이나 바닷물도 있고, 목련 줄기를 타고 한 송이 목련꽃으로 솟아나는 물도 있다. 사람도 물을 담고 있으니까(인체는 약 70%, 물과 친한 어류는 80%, 물 속 미생

물은 약 95%가 물로 구성돼 있다고 한다), 사람 몸뚱이를 한 물도 있다. 그러므로 내 아기는 '아장거리며 걸어오던 물'이다. 물은 이 지상에서 살다간 800억 사람 몸속을 모두 기억한다. 그런데, 빗물 한 방울이 '오늘 아침 내 눈썹 위에 똑, 떨어'진다. 이 빗물을 '지구 한 방울'이라 부를 수 있겠다. 빗물은 지상에서 흐르다가 구름이 되었다가 다시 물방울로 떨어진 것. 이 순환을 얼마나 거듭했을지 도무지 헤아릴 수도 없다. '내 눈썹 위에 똑, 떨어지'는 빗물은 '초침 같은 한 방울 물'인데, 초침이 째각 움직인 것처럼 극히 짧은 순간에, '모든 것을 기억하는 물'을 감지해내는 '나'는 물의 기억을 대신 노래하는 자이다. 물의 기억 속에 내가 새겨지고, 나는 물의 기억을 되살려낸다. 한 시인이 물의 운명에서 자신의 운명을 보고 있다. 물이 모든 것을 기억할 수 있는 건 '자꾸만 이곳에 있으면서 저곳으로 가고 싶은 그런 운명을 타고'났기 때문이다. 그러므로 한 방울 물은 '내 뺨을 타고 어딘가로 또 흘러'간다. 이 한 방울의 물은 지구의 역사를 유전한 빗물이면서 시인의 눈물이다.

또 이런 시는 어떤가. 배용제의 「점치는 여자 1」.

무수한 죽음을 안고 사는 여자

잠시만 이 생에 집착해도 머리가 아픈 여자

천둥이 치고 캄캄한 불길에 재가 되어버릴 것 같은 여자

알약을 삼키듯

서둘러 온갖 사주팔자를 집어먹는 여자

비로소 펄펄 살아 움직이는 여자

날마다 새로 태어나고 날마다 죽는 여자

억울하게 목매단 죽음이 통곡을 하면서도 신이 난 여자

태어나자마자 죽었다고 칭얼대며 춤추는 여자

몇 대조 할아버지로 달려오는 여자

수백 번 사랑하다 죽고도 몸을 뒤트는 여자

나비가 되고 싶어서 죽었다고 우기는 여자

뭉게구름으로 떠돌다 울고

산발한 꽃송이 봄으로 피었다가 이제는

달로 잉태해달라고 붉게 흘러나오는 여자

죽어서도 안 죽었다고 밥 달라고 우기는 여자

다 퇴화해버리고 죽어서도 안 죽는 꿈만 남은 여자

어떤 게 삶인지 죽음인지 분간할 수 없는 여자

천년 전에 이미 죽은 여자

지구의 60억 죽음을 다 가지고 싶어 안달하는 여자

인류의 역사를 전부 죽음으로 이야기하는 여자

.더 많은 죽음들이 들어찰수록 오래 사는 여자

완전한 여자

그녀가 '완전한 여자'일 수 있는 것은 '온갖 사주팔자'를, 온갖 원한과 소망을, 온갖 인연과 시간들을 품을 수 있기 때문이다. 그녀는 죽은 자들에게 몸을 빌려준다. 그녀는 그들의 기억을 대신 말해준다. 그리하여 그녀가 하는 일은 그들을 사로잡고 있는 기억, 원한을 풀어주는 일을 한다. 그들은 그녀의 도움으로 망각의 강을 건너고, 그녀는 그들을 대신하여 기억한다. 더 많은 죽음들이 들어찰수록 그녀는 '지구의 60억 죽음', '인류의 역사'에 도달하게 된다. 그녀는 죽음을 기억의 장으로 불려낼 수 있는 능력으로 인하여 불멸의 이미지가 된다. '오래 사는 여자', '완전한 여자'는 몇 톨의 쌀을 밥상 위에 뿌려놓고 손가락 끝으로 아무렇지도 않게 내 지난날을 더듬고 있는 점치는 그 여자(「점치는 여자 2」)이기도 한데, 오늘날 그 여자의 신분은 세속화되었으며 소외되었다.

고대 그리스인들은 기억의 여신 므네모시네^{Mnemosyne}를 받들었다. 이 여신

은 사람들로 하여금 신들과 영웅들의 고매한 행위를 기억하게 하고 시는 관장했다. 므네모시네의 아홉 딸들이 바로 무사이(뮤즈) 여신들이다. 시인은 기억에 사로잡혀 있는 존재였다. 호머는 시를 짓는 것은 기억하는 것이라고 했다. 예언자가 미래를 신성하게 하듯이 시인은 과거를 신성하게 하는 존재였다.

구술문화 시대에 기억의 능력은, 기억을 의인화한 여신을 만들어냈던 데서 잘 드러나듯이, 신성한 것이었다. 플라톤에게 스승 소크라테스는 구두기억이다. 플라톤은 이 기억을 문자로 옮기면서 자신의 철학을 펼쳤다. 그러나 플라톤은 원래의 기억(이데아)을 잃어버린 존재가 그 기억을 상기하기 위한 기억훈련을 하는 데 있어서, 문자는 기억훈련의 필요성을 감퇴시킴으로써 사람들의 영혼으로부터 망각만을 생산하게 된다고 생각했다. 다시 말해, 문자가 불완전한 기억의 진정한 치유책이 될 수는 없어 보였다. 문자는 기억의 매체이면서 동시에 본질적으로 망각의 매체라고 여겨졌던 것이다. 이렇듯 플라톤에게는 구술문화의 전통이 짙게 드리워져 있다. 그의 저술 『파에드로스』에서는 소크라테스 왈의 이런 이야기를 전한다. 발명의 신 토트가 상형문자를 만들었는데, 이 문자를 타무스 왕에게 보여주면서 이것이 인간의 기억을 풍부하게 해줄 것이라고

216

플라톤 『국가』의 필사본 파피루스. 『국가』 제8권 547b~d의 일부. 이집트에서 발굴됐는데, 기원전 3세기 것으로 추정된다.

그 발명의 의의를 말하였다. 그렇지만 타무스 왕의 생각은 달랐다. 타무스 왕의 생각은 소크라테스의 것이기도 하면서 플라톤적인 것이었는데, 그는 이렇게 대꾸했다.

그 발명품은 기억을 외면하게 할 것이며 학습자의 영혼에 망각을 불러일으킬지도 모른다. 왜냐하면 학습자들은 자기 스스로 내면적으로 기억하기보다는 문자에 의존한 나머지 그 낯선 기호들을 통해 단지 외면적으로만 기억할 수 있기 때문이다. 그러니까 당신은 기억$^{mn\bar{e}m\bar{e}}$을 위한 수단이 아니라 기억 박탈$^{hypomn\bar{e}sis}$의 수단을 발명한 셈이며, 그렇기 때문에 지혜와 관련해서도 당신은 제자들에게 진리보다는 가상만을 심어주게 될지도 모른다.

중세시대는 '암기'를 강조했다. 암기란 문자와 밀착되어 있는 기억술이라고 할 수 있다. 르 고프$^{Jacques\ Le\ Goff}$에 따르면, 중세시대는 기억에 대한 기반으로서 글에 대한 의존이 커져서(계보학과 수사학과 신학적인 저서들, 그 무엇보다도 성경), 적어도 성직자나 학자들 사이에서는 구두기억과 문자기억 간에 어떤 균형이 이루어졌던 시기다. 중세에 중시되었던 암기는, 문자를 머릿속에 새기는 것이라는 점에서 문자기억과 구두기억의 결합을 보여준다. 눈을 돌려 보면, 조선시대 유학자들의 공부가 또한 암기를 토대로 하는 것이었다. 고대의 기억이 많은 창조적인 자유(변형가능성)를 누린 것에 비해, 중세시대의 지적 토대가 되는 암기를 통한 기억은 훨씬 축어적이고 반복적인 성격을 갖는다고 할 수 있다.

르 고프는 기억의 역사를 다섯 국면으로 나눴다. ①글이 없는 사회(선사시대)의 종족기억^{ethnic memory}. ②선사시대에서 고대로, 구두에서 글로. ③말과 글이 평형 상태를 보인 중세의 기억. ④16세기에서 현대에 이르기까지 문자 기억의 진보. ⑤최근의 기억의 과잉. 여기서 ④의 국면으로 넘어가는 자리에서 떠오르는 두 사람은 에라스무스^{Erasmus}와 멜랑쉬톤^{Melanchthon}이다. 이 두 사람은 인위적으로 암기를 통해 획득되는 기억을 중요하

a 토마소 다모데나의 프레스코 벽화(1352)의 일부분이다. 이 벽화는 도미니코 수도회의 유명 성직자들의 모습을 담았는데, 이 부분은 스콜라 철학자 알베르투스 마그누스(1200년경~1280).
b 〈보니파키우스 8세와 성직자들의 대화〉. 14세기 이탈리아의 책표지 그림이다.

게 생각하지 않았다. 에라스무스는 이러한 기억을 스콜라철학적인 야만성을 보여주는 것으로 얘기한다. 멜랑쉬톤은 학생들에게 이러한 기억술을 금지시켰다. 이들은 지식을 쌓는 데 있어 기억은 자연스럽게 이루어지는 과정으로 생각했다.

이렇게 생각이 바뀌게 된 건, 한편으로 시대적인 요구였다고 할 수 있다. 지식의 양이 급증하고 더불어 그 지식을 떠받치는 신성성이 사라지게 된 시대에, 문자기억을 구두기억과 완벽하게 일치시켜야 할 필요성도 의심스러워졌으며 또한 그럴 수 있는 가능성 자체도 매우 회의적인 게 되었던 것이다. 그 일치를 바탕으로 특권적인 권위를 보장받을 수 있는 시대가 더 이상 아니었다. 인쇄술의 발달과 함께, 점차 보통사람들에게도 책과 문자는 가까운 당신이 되었다. 저 멀리 거슬러 가면, 부족시대의 족장과 사제들, 그리스 시대의 시인들,

a 일본의 「풍속화보」 (1897년 4월 10일자). 인쇄를 위해 활자를 뽑고 있는 모습.
b 1920년대 초 이동형 타자기
c 개인서가
d 더글러스 쿠플랜드의 소설 『X세대』 (1991)에 실려 있는 삽화.

역사가와 이야기꾼들, 지혜로운 연장자들, 중세의 성직자들……은 그 사회의 기억전문가memory man들이었다. 이 기억전문가들은 공동체의 기억에 중요한 역할을 했다. 이들은 눈에 띄는, 다시 말해 표상되는 기억의 중심이었다. 그러나 쓰여지는 지식과 기억이 엄청나게 증가하고 분화하게 되자, 문자기억과 구두기억이 합치하는 특별한 사람이란 상상할 수 없는 것이 되었다. 다시 말해서, 개인이 기억전문가가 될 수는 없어졌다.

백과사전과 도서관을 넘어 이제는 컴퓨터가 우리시대의 기억전문가가 되었다. 기억의 여신 므네모시네Mnemosyne의 이름은 '연상기호코드mnemotic', '기억소mnemon' 등의 컴퓨터 용어에 새겨져 있다. 중국에서 컴퓨터의 역어로 쓰는 말은 '띠엔나오電腦'다. 전자장치로 된 두뇌라는 뜻. 우리의 기억은 컴퓨터라는 외부의 뇌와 접속하는 순간 거의 무한해지는 것 같다.

나의 사유는 16비트 컴퓨터의 스위치를 올리는 순간부터 작동된다
모니터의 녹색 화면에 불이 켜지고
뇌하수체의 분비물이 허용치를 넘어 적신호를 울릴 때까지
키보드를 두드리는 나의 손은 검다
부화되지 못한 욕망과 도덕적 관점에서 비난받아 마땅한
내 개인적 삶의 흔적은
컴퓨터 파일 〈삭제〉키를 누르기만 하면 사라진다
나의 하루는 컴퓨터 스위치를 올리는 것
그리고 끊임없이 기록하고 기억을 저장시키는 것
세계는, 손 안에 있다
나는 컴퓨터 단말기를 통하여 지상의 모든 도시와
땅 밑의 태양 그리고 미래의 태아들까지 연결된다
나의 두 눈은 환히 불을 켜고 있는 TV

나의 심장은 거대하게 돌아가고 있는 공장의 발전실

모든 것은 개인용 컴퓨터의 스위치를 올려야만 움직이기 시작한다

전기를 공급하는 것은 그러나 그대의 의지

나는, 내 몸 속으로 힘을 공급해주는 누군가에 의해 사육된다

—하재봉, 「비디오/퍼스널 컴퓨터」

벌써 16비트 컴퓨터는 낡은 뇌가 되었으나, 어쨌든 이 시는 '기억'에 대한 우리 시대의 감수성(망탈리테)의 한 면모를 예각적으로 보여준다. ①"나의 사유는 컴퓨터의 스위치를 올리는 순간부터 작동된다". ②"모든 것은 개인용 컴퓨터의 스위치를 올려야만 움직이기 시작한다". 첫 번째①, 나는 내 개인적 삶의 흔적들을 컴퓨터에 끊임없이 기록하고 기억을 저장시킨다. 시도 쓰고, 낙서도 하고, 에세이도 쓰고, 일기도 쓰고, 편지도 쓰고……하면서. 그리고 지우고 싶은 삶의 흔적은 컴퓨터 파일 '삭제'키를 누르기만 하면 사라진다. 두 번째②, 세계는 컴퓨터 안에 있다. 컴퓨터와 접속하고 있다면, 세계는 마우스를 클릭하는 내 '손 안'에 있다고 할 수도 있다. "나는 컴퓨터 단말기를 통하여 지상의 모든 도시와 땅 밑의 태양 그리고 미래의 태아들까지 연결된다". 나는 컴퓨터 안에서 세계일주를 하며, 현실적인 리얼리티를 훌쩍 뛰어넘어 판타지의 세계를 현실보다 리얼하게 경험할 수도 있다. 전통적으로 마음(영혼)을 표현하는 신체기관으로 여겨졌던 '눈'과 '심장'은 여기서 새로운 비유를 얻게 된다. '눈'은 환히 불을 켜고 있는 'TV'. '심장'은 거대하게 돌아가고 있는 '공장의 발전실'. 그런데 TV(=눈)에 불이 켜지도록 그리고

오시이 마모루의 〈공각기동대〉 포스터

공장의 발전실(=심장)이 돌아가도록 전기를 공급하는 것은 '나의 의지'가 아니라 '그대의 의지'다. 내 몸 속으로 힘을 공급해주는 '누군가'가 있고, 그 누군가에 의해 나는 사육되고 있는 것은 아닐까. 이렇게 이 시는 우리시대의 새로운 존재론적 불안감을 드러낸다. 나는 클릭한다, 고로 나는 존재한다?

한편, 오시이 마모루의 애니메이션 〈공각기동대〉가 보여주는 '가까운 미래' 사회("2029년, 세계는 네트에 의해 경계가 사라진다")에서는, 기억이란 갈아끼울 수 있는 칩과 같은 것으로 나타나고, 인간의 육체는 데이터를 저장하기 위한 기억장치로 이용된다. 그리고, 윤대녕의 소설 『사슴벌레여자』에서는 해리성기억상실증에 걸린 한 남자가 기억을 '이식'받는다. 이 소설에서 우리는 이런 말들을 듣게 된다. "사람의 기억이란 것도 단지 필요한 것 중 하나일 뿐예요. 생필품처럼 말이에요. 어둠 속에 벌거벗고 누워 있으면 누구나 쉽게 무의미한 존재로 변해요." "기억은 일종의 환상 같은 겁니다. 그러나 역시 사람이란 기억에 의지해 살게 돼 있죠. 기억을 이식받고 나면 수뢰인께서는 지금보다 훨씬 자유로운 삶을 살게 됩니다. 무엇보다도 그동안 마음에 쌓아두고 있던 자신에 대한 책임이나 고통으로부터 해방되기 때문입니다." 이렇게 간주되는 기억은 자아정체성의 확실한 토대가 돼 주지 못한다. 그렇지만 공유할 수 있는 기억이 사라진 남자를 그 가족들은 감당하지 못하고 정신병원에 맡기려고 한다. 이 남자는 불안하고 위태롭다. 그 불안감은 우리에게 전염된다.

〈공각기동대〉가 내놓은 주인공 쿠사나기 소령은 변종인간 사이보그인데, 그녀는 전뇌로 심어진 기억 위에서 진정한 '자아'란 것이 가능한가라는 문제를 놓고 고민한다. 그 한편으로 그녀는 '자기동일성'에 머무른다는 것이 '나를 어느 한계로 제약'한다는 것을 알고 있다. "자신이 자신이기 위해서는 놀랄 만큼 많은 것이 필요해. 타인을 가리기 위한 얼굴, 그리고 의식하지 않는 목소리, 눈 뜰 때 응시하는 손, 어릴 때의 기억……. 그것만이 아니야. 내 전뇌가 엑세스할 수 있는 방대한 정보와 네트의 넓이, 그것들 전부가 나의 일부이고 나라는

1994년 미국의 레너드 애들먼은 DNA 컴퓨터 개념을 상상하였다. 실험관 안에 들어 있는 것은 DNA 나선이다.

의식 자체를 만들어내고 그리고 동시에 나를 어느 한계로 제약해." 그녀는 바로 이 제한된 구성물인 '낡은 자아정체성'과 능동적으로 작별하고, 다른 존재와의 합체를 통해, 즉 '타자'와의 능동적인 만남을 통해 의식을 무한히 업그레이드시키는 길을 선택한다. 그녀는 '깊은 우물'이 아니라 '흐르는 물'이 된다. 그녀는 섞인다. '정보의 바다'라는 상투어는 이 애니메이션에서 매우 인상적이고 강렬한 이미지를 얻는다. 그녀의 존재론적인 접속 상대는 인형사라고 불리는 컴퓨터 프로그램이었다. 〈공각기동대〉에서 들을 수 있는 마지막 말은, "자, 어디로 갈까. …… 네트는 광대해."

　〈공각기동대〉에서 펼쳐지는 '가까운 미래'에 대한 상상력, 이 SF의 상상력은 '기억의 역사'가 이미 완전히 새로운 국면에 당도해 있다는 것을 현재를 추월한 시점에서 강하게 환기시킨다. 그 자리에서는 19세기의 산물이랄 수 있는 '인간성' 자체가 근본적인 의문에 부딪친다. 이를테면, 인간과 프로그램을 구분할 수 있을까와 같은 질문이 떠오르는 것이다. 그리고 그 구분을 무화시키는 말도 우리는 들을 수 있다. 다음은 인간과 프로그램 사이에서 오고간 말이다.

인간 너는 단순한 자기복제 프로그램에 지나지 않아.

프로그램 그렇게 말한다면 당신들의 DNA 역시 자기 보존을 위한 프로그램에 지나지 않는다. 생명이란 건 정보의 흐름 속에서 태어난 결절점과 같은 것이다. 종으로서의 생명은 유전자라는 기억시스템을 가지며, 사람은 단지 기억에 의해 개인일 수 있다. 설령 기억이 환상의 동의어였다고 해도 사람은 기억에 의해 사는 법이다. 컴퓨터의 보급이 기억의 외부화를 가능하게 했을 때 당신들은 그 의미를 더 진지하게 생각해야 했다.

4 망각에 대한 즐거운 명상

1999년 여름 나는 생애에서 가장 훌륭한 생각이 떠오른다

나무를 가꾸는 방식으로 구름을 가질 수 있다면……

그해 여름 나는 생애에서 가장 훌륭한 생각이 다시 떠오른다

구름의 형상과 습기는 무관한 것인가
구름이 물고 가는 것은 나의 상상력

존재의 근원을 체험하고 스스로를 다시 선택할 때
구름은 어떤 자세를 취할 것인가

나의 손가락이 가리키는 아름다운 방향과
치어 죽은 고양이와 새들의 영혼이 추스르는
조각난 뼈와 살점들

골목에서 담장 위에서

처음부터 끝까지 웃고 있는 구름
1999년 그 여름의 습도는 전부 형상을 가졌지만
사라진 동물들의 꼬리에서 다음 해가 이어졌다

나는 한결같이 생애를 통틀어 가장 위대한 생각에 매달린다

전쟁은 분명하지 않으며
매번 다시 죽기 위해

구름은 구름의 뒤를 물고
치어죽은 동물들은 더욱 납작하게 엎드리는 것이다

—이근화, 「그해 여름」

"1999년 여름 나는 생애에서 가장 훌륭한 생각이 떠오른다", "그해 여름 나는 생애에서 가장 훌륭한 생각이 다시 떠오른다", "나는 한결같이 생애를 통틀어 가장 위대한 생각에 매달린다", 이 세 문장은 '생애에서 가장 훌륭한(위대한) 생각'이라는 복수화할 수 없는 구문을 복수화한다. 하나의 거대한 사유체계를 이루는 데 전혀 바쳐지지 않는 위대한 생각의 편편들을 나는 그 자체로 황홀하게 즐기고 또 기꺼이 망각한다. 복수화할 수 없는 구문의 복수화는 망각의 능력 위에서라면 얼마든지 가능하다. "매번 다시 죽기 위해" 납작하게 엎드릴 충분한 가치가 있는 것이다. 망각은 "존재의 근원을 체험하고 스스로를 다시 선택할 때" 결정적으로 요구되는 능력이다. 생애에서 가장 훌륭한 생각에 매여 있는데, 어찌 생애에서 가장 훌륭한 생각이 '다시' 떠오를 수 있겠는가. 나는 매번 죽고 다시 선택하는 다른 나'들'이다. 그 해 여름, 나는 구름의 형상처럼 풍요롭게 변신한다.

기억의 메카니즘에서 생산은 축적이다. 더 많은 유有. 그 관점에서 망각은 '도둑'이며 '상실'로 표상된다. 망각은 도덕적인 비난거리였다. 그렇지만 기억의 편파성은 잘 의식되지 않았다. 우리가 기억하고 있는 것은 개인적인 수준에서도 검열과 조작이 행해진 것이지만, 집단적인 차원에서도 권력투쟁의 산물로서 주어지는 것이다. 그 과정에서 결정적으로 망각되어야만 하는 것은 망각 자체다. 우리는 잊었다는 것을 잊어야 하고, 또 대부분의 사람들이 큰 문제(이를테면, 정신병 같은 것)를 일으키지 않고 '무난히' 잊는다. 그리하여 망각은 무의식적인 것이 된다. 기억의 일관성과 체계성에 결탁되어 있는 망각은 많은 경우에 억압한 것이며, 그리하여 어느 순간에 자폭적인 에너지로 바뀔 수도 있는 잠재성을 가진 것이다. 프로이트 같은 이는 완벽하게 망각되는 것은 없다고 한다. 그 '흔적'을 어딘가에 남긴다는 것이다. 기억에 의존하는 자아정체성(자기동일성)은 그렇게 본래적이고 자율적이고 자발적인 것이 결코 못된다. 그렇다고 여기는 것이야말로 망각에 기초하고 있는 환상이다. 그런 점에서도 '자기동일성'은 사회적인 차원의 이데올로기와 형식적인 상동성을 보인다. 지젝을 빌려 말하면, 참여자들의 일정한 무지(망각)를 통해서만 그 존재론적인 일관성이 보장되는 종류의 현실, 사회적 현실이 진짜로 어떻게 작동하는지에 대해 '너무 많이 알게 된다면' 와해되어 버릴 그 현실, 바로 그것이 '이데올로기'의 근원적인 차원이라고 할 수 있다.

'자기동일성'의 굴레에서 벗어나, 창조적인 변신의 과정 속에 투신하고자 할 때, 그 투신으로 자신의 존재론을 삼고자 할 때, 망각은 '결핍'이나 이데올로기의 '내면화'를 뒷받침해주는 무의식이 아니라 '능력'으로서 요구된다. 다시 말하건대, 오해하지 말자. 여기서 말하는 망각은 건망증, 기억력 감퇴, 억압, 무의식, 권태, 허무 같은 것을 감싸는 말이 아니다. 기억의 뒷면 혹은 심층으로서의 망각을 얘기하고 있는 게 아니다. 그것의 중요한 특징은 명랑성과 선택성에 있다. '가장 위대한 생각'을 '다시' 하기 위한 망각, 새로운 출구로서의 망각의 능력이란 '자기동일성'이나 '이데올로기'에 고착되지 않을 수 있는 힘이자 어떠한 강력한 권위에도 속지 않을 수 있는 힘이다. 그 바탕 위에서 은폐된 '틈새'와 '찢어짐' 그리고 '거리distance'를 발견할 수 있으며 그것들을 횡단할 수 있다.

망각의 능력은 명랑하게 이별할 수 있는 능력이다. 그것은 타자들과 능동적으로 계속해서 접속할 수 있는 정신의 상태에 대해 붙이는 이름이다. 깨지는 것을 두려워하지 않는 용기! '차이'를 동일화하는 것이 아니라, '차이'에 매혹되고 '차이'를 욕망하는 것! '차이'를 반복하고 '차이'를 생산하는 것! 바로 이것은 '차이'와 '차이'로서 만나는 것을, 그 우발적인 대면을 존재론적인 변신의 계기로 긍정하는 것이다. 그러므로 나는 '차이성'으로서 존재한다.

일찍이 니체는 '어린아이'의 정신에서 망각의 덕을 보았다. 『짜라투스트라는 이렇게 말했다』. "어린애는 순결이며 망각이고 하나의 새로운 출발, 하나의 유희, 스스로 굴러가는 수레바퀴, 최초의 운동, 신성한 긍정이다." 짜라투스트라는 '세 가지 변화에 대하여' 설교하였는데, 낙타의 정신, 사자의 정신, 어린아이의 정신이 그 변신에 붙여진 이름이었다. 그 첫 번째, 낙타의 정신. 낙타가 보여주는 그 인내심 강한 정신은 가장 무거운 짐을 무릎을 꿇고 경건하게 받아들인다. 그 정신은 자신을 죽이고 항상 '예'라고 말하며 복종한다. '마땅히 해야 한다'는 주인(신)의 말을 의심없이 내면화하는 충복(신도)의 정신이다. 니체는 여기서 정신의 사막을 보았다. 이 쓸쓸한 사막에서 정신이 두 번째 변화를 획득할 때, 그것은 사자의 정신이 된다. 사자의 정신은 자유를 주장하고 정신의 사막을 자신의 왕국으로 만들려고 한다. 그 정신은 '그대는 마땅히 해야 한다'에 대해 '노'라고 말한다. 사자의 정신은 그 입법적인 명령에 '나는 바란다'로 맞선다. 니체는 이 정신을 '신성한 부정'이라는 말로 칭찬했다. 그러나 '새로운 가치의 창소', 이것은 사자도 아직 이루지 못한 일이라고 하였다. 이제, 사자는 어린아이가 되어야 한다. 망각은 이 장면에서 떠오르는 어린아이의 덕목이다. "이제 정신은 자신의 의지를 의욕하고 세계를 상실(망각)한 자(습속적

세계를 떠난 자)는 자신의 세계를 획득한다."

보르헤스의 소설 「기억의 천재 푸네스」에서, 푸네스의 기억력은 하루를 되돌아보는 데 하루 전체가 소요되는 완벽성을 보여준다. "우리는 한 번 쳐다보고서 탁자 위에 놓여 있는 세 개의 유리컵을 지각한다. 그러나 푸네스는 포도나무에 달려 있는 모든 잎사귀들과 가지들과 포두알들의 수를 지각한다." 그의 기억력은 거울, 영사기, 축음기와 같다. 리얼리즘 미학의 관점에서도 경탄할 만한 푸네스의 기억력은 그러나 그에게 현재를 빼앗아간다. 어제 하루를 기억하는 오늘은 그에게 어제이지 오늘이 아니다. 만약에 그가 기억하고 있는 어떤 하루가 너무나 아름다워서 계속해서 기억하려고 한다면 그는 그 하루만을 계속해서 살게 될 것이다. 그는 한발자국도 앞으로 나아갈 수 없다. 그는 '전신마비' 상태다. 이것은 비유로서만 그러한 게 아니다. 푸네스가 자신의 비상한 기억력을 얻게 된 시점은 반쯤 길들인 야생마로부터 떨어져서 전신마비에 빠진 이후다. 그러므로 다음과 같은 대목은 의미심장하다. '내'가 처음(그리고 그것이 마지막이었다) 누워 있는 푸네스를 방문했을 때, "창의 격자는 영원한 수인이 된 그의 처지를 잔혹하게 강조해주고 있었다." 푸네스에게 천재적인 기억력은 '전신마비'(감옥)이며, 망각은 '달리는 말'이다.

자, 달리는 말이다.

고운 신神이 이 자리에 있다면
나에게 무엇이라고 하겠나요
아마 잘 있으라고 손을 휘두르고 가지요
문턱에서.
(……)
시간時間에 달린 기이다란 시간時間을 보시오
내가 어리다고 한탄恨歎하지 마시오

나는 내 가슴에

또 하나의 종지부終止符를 찍어야 합니다.

―김수영, 「웃음」에서

나는 내 가슴에

또 하나의 종지부終止符를 찍어야 합니다.

참고문헌

북극곰 이야기

박찬승, 『한국근대정치사상사 연구』, 역사비평사, 1992.

전복희, 『사회진화론과 국가사상』, 한울, 1996.

로빈슨 크루소의 바다와 국가

김화영, 「『방드르디, 태평양의 끝』의 신화적 해석」, 『방드르디, 태평양의 끝』(미셸 투르니에),
　　　　민음사, 1995.

박종화, 『역사는 흐르는데 청산은 말이 없네』, 삼경, 1979

가라타니 고진, 『일본근대문학의 기원』(박유하 역), 민음사, 1997

패트릭 브랜틀링거, 『영미문화연구; 로빈슨 크루소의 발자국』(김용구·전봉철·정병언 역), 문
　　　　학과학사, 2000.

기차의 탄생과 진화

김행숙, 『문학이란 무엇이었는가; 1920년 동인지 문학의 근대성』, 소명출판, 2005.

박천홍, 『매혹의 질주, 근대의 횡단』, 산처럼, 2003.

이진경·고미숙 외, 『이것은 애니메이션이 아니다』, 문학과경계사, 2002.

법 앞에서

김욱동, 『은유와 환유』, 민음사, 1999.

김행숙, 「법률의 수사학」, 『어문논집』 50호, 2004.10.

안경환, 『법과 문학 사이』, 까치, 1995.

최종고, 『법과 미술』, 시공사, 1995.

한상범, 『현대법의 역사와 사상』, 나남, 2001.

홍성욱, 『파놉티콘; 정보사회 정보감옥』, 책세상, 2002.

하세가와 마스야스, 『일본의 헌법』(최은봉 역), 소화, 2000.

프레데릭 바스티아, 『법』(김정호 역), 자유기업센터, 1997.

미셸 푸코, 『감시와 처벌; 감옥의 역사』(오생근 역), 나남, 1994.

획기적인 아이들

박진·김행숙, 『문학의 새로운 이해; 문학의 이동과 움직이는 좌표들』, 청동거울, 2004.

안경식, 『소파 방정환의 아동교육 운동과 사상』, 동지사, 1994.

조은숙, 「한국 아동문학의 형성과정 연구」, 고려대 박사논문, 2005.

조형근, 「'어린이기'의 탄생과 근대적 가족 모델의 탄생」, 『근대성의 경계를 찾아서』(서울사회
과학연구소), 새길, 1997.

혼다 마스코, 『20세기는 어린이를 어떻게 보았는가』(구진수 역), 한림토이북, 2002.

더글러스 러시코프, 『카오스의 아이들』(김성기·김수정 역), 민음사, 1997.

야구와 근대적인 인간

권보드래, 『한국 근대소설의 기원』, 소명출판, 2000.

김창남, 「영웅없는 시대의 영웅신화, 이현세의 까치」, 『한국 만화의 모험가들』(공저), 열화당,
　　　　1996.

이학래 외, 『한국체육사』, 지식산업사, 1994.

그녀를 부르는 법

권보드래, 『연애의 시대; 1920년대 초반의 문화와 유행』, 현실문화연구, 2003.

김미형, 『한국어대명사』, 한신문화사, 1994.

백낙청, 「소설가의 책상, 에세이스트의 책상」, 『창작과비평』, 2004년 여름.

이애영, 「'엽기녀' 후폭풍 '그녀'들이 몰려온다」, 『굿데이』, 2003.7.30.

최현배 외, 「우리말 여성3인칭대명사 시비」, 『현대문학』, 1965.3.

기억의 능력과 망각의 능력

고병권, 『니체의 위험한 책, 차라투스트라는 이렇게 말했다』, 그린비, 2003.

최문규 외, 『기억과 망각』, 책세상, 2003.

Jacques Le Goff, *History and Memory*, New York; Columbia University Press, 1922.

슬라보예 지젝, 『이데올로기라는 숭고한 대상』(이수련 역), 인간사랑, 2002

찾아보기
(인명 / 작품)

ㅎ